征服者の花嫁

Sakuna Taki
多紀佐久那

Honey Novel

Illustration

ウエハラ蜂

CONTENTS

雪と氷に覆《おお》われたデインの地で、エギンという男の夢に、ひとりの神が現れた。神は、自《みずか》らをルアドと名乗った。ルアドはここから船で南下すると、太陽の光と草原に恵まれた土地があると言い、私はそこでおまえを待つ、とエギンは告げた。

エギンはその言葉を信じたが、何者にも告げずに、家族と家畜《かちく》を船に乗せ、旅に出た。

幾十の昼と夜を越えると、果たしてそこには、ルアドが夢で告げた通りの土地があった。

エギンは神に感謝を捧《ささ》げ、ネメトンと呼ばれる土地で暮らしはじめた。

しばらくは平穏《へいおん》な日々が続いたが、そのうち、夜になると光輝く男が現れるようになった。男が現れると、なぜかエギンとその家族は眠りについてしまう。

そのうち、エギンの娘、アースタの腹がどんどん膨《ふく》れはじめた。エギンと妻は、娘のふしだらをなげき、相手は誰かと責めたが、アースタは身に覚えがないと泣くばかりであった。

「お父様、私は何もしておりません。ただ、毎夜訪《おとず》れる光る方が、私にそっと触れるのです。思い当たることといえば、それだけです」

娘の訴えを聞き、エギンはほとほと困り果てた。泣く娘を宥《なだ》めすかして、今晩男が現れたら名を聞くようにと言い聞かせた。

「お父様、あの方の名はルアドです」

翌朝、アースタの言葉を聞き、エギンは驚愕《きょうがく》した。

なぜならば、エギンは未《いま》だこの地にエギンを導いた神の名を、口にしていなかったからだ。

「では、この腹の子は、神の子か」

エギンは、アースタを責めるのをやめた。やがて、月満ちてアースタはひとりの美しい男の子を産んだ。

金の髪に青い瞳の赤子は、エイリークと名付けられた。エイリークは強く賢《かしこ》い戦士となり、やがてネメトンの地を治める王となった。

エイリーク・ヴレイフヴラス。ネメトン王国初代国王は、ルアドを深く崇敬《すうけい》し、エギンが最初にネメトンに漂着した地に神殿を建てた。

その地はルアドの地――ティルアド――と名付けられる。

エイリークは、その上で、己《おのれ》の娘をルアドの妻として神殿の巫女《みこ》とした。

代々の王もエイリークに習い、王家の娘をルアドの妻へと差し出した。

神の妻なのだから、娘は当然処女で、他の男とむすばれることなど許されない。真実、ルアド神と夫婦となり、その一生を終える決まりだ。

これが、ネメトンの聖都と呼ばれるティルアドと、神の妻、聖巫女のはじまりである。

☆

聖都ティルアドには、各地の神殿を統括《とうかつ》する大神殿がある。

その奥《おく》つ城《き》で、静寂《せいじやく》と清浄に包まれ、真珠貝の中の白珠のように大事に扱《あつか》われ、神官や巫女にかしずかれ、敬《うやま》われる存在があった。

エイリークと同じ金髪に青い瞳を持つ、王女にして聖巫女――エーディン・ヴレイフヴラス――だ。

エーディンは、六歳の時、王都ミデからこのティルアドへ、聖巫女となるべくやって来た。

前王であった父親はエーディンが四歳の時に亡くなった。次に王位に就いたのは、エーディンの叔父《おじ》、すなわち王弟のミディルであった。

母は、エーディンを産んだ産褥《さんじよく》で亡くなっており、他に兄弟もいない。

前王の忘れ形見を叔父はもてあましたのか、前代の聖巫女がみまかると、これ幸いとばかりに新しい聖巫女にしたのである。

それから十一年、幼い少女だったエーディンは、十七歳の娘となった。

聖巫女の巫女服は、花嫁衣装を思わせる純白を基調としたドレープの美しいものだ。

真珠と金のブローチとバックル、額飾り、そして耳飾りをつけたエーディンは、侵しがたい気品に満ちている。

そのエーディンは、大神殿の敷地内にある聖巫女専用の建物――聖宮――にいた。二階の居間で心静かに聖典を紐解《ひもと》き、雨乞《あまご》いの祭文を口ずさんでいた。

鈴を振ったような、という言葉にふさわしく、凛《りん》とした声が大理石の壁に響く。

ネメトンの最高神はルアドであるが、他にも火の神、水の神、豊穣《ほうじよう》の神に馬の神、商人の神に法や取引の神など、数多《あまた》の神がおり、各地の神殿や礼拝所で祀《まつ》られている。

その全ての神を知り、神を喜ばせ御利益《ごりやく》を請う祭文を覚え、神を祀り、時に民を祝福するのが、エーディンの勤めであった。

開け放った窓から、五月の爽《さわ》やかな風がやって来て、エーディンの背中に垂らした長い金髪を優しく撫《な》でる。

そこに、慎《つつ》ましやかに扉をノックする音が響いた。

「エーディン様、失礼いたします。大神官長様より、エーディン様に信者の祝福をお願いしたいという言伝《ことづて》を預かっております」

重厚な樫《かし》の扉を開けて顔を見せたのは、エーディン付きの若い巫女、フォードラだ。

「わかりました。すぐに大神殿に向かいましょう」

椅子から立ち上がると、エーディンがゆったりした足取りで歩きはじめた。

エーディンが動くたび、乳香や安息香《あんそくこう》をブレンドした浄《きよ》めの香の匂いが周囲に漂った。

フォードラはうっとりした瞳をして、先に歩きはじめたエーディンの後を追った。

大神殿の主であるエーディンが、信者に祝福をすることは、珍しいことではない。かといって、毎日ということもなく、多くて月に十回ほどか。

もちろん、祝福は、他の巫女や神官もしている。しかし、エーディンが直《じか》に祝福するのは、ネメトン国内の富豪や領主、宮廷の高官や他国の使節ばかりであった。

大神殿に入ったエーディンを、大神官長がえびす顔で出迎えた。

ネメトンの宗教組織は、大きく分けて五つの階位に分かれている。

ひとりの大神官長と、それを支える九人の神官長、その下に大神官と神官、神官見習いだ。

大神官長はネメトンの宗教界の実質的なトップだ。権力と実務を掌握《しょうあく》する、ただひとりにしか許されない階位でもある。

「急にお呼び立ていたしまして申し訳ございません、聖巫女よ」

大神官長は五十代の恰幅《かっぷく》の良い男だ。神官というより、やり手の領主といった雰囲気を漂《ただよ》わせている。王都に近いリアダの領主の三男という出事からすれば、当然とも言えたが。

この大神官長だけではなく、ネメトンの高位聖職者のほとんどが、領主の子弟だ。

唯一の例外は、聖典の管理や教義について管轄《かんかつ》する典礼部の神官長、ダグダだ。

彼は、カシュの領主に仕える騎士であったが、二十歳の時、全財産を神殿に寄進して信仰の道に入ったという珍しい経歴の持ち主であった。

大神官長の出迎えに、エーディンは笑顔で答える。

「信者の方に祝福をするのは、私の大切なお役目。どうか、お気になさらないでください」

「おお。ありがとうございます。さすがはエーディン殿。なんと立派な心がけか」

「十一年前、ここに来てより、私は国のため民のために生きると誓いました。当然のことですわ」

両手を体の前で組み、静かに答えるエーディンを、大神官長は満足げに見返した。

「さて、今日の祝福を希望した信徒は、異国人です。北方のドレカルはご存じですな？」

「ええ。私たち王家の祖、エギン様の出身地です。かつてはデインという国でしたが、その地に別の部族の者が建てた国でしたね」

世情には疎《うと》いエーディンであったが、先祖の出身地と現在の国名は聖典を学ぶ際、教師役の大神官から聞いていた。

「さすがはエーディン様。よく勉学にも励《はげ》んでおられます。……さて、そのドレカルの商人が、新たにこの国に居住して商売をはじめるとのことで、ぜひともエーディン様から直々《じきじき》に、祝福を受けたいと申し出ております」

「とても良い心がけかと思います。その方が幸せになられるよう、誠心誠意《せいしんせいい》、祈らせていただきますわ」

祭祀《さいし》用のローヴを纏《まと》うと、エーディンはルアド神の礼拝所に向かった。

決して小さくはない――かといって広間と呼べるほど広くもない――礼拝所には、既に頭《こうべ》を垂《た》れた男達が二十人ほどひざまずいて待っていた。

北方の者らしく大柄で、がっしりした体つきをした男達だ。分厚い毛織物のマントに、前あきのシャツにベスト、ズボンという北方に特有の服を身に付けている。

そんな彼らからエーディンは一種異様な感じを受けた。

商人と聞いていたけれど……まるで、戦士のようだわ。

ドレカルの民は、農業に従事する者が多いが、同時に彼らは船乗りであり戦士でもあった。

農耕に向いた土地がドレカルでは限られている。彼らは日々の糧《かて》を得るため、一族で金を出し合い、男達だけで船に乗り、遥《はる》かな遠方まで貿易に行くのだ。

その際、海賊に出会うこともあれば、逆に自身が海賊になることもある。

眼前に控える男達がどちらの立場であっても、戦いとは無縁ではない。

エーディンは彼らにまなざしを向けるうちに、潮《しお》と鉄と血の臭いを嗅《か》いだ気がした。

――まさか。神殿内は、常に香で場を浄めているのよ――。

息を大きく吸い、自らがまとった香の匂いを嗅ぐと、心のざわめきが鎮《しず》まった。

男達は四列に並んでいたが、エーディンが神像の前に立つと、最前列の中央にいた男が腰を上げ、エーディンの前に立った。

セピアの色の髪に黒い瞳の男は、恋愛には興味のないエーディンでさえ、目を奪われるほどの美丈夫だった。

年の頃は二十台後半くらいか。切れ長の鋭い瞳、長く高い鼻に、少し薄めの形の良い唇が、絶妙に配置されていた。

見上げるほどに高い身長。広い肩に分厚い胸板、ルアド神の神像にも負けずとも劣《おと》らぬ均整の取れた体軀《たいく》。俊敏《しゅんびん》そうな身のこなしに、この男が腰に剣を佩《は》いていないのが、不思議なほどだった。

私ったら、何を馬鹿なことを考えているの？　大神殿に剣を持ったまま入ることは、許されていないのに……。

商人というよりは、根っからの戦士といった風貌《ふうぼう》の男は、容貌に似合わない人懐《ひとなつ》っこい笑みを浮かべ、エーディンの足下にひざまずいた。

「………お初にお目にかかります。私はソルスティン・ハーラルソン。本日は名高い聖巫女から、直々の祝福を受けられることを、大変な栄誉と喜ばしく思います」

思いがけず豊かな声が、朗々と大理石の壁に響いた。

言葉使いも折り目正しく、優雅ささえ感じる立ち居振る舞いだ。それだけで、ソルスティンがそれなりの家柄の出であるとわかる。

ソルスティンが顔を上げ、エーディンを見つめた。ソルスティンを見やるエーディンの視線とソルスティンのそれが、空中で絡み合った。

——怖い——。

ソルスティンのまなざしを受けて、真っ先にエーディンが感じたのがそれだった。

人好きのする笑顔と爽やかささえ感じる挙措《きょそ》、おまけに美男子だ。

エーディンがソルスティンを恐れる理由は何ひとつない。そのはずだった。けれども、エーディンは、猛獣を前にしたような恐怖に体が硬直してしまう。

いつまでも動かないエーディンに、ソルスティンが眉《まゆ》を寄せた。いぶかしむ表情だ。

「聖巫女よ、お手を」

空気を読んで、大神官長がエーディンに囁《ささや》きかける。

聖巫女の祝福を受ける信者から、畏敬《いけい》の証として手の甲に口づけをされるという決まりがあった。慌《あわ》ててエーディンがソルスティンに手を差し出した。

微《かす》かに金属の擦れる澄んだ音がした。エーディンの手を受け留めるソルステインの手首に巻かれた銀の鎖《くさり》がたてた音だ。

そうして、ソルステインが恭《うやうや》しい仕草で、エーディンの手の甲にキスをする。

瞬きするほどの間だけ、ソルステインの唇は、エーディンの手の甲に触れていた。嫌悪感はないが、エーディンの肌は警告を発するようにざわめく。

私は、なぜ、このように感じるの？

自問自答してみるが、答えは出ぬまま、エーディンは祝福の言葉を口にした。

声が震《ふる》えぬように祭文を唱え、そして、ルアド神にソルステインと一行に神の恩寵《おんちょう》が与えられるよう心の中で祈った。

ソルステインをはじめ、男達は神妙な顔で祝福を受けている。エーディンは、虎が猫の振りをしているような違和感がつきまとってしょうがなかった。

最後に、エーディンが赤い染料でソルステインの額に祝福の印を描いて、儀式は終わった。

「あなた方に、ルアド神のご加護があらんことを」

エーディンは、そう告げてソルステイン達に背を向けた。礼拝所を出た途端《とたん》、エーディンが息を吐いた。

全身白の衣装を汚さぬよう、すぐに、別のお付きの巫女が、赤く染まった手を拭くための布をエーディンに差し出す。

「お疲れですか、エーディン様？」

染料を入れた蓋《ふた》付きの方解石《カルセドニー》の容器を手に、フォードラが心配そうに尋《たず》ねた。

「疲れてはいないわ」

「では、緊張されました？　ソルステイン様は、とても美男子でしたもの。あんな方の近くにいるだけで、こう……胸がドキドキして、私も緊張してしまいました」

「………そうね」

正直に怖かったとも答えられず、エーディンは淡《あわ》い微笑《びしょう》を返す。

フォードラは十六歳。エーディンよりひとつ年下だ。

聖巫女として、一生処女である運命を課せられたエーディンと違い、フォードラ――他の巫女や神官――は、配偶者を持てる。

だからこそ、魅力的な異性が現れれば胸もときめくのだろうが、それは、エーディンにとっては縁遠い感情だった。

それがどんな感じか、味わってみたい気もするけれど……。いいえ、そんなことは、考えることさえ許されないわ。

エーディンが夫としているのは、神なのだ。心の中のわずかな緩《ゆる》みも見透《みす》かされる。

恋をしたいと願うことさえ、神に対する裏切りだった。

『エーディン様が、しっかりルアド神にお仕《つか》えすれば、それだけ、国も民も幸せになれるのです。もし、少しでもお勤めを怠《おこた》れば、それは、即座に神に伝わり、エーディン様だけではなく、このネメトン全体に災《わざわ》いをもたらすのです』

神殿に着いたばかりの頃、大神官長から言われた言葉だ。その後も、おりに触れ似たような言葉を他の者たちから言われていた。

心の底から、真摯《しんし》に神に仕えること。

それが、エーディンの意識――無意識にまで――に刻み込まれていた。

祝福を終えたエーディンは、聖宮に戻るため大神殿を出た。すると、風に乗って賑《にぎ》やかな声が聞こえてきた。

「……どうしたのかしら？」

「ソルステイン様が大神殿に寄進した物を運んでいるんです。……私も小耳に挟んだだけですが、白貂《しろてん》の毛皮にセイウチの牙、それにとても貴重な海鳥の羽毛が、なんと荷車に一台ずつ。おまけに大袋いっぱいの琥珀《こはく》や金貨を十袋。それに銀器や龍涎香《りゅうぜんこう》まで！　それだけじゃないんです。ワインの大樽や豚に鶏に……とにかく、たくさん大神殿に寄進してくださったそうですよ」

キラキラと瞳を輝かせ、フォードラが説明する。

「そんなにたくさん寄進して、彼らは、ここで商売をはじめるお金はどうするのかしら？」

「嫌ですわ、エーディン様。ソルステイン様は、きっと、ものすごいお金持ちなんです。ほら、ドレカルは、今の王様になってから、国から逃げ出す人が増えているじゃありませんか。きっと、ソルステイン様も全財産を持って、ここに移住してきたんですよ」

エーディンが抱いた素朴《そぼく》な疑問は、フォードラに一蹴《いっしゅう》されてしまった。

世間知らずを自認しているエーディンは、そう言われると納得せざるを得ない。

小首を傾《かし》げたままのエーディンに、フォードラが興奮した口調で話しかけてくる。

「そうそう、エーディン様、今晩は、ソルステイン様が神殿のみなに、晩餐《ばんさん》をご馳走《ちそう》してくださるんだそうです。大神官長様は、その寄進に対して、ソルステイン様たちを、今晩、特別に大神殿にお泊めなさるそうですわ」

大神殿には、国王からの勅使《ちょくし》や各地の領主からの使者が訪れる。

そんな時、勅使や使者と、その従者らを泊める施設が、大神殿の敷地内にあるのだ。

普通の参拝客は、大神殿の敷地内に泊まることは許されず、ティルアドの街にある旅籠《はたご》に泊まるのが常なので、それだけで大神官長がソルステインに破格の厚意を示したことがうかがえる。

逆に言えば、大神官長がそう申し出るほどの金銀財宝や食糧を、ソルステインは大神殿に寄進したのだった。

「今夜の晩餐が楽しみです。ソルステイン様とお食事できるだけで、夢のようですわ」

両手を胸の前に組んだフォードラが、うっとりとした顔をする。

「まあ、フォードラ、あなた、すっかりソルステインのことを気に入ったのね」

「はい。気前が良くてお金持ちの美男子を、嫌いな女なんて、この世におりませんわ。ああ、あんな方を夫にできたらいいのに」

「彼は、これからこの国に住むのだから、機会がないわけではないわよ」

「嫌ですわ、エーディン様。私、自分のことはわかっております。ああいう御方は、私のような――農夫の娘を――妻にはなさりません。貴族か、富裕な商人か……とにかく、親の決めた許嫁《いいなずけ》と結婚すると決まっています」

「既に、結婚している可能性もあるわね。二十七、八歳くらいかしら。こどものひとりやふたり、いてもおかしくないくらいだわ」

さらりとエーディンが返すと、夢を壊されたフォードラが頬を膨らませた。

「意地悪を言わないでください、エーディン様！」

「ごめんなさい。……ねぇ、フォードラ、私、あなたには素敵な殿方と結ばれて欲しいと、心から思っているのよ」

あんな、どこか得たいの知れない、怖い男ではなく。

そう心の中でエーディンはつぶやいた。

フォードラは、ティルアドを囲む農村地帯の農民の出身だ。実家はどちらかといえば裕福な方だ。五人兄弟の四番目のフォードラに、少しでも良い結婚ができるようにと、箔付《はくづ》けのため、行儀見習いという名目で神殿に奉公させたのだ。

善良で屈託《くったく》なく、あけすけで、ころころと表情の変わるフォードラを、エーディンは気に入っている。他の者には利《き》けない軽口を、フォードラにだけは、利くことができる。

ふいに真面目な表情をしたエーディンに、フォードラがいぶかしげな顔を向けた。

「そうなさったんですか。急に……」

「いいえ、なんでもないわ。そうね、フォードラ、あなたが結婚する時は、夫となる人を連れて来てね。私で良ければ、二人を祝福させてもらいたいわ」

「滅相《めっそう》もありません。私などに、もったいない……」

「そんな風に言わないで。あなたはとても気持ちの良い娘ですもの。私にできることがあれば、なんでもしてあげたいの」

そう言って、エーディンはフォードラに微笑《ほほえ》みかけたのだった。


その日の晩、大神殿は、賑《にぎ》やかなざわめきに満たされていた。

ソルステインが神官と巫女ら全員にご馳走を振る舞うという話は本当だったようで、エーディン付きの巫女達も、湯浴《ゆあ》みの世話をしながらも、気もそぞろな様子であった。

「……ルアド様と私の夕食の用意を済ませたら、今日はもういいわ」

聖宮の浴室で全身を洗われた後、晩餐用の衣服に着替えたエーディンが苦笑しながら巫女達に告げた。

他の神官や巫女達と違い、エーディンは夕食の前に湯浴みをし、身を清めた後、聖宮内にある聖巫女専用のルアドの礼拝所の神像へ供物《くもつ》を捧げ、国の安寧《あんねい》を感謝する祈りをした後、その供物を自分の夕食として食べるのである。

ルアドへの供物は、始祖のエギンが初めにこの地に移住した時のままだ。雑穀《ざっこく》入りのパン

――朝は、これがお粥《ポリッシュ》になる――に蜂蜜《はちみつ》、果物や木の実、それにワインだ。

さすがにそれだけでは簡素すぎるので、エーディンのためのスープやベーコンかハム、鶏や豚を使った料理も用意されるが、それでも、豊かな農民の食事と変わらない――とても王女の夕食とは思えない――内容であった。

最初は驚いたエーディンだったが、聖巫女として過ごすうちに、素食にも慣れていた。

エーディンの言葉に、巫女達は一瞬だけ喜色を見せたが、それでも、ひとりでいつも通りの食事をするエーディンに気兼ねしたように、顔を見合わせた。

「私のことはいいから、楽しんでいらっしゃい。滅多《めった》にないことですもの、あなた達だけ仲間外れになるのは、悲しいでしょう？」

「あの……本当に、いいのですか？」

エーディンの長い金髪を梳《くしけず》りながら、おずおずとフォードラが尋ねた。

「もちろんよ」

「ありがとうございます、エーディン様！」

にこやかに答えたエーディンに、巫女達が小さく歓声をあげ、口々に礼を言った。

フォードラだけではなく、他の巫女達――十四歳から二十歳の娘達だ――の目当てもソルスティンのようで、頬を薄紅に染めてソルスティンの名を口にしていた。

まるで、小鳥のようね。かわいらしいこと。

自分もまだ十七歳の乙女だというのに、エーディンがそんなことを考えているうちに、身支度が終わった。

そのまま、階下の礼拝所へ行き、普段通りに供物を捧げる。乳香や安息香の入った浄めの香が焚《た》かれる礼拝所で、祈りの言葉を唱え、それを終えると隣室の食堂――もちろん、聖巫女専用だ――へ移動し、食事を終えた。

食事を終えると、階上へ上がり、そのまま寝室に移動した。

ネメトンには、寝る時は全裸という習慣があり、エーディンは身に付けた晩餐用の衣服を一枚ずつ脱いでゆく。

その間、開け放った窓から、風に乗って楽士の奏《かな》でる楽の音と、男女の笑いさざめく声がかすかに聞こえていた。

今頃、宴もたけなわ……といったところなのかしら。

天蓋《てんがい》付きの寝台の、絹の褥《しとね》に裸体を横たえると、無性に寂《さび》しさが込み上げてきた。

ルアド神をはじめとした、ネメトンを加護する神々に仕えているという意味では他の神官や巫女と同じ立場であったが、こんな時、皆に混ざって楽しい場に行くことは、エーディンには許されていない。

『ルアド神の妻――それは、半ば神であるということです――ともあろう方が、他の人間と親しく交わるのは良くない。あなたは、他の人間とは違うのです。安易に他人に交わらないからこそ、聖巫女としての威厳も保たれるというものです』

そう、大神官長や巫女を統括する大巫女から、エーディンは幼い頃から教えられていた。

要は、あまりにも身分の高い者が身近をウロウロしていると他が気詰まりするから、必要ない時は、聖巫女の建物に閉じこもっていろ、ということでもあった。

伝統とエーデインのためという建前が、周囲に見えない壁を作り、エーディンを孤独な立場に追いやっていた。

それもまた、王女として産まれ、聖巫女となったからには仕方のないこと……だけど、そう。たまに……やるせなくて、堪《たま》らない気持ちになるわ。

歴代の聖巫女は、皆、こんな気分に襲われたのかしら？　こんな風に……世界に自分ひとりしかいないような……。

羽毛の入った軽やかな上掛けに顔を埋め、エーディンは固く目を閉じた。

いいえ、私にはルアド神がいる。例え、目に見えず、触れられず、声を聞くことも叶わなくても、それでもルアド神は……私を、常に見守ってくださっているのだから。

ルアド神への祈りの言葉をつぶやくうちに、エーディンの気持ちが穏《おだ》やかになっていった。

そうして、いつの間にか健やかな寝息をたてて、眠りについた。

そのエーディンの眠りは、異様な臭いによって破られた。

香によって浄められた空間には、決してありえない不吉な——血の——臭いだ。

…………何？　この臭いは……夢、なのかしら？

枕に頭を預けたまま、エーディンがゆっくりと瞳を開けた。

宴は終わったのか、周囲はシンと静まり返っている。寝室の中は、当然、真っ暗だ。

暗闇のはずなのに、天蓋から垂れ下がる絹の覆い越しに、小型のランプか燭台《しょくだい》であろうか、小さな光が見えた。

「──誰？　……フォードラ？　何か用なのかしら？」

いぶかしげな声で問いかけるが、答えはない。

おかしいわ。フォードラでも他の巫女であっても、すぐに返事をするはずなのに……。

「なぜ、返事をしないのですか？　誰なのです？」

暗闇を仄《ほの》明るく照らす光に向かって誰何《すいか》する。が、それでも返事はない。

代わりに、蠟燭《ろうそく》の光がゆっくりと近づいてくる。なのに、足音がほとんどしない。

エーディンは風に揺らめく明かりを見つめながら、上掛けを握り締めていた。みるみるうちに光が、そして血の臭いが、寝台に近づいてくる。

「──っ！」

絹の帳の隙間《すきま》から、男の手が入って来た。

聖宮は、男子禁制。なぜ、男がここに居るの!?

驚きの余り、エーディンは叫ぶことさえ忘れていた。見開いた目が、あってはならない男の手首に巻かれた鎖を認めた。

「まさか、ソルステイン──!?」

まさか、そんなはず……あるわけがないわ！

目で見た物が信じられず、エーディンが必死で否定する。しかし、その行為を嘲笑《あざわら》うかのように、傍若無人《ぼうじゃくぶじん》な男の声が、エーディンの鼓膜を震わせた。

「箱入りの巫女とは思えない鋭さだ。どうやら俺は、おまえを見損なっていたらしい」

艶《つや》のある声がしたかと思うと、絹の帳《とばり》を払い、ソルステインが姿を現す。

「…………っ」

その瞬間、むっとするような血の臭いが、エーディンの鼻を掠《かす》めた。思わず固く目を閉じると、寝台がきしみ、ソルステインが腰を下ろしたのだとわかった。

「こ、ここで何をしているのです。……酔った上での戯《たわむ》れならば、今すぐここを出て行けば、不問にしますよ」

だから、早くここから出て行って!!

声なき声で、エーディンが絶叫する。

ランプの明かりで垣間見えたソルステインの表情は、酷薄《こくはく》で残忍な物だった。

炎を受けて浮かび上がったその瞳は、野生の獣のようにギラついている。

「残念だな、聖巫女様。酔ってはいるが、戯れでここに来たのではない。おまえと〝お話し〟しに来たんだ」

昼間の好青年ぶりが嘘のように、ソルステインが舐《な》めた口調でエーディンに話しかける。

「私は、あなたとする話などありません。いいから、早く出て行って!!」

布越しであっても、エーディンはソルステインの存在を感じていた。神像のように逞《たくま》しい体軀《たいく》から放たれる熱量が、肌に突き刺さってくるようだった。

「おまえになくとも、俺にはある。話をする気がないと言うなら……」

ソルステインが口をつぐんだ。そして、次の瞬間、エーディンの顔のすぐ横に、鈍《にぶ》く光る刃が突き立てられた。

「…………っ！」

枕に突き刺さる刀に、エーディンが鋭く息を呑む。

「さて、〝お話し〟する気になったか？」

嫌味なほどに余裕たっぷりな声が頭上から降ってきた。

答える前に、ソルステインは、上体を傾《かたむ》け、エーディンにのしかかる。その間中、ソルステインの闇より深い漆黒《しっこく》の瞳が、エーディンの顔を見据《みす》えていた。

話なんかしたくない。けれど、ソルステインに引く気はないようだわ。……だったら、少しでも早く話を終えて、寝室から出て行って貰うしかない。

「……話とは、なんですか」

エーディンが震える声で尋ねると、ソルステインが満足げに目を細めた。

「俺の妻になれ」

いったいこの男は……自分が何を言っているか、わかっているの!?

ルアド神の妻たる聖巫女に告げるものとしては、もっともふさわしくない言葉を聞いて、エーディンはソルステインの正気を疑った。

青い瞳を見開いて、エーディンは信じられないという目でソルステインを見やる。

「馬鹿なことを……」

思わず口からこぼれ出た言葉に、今度はソルステインが信じられないという風に目を見開く。そして、片方の唇の口角を上げた。

「これはいい。馬鹿と言われるのは、何年ぶりだろう。これでも、ドレカルでは、ハーラルソン家の嫡男《ちゃくなん》と言えば、切れ者で知られていたのだがな」

ソルステインは笑っていた。しかし、その目は笑っておらず、エーディンをまなざしで殺《あや》めてしまいそうなほどに鋭く、そして、危険な光を浮かべていた。

これが……この男の本質だわ。笑っていても、心は決して笑っていない。剝《む》き身の剣のように危険な男……。

ソルステインの眼光を受け、エーディンのうなじがざわめいた。

「こっ……故国でどうであろうと、私を妻にしようなど、愚《おろ》かなことを言うから……」

「なぜ、それが俺が愚かという証明になる？　聖巫女、いや、エーディン・ヴレイフヴラス。おまえは女で俺は男だ。女同士や男同士ならまだしも、男と女が夫婦になろうというのは、至極《しごく》まっとうなことじゃないか？」

「私は、既にルアド神の妻です」

「だから？」

ネメトンのルアド信仰を、正面から切って捨てる発言に、エーディンが絶句する。

「神々とて、運命には逆らえぬ――故国ドレカルの伝承だ――。ならば、試してみるか？

ここで俺はおまえを犯す。真実、おまえがルアドの妻であるならば——ルアドが本当にいるのならば——ルアドはおまえを助けるかもしれないな」

ソルステインがエーディンに顔を近づける。

迫り来る男の肉体にいや、それ以上に瀆神《とくしん》の言葉に、エーディンの体が強ばった。

「やめなさい！　誰か——、誰か来て!!」

「残念だが、誰も来やしない。ここには誰も入れるなと、俺が命じたからな」

「誰も来ない？　あなたが命じた……？　そんなこと、できるわけない……」

頬と頬が触れるほどソルステインの顔が近づいている。六歳から、男との肉体的な接触が一切なかったエーディンにとって、それだけで大地が真っ二つに割れたほどの衝撃だった。

驚愕《きょうがく》に身動きできないエーディンの耳元で、ソルステインが囁いた。

「大神殿は、今、俺の支配下にある」

「——なっ……っ」

ソレスティンの言葉に、エーディンが目を見開いた。

驚くエーディンの耳に、ソルステインの含み笑いが響いた。

「あっけないほど簡単だったな。衛兵には、睡眠薬入りのワインをたらふく飲ませ、眠らせた。武器は、寄進の財物とともに持ち込んでおいた。その上で門を開け、仲間を呼び込んで、剣で神官どもを脅《おど》したのさ。見せしめに大神官長と神官長どもの首を落としたら、あいつらは喜んで、俺をおまえの居場所に案内してくれたんだからな」

「……」

「わかるか？　今、ここの支配者は、俺だ」

ソルステインが、一言一言区切るようにゆっくりと喋《しゃべ》る。言葉の刃《やいば》で、エーディンの心を切り刻むように。

「嘘よ……」

「嘘じゃない。そう思いたい気持ちはわからないでもないが――。はっきり言ってやろう。おまえは、売られたんだ。巫女や神官どもに。己の命と引き替えに、な」

身内の裏切りを告げられて、エーディンの心が音をたててきしんだ。

嘘よ。嘘……嘘に決まってる！

あれほど自分を敬《うやま》い、大切にしていた神官や巫女達が、自分をソルステインに差し出したなど、とても信じられなかったのだ。

ソルステインは彫像《ちょうぞう》のように動かなくなったエーディンを見て、嬉しげに口角を上げた。エーディンを嬲《なぶ》り、傷つけるのが楽しくてしょうがない。そんな表情をしている。

ソルステインが上体を起こし、剣を枕から引き抜いた。

外連味《けれんみ》たっぷりの仕草で剣を上段に構えると、エーディンの喉元にゆっくりと切っ先を振り下ろした。

「わかったか？　俺には目的があって、それには、おまえを妻にするのが一番てっとり早い。これが、最後の問いだ。エーディン・ヴレイフヴラス、おまえは俺の妻になるか？」

「――嫌です。私は、ルアド様の妻です。他の殿方の妻になることは、一生、ありません」

身内の裏切りにあっても、剣で脅されてもなお、エーディンはソルステインに屈服するのを良しとはしなかった。

私は、ネメトン王女――そして、この国の守護神、ルアド様の妻でただひとりの聖巫女――。だからこそ、こんな盗賊まがいの男の妻になるわけには、いかない。

きっぱり誘いを断ると、エーディンは死を覚悟して目を閉じた。

けれども、エーディンに振り下ろされたのは、刃ではなく、それ以上に冷たいソルステインの冷笑であった。

「なるほど。聖巫女様は、命よりもいいもしない存在への貞節を選ぶか。いやいや、あっぱれとしか言い様のない貞女ですな」

慇懃無礼《いんぎんぶれい》な言葉使いが、この上ない皮肉と当てこすりに感じられた。

「ルアド様は、いらっしゃいます。……例え、目には見えずとも、お声が聞けなくても……」

目を開けて、震え声でエーディンが訴《うった》える。ソルステインは――意外なことに――エーディンの言葉にうなずき返してみせた。

「そう。いるのだろうな。だがそれは、現実ではなく、信じる者の頭の中にだけだが。ちょうどいいから試してみるか。……ルアドが真実、いるかいないか」

「……え？」

神とは、信じるもの。決して、試すものではないのに。この男は、いったい、何を言っているの？

ソルスティンと話しているだけで、エーディンの根本が揺さぶられる。心が波立ち、動揺し、いたたまれなくなり、そして混乱するのだ。

ソルスティンが氷のような微笑を浮かべながら、剣をゆっくりと水平に動かす。

エーディンの喉元から豊かな胸元へ刃が動き、そのまま、肢体《したい》を覆っていた上掛けをはぎとってゆく。

慌てて上掛けを摑《つか》もうとしたエーディンであったが、手が硬直して動かない。

そして、ランプの揺らめく炎の下、白い肌が露《あらわ》になった。

「なかなかのものだ……と、褒《ほ》めた方がいいのかな？　売春宿に行っても、その体だけで売れっ子になれるぞ」

賞賛——というには、皮肉が効いていたが——の言葉を発しながらも、ソルスティンの瞳には情欲の色は一切浮かんではいなかった。

商品を値踏みする商人の冷徹《れいてつ》なまなざしが、横たわってもなお形の崩れない乳房から、細く締まったウエスト、そして金色の淡い陰りに彩られた場所へと降りてゆく。

滑らかなミルク色の太股が露になったところでソルスティンは剣を思い切り振り上げ、上掛けが宙に舞った。

次の瞬間、電光石火としかいいようのない速さでエーディンの枕元に剣を突き立てると、ソルステインがベッドに乗り上げた。

「せいぜい、神に祈るんだな。ルアド神の妻を犯そうとする男に天罰が下るように、と」

血の臭いが一層濃くなったかと思うと、エーディンの胸を、ソルステインが無造作に摑んだ。大きな手の中で、柔肉《やわにく》が粘土《ねんど》のように形を変えた。

「やめなさい！　私は……ルアド神の妻なのですよ!!」

男女の交わりについての知識はなくとも、エーディンは、とんでもない災厄が襲いかかっていることに気づいていた。

男の無遠慮な手に触れられるだけで、嫌悪《けんお》と屈辱《くつじょく》が込み上げ、目眩《めまい》がしそうになる。

神が――ルアド様が――こんな不埒《ふらち》な真似を許すはずがないわ。

聖巫女としての矜持《きょうじ》が、エーディンにそう確信させた。

「馬鹿な男。あなたは、この場でルアド様の放つ稲妻に貫かれて身を滅ぼすでしょう」

「そうなったら、おまえも雷に打たれて死ぬぞ？」

「この身を汚されるくらいならば、本望です」

直接体に触れる、男の肌と熱に、震えるほどに怯《おび》えながらも、エーディンが煌《きら》めく瞳でソルステインを睨《にら》みつけた。

ソルステインは、憐《あわ》れみの表情を一瞬だけ浮かべると、エーディンの太股をまたいだ。

そうして、右手で胸元をゆっくりと揉みしだきながら、左手をエーディンの腰に添える。

脇腹の柔らかい皮膚の上を、ソルステインの指先が軽く撫でると、怖気《おじけ》とは違うざわめきがエーディンの体に生じた。

「え……？」

何、この感じ……。初めてだわ。こんな感覚。

とまどううちに、ソルスティンはねっとりとした動きでエーディンの下腹部に手を這《は》わせていた。

ミルク色のすべらかな肌の感触を楽しむように、形よい臍《へそ》の周囲に円を描いている。

小指の先が茂みを掠めると、エーディンが思わず太股を固く閉じた。

そこに、触《ふ》れられては、いけない。

本能が囁く。

何かに突き動かされ、エーディンが身を起こそうとした。

しかし、素早くソルスティンがエーディンの首を手で押さえつけ、その動きはあえなく阻《はば》まれてしまう。

「あっ……」

首に当てた手に、ソルスティンがじわじわと体重をかけてくる。

喉への物理的な圧迫、そして、狭《せば》まってゆく呼吸《いき》。

それだけでも恐ろしいのに、それ以上にエーディンを怯えさせたのは、ソルスティンが全体重をかけたら、自分の細い首などぽっきりと折れてしまうのではないか、という想像であった。

「……くっ、苦し………っ」

顔面が蒼白《そうはく》となったエーディンが、かぼそい声を出すと、首にかかる力が弱まった。

「本音は、死にたくないんだろう？　……だったら、大人しくしていることだ。でなければ、死んだ方がマシだという目に遭わせてから、殺す」

剣のように鈍《にぶ》く光る瞳は、その言葉が本気だと、雄弁に語っていた。

一度は死を覚悟したエーディンであったが、現実に危害を加えられかけたことと、恐ろしい脅しの言葉に、そんな気持ちはすっかり萎縮《いしゅく》してしまった。

彫像のようにエーディンが身を強《こわ》ばらせると、ソルステインは、何事もなかったように行為を再開した。

あぁ、ルアド様。私が、あなたの妻が、このような目に遭《あ》っているというのに、どうして助けてくださらないのですか!?

ソルステインの愛撫《あいぶ》を意識しないようにしながら、エーディンが心の中で訴える。

その間にも、ソルステインによる乳房への刺激に、胸の突起は固くなっていた。

「どうだ、感じてきてるんじゃないか？」

「感じる……？　なんのことですか」

猥褻《いんわい》な隠語など、全く知らないエーディンが真顔で返すと、ソルステインが一笑した。

「これは俺の失言だった。大神殿の清らかな聖巫女様が、そんな下賤《げせん》の言葉を知るわけがない。感じるというのは、ここが……濡れてびしょびしょになることだ」

下腹を撫でていた手を股間に移し、ソルステインが割れ目に潜《ひそ》んだ花心《かしん》に指先で触れた。無遠慮な指が花弁《かべん》の隙間に忍び込む。エーディンが内股に力を込めたが、侵入を防げるものではない。

「やめなさい。……やめて、触らないで」

「抵抗する暇があったら、神に祈ったらどうだ？」

神佑《しんゆう》などないと確信しているのか、ソルステインが嘲《あざけ》りの声で返す。

「もっとも、祈っている間にも、こうして……おまえは、どんどん汚されていくのだがな」

ソルステインの指の腹が、小さな粒の上を上下する。

繰り返し撫でられるうちに、エーディンのそこが、きゅっと落ち着かなくなっている。

「嫌……。そこは、嫌です……。触らないで……」

「嫌か。そうか。……それが、感じているということだ、お姫様。あんたは、なかなか筋がいい。そのうち——いや、今晩中にでも——ここを、いじられて気持ち良くなることしか考えられないようになるかもな」

「そんなこと、ありえません」

「どうかな？」

ソルステインが挑《いど》むような声を出した。次の瞬間、エーディンの全身が、男の肉の重みを感じた。重さだけではない。胸には、熱い吐息が迫っていた。

「……っ！」

湿った息を感じて、拒絶するようにエーディンの体がのけぞった。

しかし、意に反してそれは、ソルスティンの唇に、胸の突起を突き出すことになった。

目の前に差し出されたご馳走《ちそう》に、迷わずソルスティンが口をつける。

「あ……イヤっ！」

温かく湿った粘膜《ねんまく》に包まれて、淡く色づいた乳輪から、異様な感覚が広がった。

未知の感覚に、エーディンは恐れ、慄《おのの》く。

イヤだ、と言ったにも拘《かか》わらず、ソルスティンは愛撫をやめなかった。それどころか、濡れた舌で、じっくりと乳首を舐め上げさえした。

突起を舐め上げ、乳輪の上で円を描き、唇で吸い上げる。

ソルスティンの愛撫は巧《たく》みで、かつ、変化に富んでいた。

みるみるうちに——エーディンの意に反して——体の奥で、何かが目覚めはじめる。

あぁ、どうして、私がこんな目に遭わなければならないの？　助けてください、ルドア様。

この、不埒な男を、どうかそのお力で今すぐにでも、滅ぼしてください。

瞳を潤ませながら、エーディンが必死に心の中で祈る。

しかし、いつまで経っても、奇跡は起きない。それどころか、ソルスティンの愛撫に、エーディンは感じはじめてさえいた。

肌が、熱い。ソルスティンが何かするたびに、私の体が、奇妙に昂ってしまう……。

深い悲しみとは裏腹に、体は熱で蕩《とろ》けていった。いや、ソルスティンが発する欲望に、エーディンの体が染まっていたのかもしれなかった。

「あっ。あぁ……、あっ」

ソルステインの舌が胸の飾りの上で素早く左右に動き、エーディンの唇から声があがった。

それが呼び水となり、白くたっぷりとした乳房は、全ての刺激に反応しはじめる。

しかし、エーディンはそれを認められず、ルアドに祈ることを選んだ。

こんなのは、嫌です。ルアド様。助けて。私を……助けてください。

生まれて初めて味わう快楽に、瞳を潤ませながら、エーディンがシーツを掴んだ。

ルアド様、ルアド様、ルアド様……っ！

心の中で繰り返し神を呼ぶエーディンをよそに、ソルステインは——淡々と——乳首と乳房を愛撫し続ける。

柔らかな肉の感触を楽しむように揉みし抱き、思うままに小さな突起を舌で舐め、吸い上げた。エーディンの柔肌が熱く燃え、うっすらと汗ばみはじめる。

すると、体の一番奥で、不思議な感覚が生じた。

——？——。

エーディンの祈りが止まる。

股の間、他人には決して見せない場所で、何かが溢《あふ》れはじめている。

これは……？　いったい、私の体は、どうしてしまったの!?

みるみるうちにエーディンの眉が寄せられ、泣き出しそうな表情になる。

異様な感覚に、エーディンが内股を擦り合わせると、ソルステインの動きが止まった。

「どうした？　……その様子だと、濡れてきたか？」

ひとりごちるように言うと、ソルステインはエーディンから体を退《ど》けた。

そうして、エーディンの左足首を掴むと、そのまま無造作に持ち上げる。

当然、エーディンの股が大きく開かれることになり、男の無遠慮な視線が、湿りはじめた花弁に向かった。

慌ててエーディンがそこを隠そうと右手を伸ばしたが、その手はソルステインの左手によって払いのけられてしまった。

「っ……」

こんな形の拒絶を受けることは初めてで、エーディンは驚きに硬直してしまう。

目を見開き、驚愕するエーディンの足を、ソルステインはそのまま肩にかけた。

エーディンの腰が浮くと、ソルステインは強引に白い体を引き寄せた。ソルステインはあぐらをかき、左脇にエーディンの右足を抱え、より広く股を開かせた。

嫌……。こんなの、嫌……。

衝撃と羞恥《しゅうち》に、エーディンの気力は完全に削《そ》がれていた。

心の中で力なくつぶやく間もソルステインは秘部を凝視し、そして、唇の端を持ち上げた。

「もうちょっと濡れたら、十分イけるか。……さすがに、このまま突っ込んだら、聖巫女様が可哀想《かわいそう》だ」

そう嘯《うそぶ》くと、ソルステインはエーディンの右足をも左肩に載せ、完全に下肢が宙に浮く体勢を取らせると、あろうことか股間に顔を近づけていった。

「……っ!!」

熱い息が内股に吹きかかり、エーディンが息を呑んだ。

ソルステインが太股に顔を寄せた。いったんそこに口づけをし、強く吸い上げ、白い肌に朱を散らせてから、舌を突き出して花弁に隠れた陰核《いんかく》をつついた。

「――んぁっ！」

シーツの上で、エーディンの体が魚のように跳ねる。

湿った肉。それが触れただけで、今までとは比べものにならないほどの快感がエーディンに訪れた。

思わず目を閉じると、目尻から涙が一筋、雫《しずく》となってこめかみを伝う。

エーディンに余韻《よいん》に浸《ひた》る暇は与えられなかった。ソルステインが、赤く染まりはじめた粒を舐め上げたからだ。

「んっ。んんっ」

まぶたを閉じながら、エーディンが首を左右に振った。

こんな……こんな。あぁ、私……っ。

敏感な部分を、先ほどの乳首同様に、ソルステインが執拗《しつよう》に責めはじめた。

繰り返し舐められて、小さな肉の芽は、膨らみ固くなっている。感じることを知った体は、性感帯への刺激に、蜜壺《みつつぼ》を愛液で湿らせてゆく。

「あっ。あぁ……あ。ん……っ」

生じた快感に、体を熱くなる。肌が火照《ほて》り、息があがってゆく。

ソルステインが突起に軽く歯を当てただけで、エーディンの背がのけぞった。豊かな胸を突き出しながら、せわしなく呼吸をし、腰を捩《よじ》る。

「やぁ……、あっ、あっ」

与えられた快感に耐えかね、エーディンの下肢がつっぱり、ソルステインの顔を太股でぎゅっと挟んだ。

熱い息が股間に吹きかかる。その感触にさえ、肉筒から粘膜が溢れた。

「これはこれは、なかなか大胆なことをする。……あなたの志《こころざし》はともかく、体の方はこちらの方に、随分《ずいぶん》と向いているようだが？」

軽々とエーディンの両足を持ち上げながら、ソルステインが皮肉たっぷりに言った。

エーディンの両足を寝台に降ろすと、今度はうつぶせに寝かせ、腰を引っ張り上げる。

ソルステインはエーディンに四つん這いの姿勢を取らせると、両脚の隙間に手を入れ、秘部を指でなぞった。

「………んっ」

潤みはじめていた坩堝《るつぼ》は、容易《たやす》く指を受け入れた。とはいえ、異物をそこに受け入れる感覚にエーディンは馴染《なじ》めず、くぐもった呻《うめ》き声を漏らした。

何……？　どうして、こんな場所に指を入れるの？　いいえ、それより、ここに指が入るだなんて……。

一生を処女で過ごす聖巫女には、性交や生殖の具体的な知識は必要ないと、誰もエーディンにそれを教えなかった。それだけに、エーディンは、自分の体とその変化に驚いていた。困惑《こんわく》するうちに、そこから指が抜かれた。ほっと息を吐いたところで、すぐに背中に熱と重みを感じた。

「……？」

エーディンが振り返ると、驚くほど近くにソルステインの顔があった。

ソルステインはいつの間にか上半身裸になっている。

直接触れる男の肌。その熱さに、エーディンは息を吞む。肌と肌が密着すると、嫌悪ではない何かが、エーディンの肌を粟立《あわだ》たせた。

ソルステインと目が合うと、傲慢《ごうまん》な男がにやりと笑った。そうして、エーディンの細い胴体を抱えるように腕を回すと、左手を乳房に添え、右手を股の間に滑り込ませた。

「これ以上……私に、何をするつもりですか」

「何をする……とはね。そんなことさえ、言わなければわからんのか？」

耳朶《じだ》に熱い吐息を吹きかけながら、ソルステインが囁いた。

大きな手がゆっくりとたわわな胸を揉みしだき、同時に、股間では蜜壺に入った指が、肉壁を広げるように蠢《うごめ》いていた。

「んっ。……あ、あぁ……っ」

一度点いた炎は止まらなかった。ソルステインの愛撫に——膣の方は違和感があったが
——エーディンは感じ、あえぎ声はやむことなく続いていた。

「んっ。あ……ん……」

「——そろそろ、か——」

無言でエーディンの肢体を貪《むさぼ》っていたソルステインが、ひとりごちる。

ソルステインが、エーディンの胴に絡めていた腕を離すと、素早くズボンを脱ぎ捨てた。

「さて、聖巫女様、あんたはこれから俺の女になるわけだ。多少は痛いかもしれないが、あんたには素質がある。いもしない神より現実の男の方がいいと思わせてやろう」

不敬な言葉を言い放つと、ソルステインが膝をついたままのエーディンの腰を引き寄せた。

「……………えっ!?」

股間——いや、蜜口《みつくち》——に、何かを感じて、エーディンが声を上げた。

何、これは……。指ではないわ。指よりも、もっと太くて、熱い何か……。

ぽっかり開いた穴の上で、ソルステインは熱い何かを何度か上下させた。

前の粒はその刺激に反応して奥を潤《うる》ませ、受け口は熱い肉の感触にわなないている。

「ん……、あぁ……っ。っ！」

エーディンが息を吐くと、その瞬間を狙ったようにソルステインが先端をそこに入れた。

指などとは比べものにならない、太く硬い物を挿入されて、エーディンの息が止まった。

柔らかい肉が強引に押し広げられ、悲鳴をあげる。

「痛っ……っ。今、すぐ、やめなさい。…………やめて！」

裂けそうな痛みに、エーディンが叫ぶが、ソルステインは動きを止めなかった。

それは即《すなわ》ち、引き裂かれる痛みが続く、ということだった。

痛い……。痛い。この男は、私に何をしているの？　助けて、ルアド様!!

顔の前で両手を組み、固く握り締める。

しかし、エーディンの祈りは届かず、膣《ちつ》はソルステインを直接感じていた。

肌で触れるより、ずっと、熱い。熱くて……体の中が、火傷《やけど》してしまう。

生まれて初めて、勃起した男根を受け入れることに、エーディンはひたすら混乱していた。

いや、何をされているかわからないだけに、恐慌《きょうこう》をきたしていると言っても良かった。

「嫌。……やめて、やめてぇ……。ルアド様……っ」

どうして、ルアド様は、私がこんな目に遭っているというのに、私を助けてくださらないの？　どうして、この男に罰をお下しにならないの!?

痛みという名の嵐に襲われ、エーディンが涙をにじませながら、心の中で叫んだ。

腰がみしみしと音を立てているような気がした。このままソルステインにいいようにされているうちに、怪我をするのではないか、とさえ思った。

永遠にさえ思えるほどの苦痛の時間は、亀頭がすっぽり中に納まることで終わりを告げた。

腰の痛みは相変わらずだが、秘部のひきつれるような痛みは和《やわ》らいだのだ。

ソルステインが、ほう、と音をたてて息を吐く。

「さすが処女。ここまで挿《い》れるだけでも、大仕事だ」

「……」

「痛みのあまり、声も出ないか?」

ふいに、ソルステインが手を伸ばし、エーディンの肩を軽く叩いた。

そうして、上体を倒してエーディンの背中に体を預けると、白いうなじを吸い上げた。

「きついが、感触は悪くない。たっぷりと楽しめそうだ」

首筋に、熱い息が吹きかかる。ソルステインが笑ってるのだと気づいたが、エーディンは一刻も早くこの苦痛から解放されるようにと、そればかりを祈っていた。

エーディンの反応がなくとも気にならないのか、ソルステインがぐい、と腰を進めた。

男根が肉棒を擦るその感触を、まざまざと感じる。

私の中に、また、何かが……入って……。

硬い楔《くさび》は、柔らかな肉の壁をこじ開けながら、どんどん中に——奥へ——入ってくる。

エーディンは固くまぶたを閉ざし、内臓が圧迫される感覚に耐えた。

早く、早く早く、この瞬間が終わって欲しい!

祈りが通じたのか、ソルステインが動きを止めた。

奥深くまで太くて硬い男根で埋めたところで、ソルステインがエーディンの腹部に腕を回して、自分の膝に座らせた。

「っ! 急に、何を……っ」

陰茎を納めたまま体を動かされ、鈍い痛みにエーディンが肩をすくめる。

「まあまあ、いい物を見せてやろうというんだ。聖巫女よ、自分の股の間を見てみろ」

「股の……間……?」

平らな腹部のその先、黄金色の草むらへエーディンが言われるままに視線を向けた。エーディンが見やすいようにか、ソルスティンがエーディンの両の太股を腕で抱えて開脚させた。

「――っ!」

自分の股間に刺さった肉の楔に、エーディンが息を呑んだ。

赤黒く染まり、血管の浮き出た陰茎は、まるで毒蛇《どくへび》のようにエーディンの瞳に映った。

「嫌! 何、これは!?」

「男には、もれなくあるモノだ。女のここに、穴が開いてるのと同じようにな」

ソルスティンは右手を太股から離すと、エーディンの右手を掴んだ。そうして、ふたりの
股の間――結合部――へ、エーディンの手を誘《いざな》う。

「………っ」

ぎゅっと手を握ったが、エーディンの右手の第三関節が、ソレに触れた。エーディンの手
に触れられて、男性器が嬉しげに中で大きくなる。

「――女が男の妻になるというのは、こういうことだ――。おまえは今までルアドの妻だっ

たぶん、ないのでしょう」

「それは……。…………そう、ルアド様は、神なのです。人と同じ営みをする必要が……たぶん、ないのでしょう」

ソルステインの問いに困ってしまったエーディンであったが、必死で考えた答えを口にした。しかし、それを聞いた瞬間、ソルステインは爆笑した。

爆笑ついでに腰をくねらせ、突き上げ、エーディンの蜜壺を灼熱《しゃくねつ》の棒で刺激する。

「おいおい、まさか、本気でおまえの先祖アースタがルアドの子を身ごもったと思っているのか？　あんなの、嘘っぱちだ。真相は、この地に元から住んでいた住民か一族の男か——俺は、エイリークが王になったことから、地元の有力者と推測してるが——と、こういうことをして、孕《はら》んだんだ。建国の英雄が、父親もわからないんじゃ聞こえが悪いから、神の子ということにして、エギンの伝説までも作り上げたんだろうさ。死人に口なし。エギンは、ルアドのことを誰にも言わなかったわけじゃない。言えなかったんだ。何せ、そんな約束の地の夢など、見なかっただろうからな」

「なっ……っ」

背中に男の熱を感じながら、エーディンはあまりの不敬な発言に、絶句してしまう。

「人と神が共寝しても、こどもはできない。牛や馬とやっても子ができないのと同じでな。人は、人としかこうして交わって子をなせない」

「…………嘘です。それは、嘘よ」

「じゃあ、なぜ、歴代の聖巫女は、誰ひとりとして孕まなかった？」

「それは……」

「それ以前に、なぜ、エイリークは自分の父親に自分の娘を嫁がせるなんて暴挙をしたんだ？　それは、俺の故郷では、あってはならない関係だ。もちろん、ここ、ネメトンでもそうだろう？　それはつまり、神と人の間に子はなせない。そのことをエイリーク自身が一番よく知っていた……そういうことさ」

決定的な指摘に、エーディンは絶句した。

嘘よ、と言い返したいのに……どうして、私、声が出ないの？

胸には苦くて熱い塊《かたまり》があり、喉は食べ物を詰まらせたかのように息苦しい。

あえぐように息をすると、ひゅう、と喉が鳴った。衝撃を受けるエーディンの様子に満足したか、ソルステインがエーディンの脇に手をやり、そのまま体を浮かせて半回転させた。

おもむろにソルステインと向き合う姿勢を取らされ、エーディンは顔ごと視線を背《そむ》ける。

そして、ソルステインはつながったまま、エーディンを寝台に横たえた。

ソルステインは上体を倒すと、ぐい、とエーディンに顔を近づけた。

「足を開け……と言っても、開かないか。まあいい。辛いのは、おまえだからな」

酷薄《こくはく》な笑みを浮かべ、ソルステインが半ばまで出ていた楔を素早く中に押し込んだ。

「……っ！」

抜けてゆく楔に肉の壁が引っ張られ、そして、狭い穴に潜《もぐ》ってゆく感触。

その両方が苦痛に感じ、エーディンは右手でシーツを摑んだ。

愛撫により生じた熱は、痛みとゆっくりとした抜き差しによって散じ、汗をかいた肌が冷えはじめてさえいた。

ソルステインは、最初こそ単純な前後運動ばかりをしていたが、途中から動きを変えた。柔肉をかき回すように動かしたり、内壁を抉《えぐ》るように突き上げたり。

この男……何をしているの？

ソルステインの動きをエーディンがいぶかしく思ったが、すぐに、その理由がわかった。亀頭がある場所を擦った時、エーディンの性器を中心に、ざわめきが走ったからだ。

そこを中心に、さざ波のように快感が広がる。そして、それは、エーディンの官能に、再び火を点《とも》したのだ。

「ここか？」

わずかに嬉《うれ》しげな声でソルステインがつぶやいた。そして、探り当てた性感帯を、狙い澄ましたように先端で抉った。

「ん……っ」

ざわめきは、くっきりとした快感に姿を変えた。肌が粟立ち、蜜が溢れる。

ソルステインはエーディンを煽《あお》りたいのか、そこばかりを責めはじめた。

「あぁ……、あっ、あっ、あ……っ」

エーディンの唇から、甘く濡れた声が漏れはじめた。

急に、体がまた……。私、あぁ、いったいどうしてしまったの？

身の置き所のない快感に腰を捩らせる。エーディンの瞳は潤み、そして体が火照ってどうしようもない。

「どうだ、気持ちいいだろう？」

「知らない。そんな……」

「こんなに濡らして何を言っている。これが、感じているということだ。いくら聖巫女とはいえ、所詮は女。神の妻でいるより、現実の男に抱かれる方が、よほどいいだろう？」

言葉でエーディンを嬲《なぶ》りながら、ソルステインは快感を注ぎ続けた。

「そんなこと……は……っ。んんっ」

違うと否定しようとすると、ソルステインが性感帯を素早く何度も擦り上げた。

「あぁ……っ。あ、あぁ……っ」

甘いというには激しい刺激に、透明の液体が溢れ、そこに何かが集まってゆく。昂《たかぶ》りが股間に集中し、息苦しさを感じた瞬間、エーディンの粘膜がわなないた。

「あぁっ、ん……あ、あぁ……」

意志に反して、膣が悦びにひくつき、男根を締め上げる。

「ほう。初めてなのに、イったか。随分と、聖巫女様の体はコレが好きなようだ」

絡みつく熱い肉に、ソルステインが目を細めた。口では皮肉めいたことを言いながらも、満更《まんざら》でもないという表情をしていた。

「きついばかりで芸がないと思っていたが、これなら、俺も楽しめる」

猥雑《わいざつ》なことを言いながら、ソルステインがエーディンの胸を鷲摑《わしづか》みにし、自分の物だと主張するように乱暴に揉《も》みはじめた。

痛いくらいの愛撫であったが、今のエーディンの体は、それすらも官能に変えた。痙攣《けいれん》がおさまり、鎮まりかけた体に、再び炎が点ってしまう。

「いや……あ、あぁ……」

楽になったと思ったのに、また、体がおかしくなって……。

ソルステインに挿れられている部分が、熱い。擦られて……引っ張られて、奥まで埋められて……変だわ。嫌なのに。嫌な、はずなのに……。

エーディン自身は認められなかったが、体は、快感を覚え、それを楽しんでいた。

「嫌？　ここをこんなに濡らして、何が嫌だ」

ソルステインが軽く浅く、繰り返し、エーディンに楔を突き立てる。

柔肉に包まれた陰茎は、先ほどより竿が太くなり、熱さも硬さも増していた。

こんなに熱くて太いのに、そんな風にされたら、あぁ……っ。

全身を細かに震わせながら、エーディンの瞳は歓喜の涙を流した。

蜜でしとどに濡れた膣が、もっと快楽が欲しいと肉棒に絡みつき、うねっている。

「あ……、んっ、ん、……あぁ……っ」

嫌々するように首を振りながら、肉欲に身悶えるエーディンの腰を、ソルステインがしっかりと両手で摑んだ。

「そろそろ、俺もイかせて貰うか」

わずかに余裕をなくした声で告げると、今まで以上の速さでエーディンを責め立てた。

肉と肉のぶつかる音が、リズミカルに、そして絶え間なく寝室に響く。

「あぁ……。駄目、そんなにしては……。あ……ん」

今や灼熱《しやくねつ》となった男根に苛《さいな》まれ、エーディンが再び絶頂を迎えた。

ぴったりと肉棒を包まれて、ソルステインが小さく声を上げ、そして、腰の動きが一層速まった。

こんなに立て続けに擦られては……火傷してしまう！

エーディンの脚がつっぱり、感じすぎて足指が反り返っている。涙はこめかみを濡らし、赤く染まった花弁からは粘液が溢れ、内股を濡らしていた。

「あ、い、あ……うん……っ」

「まだまだ、おまえはイけそうだな。だが、俺の方が限界だ」

そう言うと、ソルステインは弾みをつけるように二度、勢いよく突いてから、今までより一番強く、激しく、そして奥まで、エーディンを貫いた。

「……くっ。ん……」

小さく声を漏らしながら、ソルステインが射精する。

そして、エーディンは、体の一番深い場所で、熱い何かが放たれたことを知った。

精液が粘膜に注がれる。その感触に、エーディンの肌が粟立ち、子宮が悦《よろこ》びざわめいた。

「な、あ……」

「ふぅ。……これで、おまえは完全に俺の女だ」

白濁《はくだく》を注がれるという、未知の体験に呆然《ぼうぜん》とするエーディンに、一息ついてソルステインが宣言した。

「どういう……？」

汗と涙でぼやけた視界でエーディンがソルステインを見上げた。

ソルステインは結合したまま上体を倒すと、エーディンの耳元に唇を寄せ、少し掠れた色っぽい声で囁いた。

「俺の子種を、おまえに注いだ。運が良ければ、おまえは俺の子を孕《はら》む。これが、人間の男女の営みだ。おまえも、良かったんだろう？　何せ、三度もたて続けにイっていた」

エーディンを確実に自分の物にしたことで余裕が生まれたのか、ソルステインが優しい手つきでエーディンの涙と汗で濡れた髪を梳《くしけず》る。

「嫌……そんな……嘘よ。あなたの子を……なんて……」

どうしましょう。私……私、そんなことになってしまったら、二度とルアド様にお仕えすることができなくなってしまう。

薔薇《ばら》色に染まった頬から、みるみるうちに血の気が引いていった。

驚愕に強ばったエーディンに、ソルステインがつまらなさそうな顔をし、そして皮肉っぽい顔で口を開いた。

「安心しろ。さすがに、一発で大当たり……なんてことはない。もし、あったとしたら、それこそ神の悪戯、いやルアド神からの祝いの贈り物だろうさ」

「……酷《ひど》いっ」

見開いたエーディンの目から悲しみと失望の涙が溢れ、玉を結んでこめかみを伝う。

「ルアド様は、そんなこと、なさらないわ！」

ソルステインとつながったまま、エーディンは自由になる上体を捻《ひね》り、枕に顔を埋めた。

暴言に肩を震わせ、泣きはじめたエーディンの耳に、ソルステインの声が届いた。

「そうだな。ルアド神は、そんなことはしない」

「…………」

「ルアド神などいやしない。もしいたのなら、今頃俺は、神罰を受けている頃だろうさ」

嘲笑《ちょうしょう》の言葉を発するソルステインの竿が、エーディンの中で再び力を持ちはじめていた。

体の深くにソルステインを感じ、エーディンが嗚咽《おえつ》混じりの悲鳴をあげた。

「つまりそれは、おまえの祈りは届かなかったということだ。聖巫女からただの女になった感想は、いかがかな？　エーディン姫？」

ソルステインがエーディンの上半身に覆い被さり、ゆっくりと体重をかけてくる。

そして、再び腰を遣いはじめた。

「まだ……あなたは、私を侮辱《ぶじょく》するのですか？」

「侮辱じゃない。ただの女となったおまえと、もっと楽しみたいだけだ」

嬉しげな声で言いながら、ソルスティンが舌を突き出した。そうして、悲しみの涙で濡れたこめかみを、ねっとりと舐めたのであった。

☆

くったりと寝台に横たわるエーディンを横目に、ソルスティンは寝台や床の上に脱ぎ散らかした衣服を拾い上げ、申し訳ていどに身なりを整える。

ソルスティンは、今宵《こよい》一晩で三度、エーディンの中で達していた。

よほど疲れていたのか、エーディンはソルスティンが離れるとすぐに、気絶するように眠りに落ちていた。

乱れた金髪に縁取られたエーディンの寝顔は、眉《まゆ》を寄せ、いかにも苦しげな表情を浮かべていた。

少々、やりすぎたか……。いいや、この女が無邪気に神を信じているから、このような目に遭《あ》ったんだ。神などいない。祈りなど無駄だというのに……いわば、この女の蒙昧《もうまい》さと頑迷が招いた事態、つまり自業自得だ。

そう自分の疚《やま》しさを切って捨てると、ソルスティンは剣を鞘《さや》に収め、マントをふわりと肩にかけ、扉に向かって歩き出した。

回廊は、シンと静まり返っていて、大理石の床を歩くソルステインの長靴の音が、無機質に響いた。

ソルステインが聖宮の玄関の扉を開けると、のっぽの男が仏頂面《ぶっちょうづら》で待っていた。

「遅かったな、ソルステイン」

「すまん。少々、興に乗りすぎた。詫《わ》びは大神官が貯め込んでいたワインでどうだ？」

「……まあ、いいだろう」

つまらなそうな顔をして男がうなずいた。

男の名は、オルム・スカヴホッグ。ソルステインの右腕と言える存在だ。

ソルステインより一歳年長の二十九歳。オルムは細身で背丈が高く、まるで槍《やり》か棒のような体つきをしていた。

無口で、おまけに年齢よりかなりふけて見える顔立ちのせいか、いつも不機嫌そうに見られてしまう。

とはいえ、戦士としては優秀で、戦場では暴風雨のように敵をなぎ倒す――まさしくベルセルクだ――激しい一面もあった。

その上、冷静な時は頭も切れて、口も固く、信義に厚い。それだけでもソルステインが信頼を置くに足りたが、このふたりは義兄弟の関係にあった。

ソルステインの故郷では、家同士の結束を固めるため、または友情の証として、他人の子を養い子として預かり、実子と分け隔《へだ》てなく養育するという習慣がある。

ソルステインとオルムの父親同士は親友で、オルムが五歳になった時、ハーラルソン家の養い子として迎えられたのは、あまりにも当然のなりゆきであった。

明朗で快活なソルステインと寡黙《かもく》な激情家のオルムは、初対面から妙に馬が合い、ふたりは幼い時からずっと仲が良く、何をするにも一緒であった。

「変わったことはなかったか？」

「何も。打ち合わせた通りに進んでいる」

ソルステインらが聖宮を離れると、すぐさまソルステイン配下の戦士たちがやって来て、玄関の見張りと哨戒《しょうかい》の任に着く。

ふたりが向かうのは、大神殿の敷地内にある、大神官長専用の建物、清浄殿《せいじょうでん》だ。中庭に涼しげな風が吹くと、オルムがぽつりと口を開いた。

「聖巫女とやったということは、あの女は、もう必要ないか？」

「いや。聖巫女は、俺に協力する気はないと言った。頑固な女だから、このまま、予定通りに計画を進める」

「……聖巫女は、おまえのいいなりにならなかったか」

オルムがわずかに眉を上げた。これでも、これがこの男の最大限の驚きの表現だ。

「まあな。そういう時も、あるんだろうさ」

ソルステインの答えに、オルムは何か言いたげな顔をしたが、無口な男らしく、結局は何も言わずじまいであった。

そうするうちに、ふたりは清浄殿へ到着した。その建物は、大きさこそ聖宮に比べればややこぶりであったが、内装は比較にならないほど豪華であった。

玄関を入ってすぐのホールは、床は色とりどりの大理石を使った複雑なモザイク模様が施され、柱は繊細な彫刻と金箔《きんぱく》で彩られている。

その上、瞳や装身具に高価な宝石や金箔や銀箔《ぎんぱく》があしらわれた神像がスラリと並び、訪れた者に大神官長の威勢——真の権力者が誰かということ——を、如実《にょじつ》に伝えるのだった。

実際、清浄殿を見た後で、聖宮に行ったソルステインは、内装や調度類を含め、そのあまりの簡素《かんそ》さに、拍子抜けしたほどだった。

そうして、階段で二階に上がると、大神官長の執務室と私的な来客を迎えるための応接室、寝室と書斎があった。

書斎と言っても、本よりも財物を入れた櫃《ひつ》の方が数も多く、ソルステインは呆《あき》れてしまったのだが。

「オルム、大神官長の私財は、どれくらいあった？」

「金貨が詰まった櫃がふたつ、銀貨が十。宝石の入った革袋がふたつ。宝石入りの銀器が櫃にみっつ、最上級の反物や絨毯《じゅうたん》、香木や細々とした象牙細工《ぞうげざいく》など加えて、ざっと俺たちの全財産の倍というところだ」

あまりの景気のいい話に、ソルステインが口笛を吹いた。

「そりゃすごい。……まじめに海賊をしているのが、馬鹿らしくなるな」

ソルステインの不敬な軽口に、オルムは淡々と言葉を紡《つむ》いだ。

「それだけではない。大神官長は、個人的に金貸しや投資もしていたらしい。ネメトン国内の荘園の権利書と、国内外問わず、商人への投資金の預かり証、借金の証文などが、執務室から出て来た。これらは、枚数が多すぎて、算定がまだ終わっていない」

「大神官長の資産だけで、我らが故郷の国王、シグルズの財産を越えそうだな」

「大神殿の宝物庫と合わせれば、ドレカル一国を丸ごと買っても、お釣りが来る」

ソルステインの軽口に、オルムがにこりともしないで応じた。

そして、ソルステインはと言えば、ネメトンの豊かさ――故郷の貧しさ――を思い、重々しい表情になった。

大陸の北の辺境……。短い夏と長い冬、風土は厳しく、農耕に適した土地は極端に少ない……。だが、俺の故郷だ。産まれた育った土地だ。

故郷を追放されて五年、幾度、産まれ育った場所に帰りたいと願ったことか……。

金で購《あがな》えるものならば、ソルステインは今すぐにでも国を丸ごと買い取りたかった。

しかし、ソルステインの口から出たのは、真逆の言葉だ。

「……オルム、いくら金を積んでも、国は買えない」

「だが、奪うことはできる」

「国を奪われるような、阿呆《あほう》が治める国だけだがな」

国の大小に関係なく、統治者が、そしてそれを支える国民がまっとうであるならば、よほど国力の隔絶《かくぜつ》した国家に大規模かつ速《すみ》やかな――皆殺しに近い――侵攻を受けない限り、国が滅びることはない。

ソルステインはオルムとともに、大神官長の執務室――今は、ソルステインの執務室だ――に入った。

磨き上げられた大きな一枚板の机、銀の燭台《しょくだい》の明かりに照らされて、その上に山と積まれた羊皮紙を見やりながら、ソルステインがしみじみとつぶやいた。

「国が滅ぶ時、というのは、国そのものが機能不全を起こし、死に向かって自壊するものだ。……過去の歴史が、それを証明している」

北方の雄・ドレカルの宰相《さいしょう》、オーラーヴの跡取り息子として教育を受けたソルステインの瞳には、今、目に映る書類の山が、その象徴のように思えた。

そして、内心でひとりごちる。

ネメトンでは、民に神殿に対して、十分の一税を徴収《ちょうしゅう》している。領主への税とは、また、別に。それ自体は、構わない。組織というのは、金を食う生き物だから。

そして、人には、信じる物、すがる物が――かつての俺のように――必要で、その受け皿として信仰があり神殿がある、というのも、また理解できる。

だが、俺が許せないのは、ネメトンの神官どもが、私服を肥やすため、国王ミディンを煽《あお》り、戦争を頻繁《ひんぱん》に起こさせることだ。

ミディンは、兄王が死んで即位したことから、神意の存在と自らへの多大な加護を感じ、深くルアド神を信仰している。それに付け込み、ルアドの神託だのなんだの理由をつけては国王を脅《おど》し、王宮の重臣に賄賂《わいろ》を送って、会議での戦への反対を封じ込める。

戦ともなれば、人は不安になり、神に頼りたくなる。戦に勝つには、無事に生きて戻るには、ルアドの加護が必要だと教え諭《さと》し、神殿に寄進させ高額の喜捨と引き替えに聖巫女の祝福を受けさせる。また、神殿に寄進をした領主や身内の領主に対しては、ルアドがその領主を戦に出してはならないという神託を出すことで、戦からの逃げ道を用意する。

自分らは、決して、戦の被害には遭わない、安全な場所にいて、だ。

俺は……、そういう腐った奴腹に反吐《へど》が出る。

激しい憎悪とともに、ソルステインが借金の借用書を睨《にら》みつけた。

借金をする者の中には、戦に出るための支度に金が必要になった者もいる。国王の戦費調達のための、たび重なる重税に耐えかねて、しかたなく借金をした者もいる。

彼らは、戦争を起こすよう国王を操っている者が誰かも知らず、真の黒幕に、自らの困窮《こんきゅう》を招いた人物に、借金を申し込んだのだ。

それを、愚《おろ》かなことと一笑することもできたが、それ以上に、ソルステインは彼らが憐《あわ》れでならなかった。

「いずれ、折りを見て、借金の証文は破棄にしよう」

債権――しかもかなりの金額だ――を、放棄するというソルステインの言葉にオルムは黙ってうなずいた。

「商人たちへの証文は、リストを作って、それぞれに使者を立てる。……話し合いの場を設ける助けにはなるだろう。……奴らには、大神官長やネメトン国王より、俺の方が投資のし甲斐《がい》があると、思わせてやるさ」

一夜にして、ネメトン最大の神殿を占拠した男が、暗い目をしてつぶやいた。

ソルステインには、目的があった。

温厚で忠実だった父に国王暗殺の汚名を着せて処刑をし、ハーラルソン一族を追放した現国王へ、復讐すること。

それには、ネメトンの領土を征服し支配し、統治権を認めさせ、自分が王として即位する必要がある。

ソルステインは、征服するために、ネメトンに来た。

その第一歩が、大神殿を支配下に置くことで、信仰心の厚いネメトンの民の支持を得る。

そのためには、エーディン——聖巫女——を、妻にする必要があった。

俺は、ドレカル国王に復讐するためならば、なんでもする。目的のために、気に食わない女を妻にすることも、厭《いと》わない。

東方特産の、分厚い錦に刺繍《ししゆう》の入ったクッションが置かれた椅子に座り、ソルステインが心の中でそうつぶやいた。

オルムとともに、内密を要する打ち合せを二、三済ませた後、ふたりは宴会などを催《もよお》す大広間へと向かった。

宴会に出席した神官や巫女らを、ソルステイン達はそこにひとまとめにして閉じ込めていたのだ。

聖宮の寝室で、ソルステインが言ったことに嘘はなく、一番上席――大神官長や、神官長達のため――の食卓用テーブルに、今は、料理の代わりに彼らの死体が折り重なっていた。

突然、武装した戦士が乱入してきて、目の前で大神官長らを斬《き》り殺され、そのまま遺体と一緒に閉じ込められて、大神殿の人々はすっかり怯《おび》えきり、巫女の中には気絶する者さえいた。

神官の中には、抵抗しようとする者もいたが、それは、ソルステインが生かしておくとあらかじめ決めていた神官長ダグダ――事前の調査で、大神官長のやり方を唯一批判し、反対意見を述べていた――の「無駄死にする必要はない」という一言で沈静化した。

この判断を見ても、ソルステインはダグダに一目置いた。

北方、中でもドレカルの戦士は、大陸全土を見回しても、指折りの戦闘集団だ。

その証拠に、東方の帝国において、皇帝の近衛にはドレカル出身の傭兵《ようへい》が多く、近衛団長には、代々ドレカルの者が就《つ》いているほどなのだ。

ドレカルの名家、ハーラルソン家も、何人か近衛団長を輩出している。

そして現在、ソルステインが率いる集団の中核は、一族追放となったハーラルソン家の男達だ。彼らはみな、皇帝の近衛や近衛団長に比肩する戦闘能力の持ち主である。

その他の者らもドレカル国王・シグルドの政治に反発し――ハーラルソン家と同じように

——追放となった高名な一族の者や、放浪するソルステインの「国を興《おこ》す」という荒唐無稽《こうとうむけい》な夢に賛同し、助力したいと申し出た酔狂《すいきょう》な戦士達ばかりだ。

例え数で神官たちが圧倒していても、控《ひか》えめにみつもってひとりが他国の兵士三人分の働きをする戦士達を相手にしては、結果はあまりにも明白だった。

……と、いうことを例え理性でわかっていても、冷静に認められ、かつ恐慌《きょうこう》をきたした集団をまとめられるダグダの手腕は、並じゃない。

自分の父親ほどの年齢の男に、ソルステインは内心で敬意を払う。

大神官長という重しを失った集団の管理を任せ、俺に協力するよう納得させられるのは、やはり、この男だけだ。そうソルステインは再認識した。

オルムとともに大広間に入ったソルステインは、仲間の戦士らに監視され、上座から逃げるように反対側に固まった神官と巫女達に朗々と語りかけた。

「……さて、聖巫女には、俺から協力を要請し、快《こころよ》く了承して貰った。これで、大神殿が俺に協力する名分は整った。協力せねば、死んで貰う。だが、俺に協力するのならば、身の安全と今まで通りの生活は保障しよう」

大神殿を制圧したソルステインだが、何も、彼らから全てを奪うつもりはなかった。

ただ、大神殿に寄生していた害虫を駆除し、彼らがこれまで貯め込んだ財物を頂戴し、将来的に、ソルステインがネメトンの地を征服する過程において、民衆が下手に反抗しないよう、説得して貰えればいい、とだけ考えていた。

民は、そのまま国の生産力だ。ネメトンは豊かな土地で、土地を奪い合う必要もない、良い国だ。だったら、国土に載っている民衆は、できるだけそこなわず、そのままの形で頂戴できれば、一番、美味しい。

そのためには、現在のネメトン国王ミディンよりずっと良い統治をすると決めている。国王からの戦費にあてる重税と、神殿の寄生により疲弊《ひへい》しているネメトンでは、他の国の「普通の統治」をするだけで、それは簡単に実現する。

貧しい国家ドレカルで、宰相として国家の運営に参画していた父を見ていたソルステインには、それがどういうことかは、肌身でわかっていた。

ソルステインのよびかけに、神官らの中から、ダグダが前に進み出た。

ダグダは五十六歳。以前は騎士だったというだけあって、やや小柄ではあるが細く引き締まった体軀《たいく》の持ち主だ。

顔立ちは地味だが落ち着いた雰囲気で、独特の静けさを漂わせていた。

「ハーラルソン殿、我らの身の安全を保証するというのは、本当か」

ダグダは独特の美声の持ち主だ。その声は、時を告げる鐘のように耳に心地よく響く。昂るわけでもなく、沈毅《ちんき》なまなざしを向けるダグダに、ソルステインはしっかりとうなずき返した。

「あぁ。戦士の言葉だ。二言はない」

「……逆らわなければ、という話だが、そちらが理不尽に暴力的な振る舞いをすれば、我らだとて反抗のひとつもしたくなる。その点については、如何《いかが》かな？」

「こちらも、なるべく礼儀正しく振る舞うつもりだ。……それに、元よりここに長居する気はない。それまでの間、互いに——そちらにとっては目障《めざわ》りだろうが——、揉め事なく過ごしたいというのが、こちらの意向だ」

毅然《きぜん》とした相手には、ソルスティンの態度も自然とそれにふさわしい物に変わる。

「清浄殿と神官長用の居住棟、それに迎賓館《げいひんかん》は、こちらで使わせて貰う。……ダグダ殿には、大変申し訳ないが、しばらくの間、我慢していただきたい」

「私の多少の不便など、いかほどのことでも。それより、聖巫女がソルスティン殿に協力するとおっしゃられたとは、真《まこと》のことか？」

「……あぁ」

ソルスティンが一瞬の間をおいたことで、ダグダは事情を察したように、眉根を寄せた。

エーディンは若く美しい乙女だ。そして王女の生まれで誇り高く、唯々諾々《いいだくだく》とソルスティンの申し出を受けるはずがない。

若い男が自分に反抗する若い娘を従わせる場合に、どういう手段を取るか。少し考えれば、誰にでもわかることだ。

「…………」

どうしたものか、という風にダグダが首を左右に振った。

聖巫女が処女でなくなった、など、ネメトンの一大スキャンダルだ。神殿のみならず、王家にとっても、手痛い醜聞《しゅうぶん》だ。

この場にいる神官や巫女たちも、聡い者は何が起ったかわかったようだが、ダグダが黙っていろという風に目で制し、口を開いた。

「……衛兵たちは、どうしていますか？」

「薬で眠らせて、まとめて縛り上げている。武器を取り上げて、しばらく兵舎に閉じ込めておくつもりだ。抵抗したら、聖巫女を殺すと脅した上でな」

「それでは、参拝者はどうするつもりですか？ あなた方に大神殿が……いや、衛兵でもない方々が武装して大神殿の敷地を歩いているだけで、大騒ぎになるでしょう」

「だったら、しばらく大神殿の門を開けなければいい。大神官長と神官長たちが、食中毒で全員死んだとでも言えば、短い間なら騒ぎも起きないだろう」

「……何もかも、考えておられているのですね。だが、いずれ全ては明らかになります。大神殿が異邦人に占拠され、高位の者らが殺されたとなれば、王が討伐《とうばつ》軍を発しますよ」

そのていどのことは、当然、ソルステインも予想している。

ダグダの問いかけに、ソルステインが不敵な笑顔で返すと、またしてもダグダがため息をついた。

「このような問いかけは、無駄《むだ》でしたな。いいでしょう。我らは、あなたに従います。いや、この状況では、従う以外に道はないようですから」

「ご理解いただけたようで、こちらも嬉しく思いますよ」

ソルステインが、今度は爽やかで人好きのする笑顔を浮かべると、ダグダが面食らったように目を軽く見開いた。

「ハーラルソン殿、最後に、ひとつ聞いてもよろしいか？」

「なんなりと」

「あなた方は、なぜ、このようなことをしたのか？」

「ネメトンの地に、俺の国を作るため……と言ったら、笑いますか？」

ソルステインの答えに、ふたりのやりとりを聞いていた神官と巫女らの間に、ざわめきが走った。中には失笑しそうになった者さえいたが、ダグダは却《かえ》って真面目《まじめ》な表情になった。

「他の状況では、笑うでしょうが、一晩で大神殿を制圧したあなたを前にして、とても笑えはしませんな。ハーラルソン殿は、その目的のために、かなりの準備をしていたようですから。……それでは、ハーラルソン殿、そろそろ我らを解放してはいただけませんか？」

「わかりました。お疲れでしょうから、どうぞ、ゆっくりとお休みください」

丁重にソルステインが言葉を返すと、ダグダが違う、という風に首を振った。

「もう、早朝の祭祀《さいし》の時間になりました。私は休みなどいたしませんよ」

「…………」

筋の通ったダグダの答えに、今度はソルステインが目を見開く番だった。

ソルステインは瞬《まばた》きし、してやられたという風に短く声を上げて笑うと、一転してダグダに優雅《ゆうが》なお辞儀《じぎ》をした。

「なかなかどうして、気骨のある方だ。最初に言った通り、あなた方の祭祀を邪魔するつもりはありません。……もちろん、監視はさせてもらいますがね」

「結構です」

ソルステインが傍《かたわ》らに立っていたオルムに目配せする。オルムはソルステインの視線を受けると、ダグダとダグダに続いて祭祀を執《と》り行おうとする神官と巫女らを率いて出て行った。

残った人々は、当然戦士らの監視をつけて、宿舎へと向かわせた。

こちらの方は、疲労困憊《ひろうこんぱい》といった様子ではあったが、ソルステインがダグダの祭祀を認めたことで、多少なりともほっとした空気が漂っていた。

そして、戦士に率《ひき》いられる集団の中から、年若い巫女が飛び出して、必死の形相《ぎょうそう》でソルステインに声をかけた。

「ソルステイン様！　あの……聖巫女は、エーデイン様は、ご無事でしょうか？」

「おまえは？」

ソルステインが年若い巫女を見る。ソルステインが油断のないまなざしを向けると、巫女は臆《おく》したように息を呑《の》んだが、絞り出すような声で返事をした。

「フォードラと申します。エーディン様のお世話をしている巫女でございます」

「無事と言えば、無事だ」

手荒く、抱きはしたが。

最後に見たエーディンの姿を思い出しながら、ソルステインが心の中でつぶやいた。

エーディンの無事を聞いて、フォードラがほっとした様子を見せた。

「それでは、私はエーディン様の許に向かいます。……あの、聖宮へ、行ってもよろしいでしょうか？」

「それが、おまえの仕事であるならば。それを禁じては、俺が約定に反するな」

純朴《じゅんぼく》そうな娘の懇願に、ソルステインは快く応じながらも、今後、エーディンが接触する大神殿の人間は、制限する必要がある、と考えていた。

頑固な女に、妙なことを吹き込まれては、厄介だ。この娘はおひとよしで裏もなさそうだし、この娘ひとりを世話係として、それ以外の人間は、出入り禁止にしておくか。

外面とは裏腹のソルステインの真意に気づかず、フォードラが嬉しそうに頭を下げた。

「ビョルン、この娘を聖宮まで連れて行ってくれないか。……聖宮の見張りに、この娘以外の大神殿の者は出入り禁止にしろ、とも伝えてくれ」

「わかった。そのようにしよう」

ビョルンは、ハーラルソン一族の者で、二十六歳の青年だ。オルムとも仲が良い。

背丈はソルステインとあまり変わりないが、胸板や二の腕は、一回り以上厚い。豪快で勇《ゆう》猛果敢《もうかかん》。感情が豊かで、物惜しみせず、そして無類に酒に強い。

オルムがソルステインの右腕とするならば、ビョルンは左腕に等しく、この征服集団ではソルステインの次に人望の厚い男であった。

「行くぞ、娘」

「は、はい……」

むきだしの戦斧《せんぷ》を手にしたビョルンにうながされ、おっかなびっくりという風にフォードラが後に続いた。

ふたりがいなくなると、大広間にはソルステインとその仲間たち、そして大神官長らの亡骸《なきがら》だけが残った。

ソルステインは大神官長の手から、印章を刻んだ金無垢《きんむく》の指輪を抜き取った。

「――死体を片付けておけ」

吐き捨てるように言うと、ソルステインは大広間を後にした。

一睡もしていないが、ソルステインは寝室には行かず、執務室で手紙を書きはじめた。

手紙は、ティアルドに一番近い港街・ラトをとりしきる大商人に当てた物だ。

いわく、大神殿と代々の大神官長らが貯め込んだ財物を、すべてソルステインらが手に入れた。近々、ティアルドから一番近い領地の街・ムクラマを落として実力を示すが、自分らに協力せねば、ラトも同じように攻め落とすという、脅迫混じりの支援要請であった。

ソルステインは、日をおかずにティアルドから一番近い街と港を支配下に置くつもりであった。大神殿のあるティアルドを点として、ムクラマとラトを結べば三角形、面になる。

ネメトンに魅力的な街や港はたくさんあるが、それを無計画に切り取ってゆけば、いずれ防衛線が長くなり、破綻《はたん》する。

それよりは、多少時間がかかろうとも、確実に支配地を増やすやり方をソルステインは選んでいた。

この手紙の内容が偽《いつわ》りでないことを示すため、羊皮紙《ようひし》に蠟《ろう》で封をし、大神官長の指輪の印を押すと、弁の長《た》けた一族の者に手紙を託した。

次に、ビョルンを呼び、――かねてからの打ち合せの通り――ムクラマへの出撃を命じた。

「わかっていると思うが、何よりも速さが重要だ。大神殿の異変を悟らせる前に、ムクラマを落とせ」

「わかった。朗報を期待して待っていてくれ」

胸を力強く叩くと、ビョルンが豪快に笑いながら執務室を出て行った。

空腹を覚え、ソルステインが手を叩くと、すぐに従者――一族の年若い少年だ――が、パンとベーコン、チーズ、そして冷たい水にワインといった食事を載せた盆を手にやって来た。

「一人分には、量が多いな」

「ふたり分です。オルム様も一緒に食事をなさると」

従者が答えると同時に、オルムが扉を開けて、執務室に入って来た。

「聖巫女が、発熱した」

パンをナイフで切り裂きながら、オルムが報告をはじめる。

「あの年で知恵熱か？」

「……………予定通り、宿にとどめ置いた女を呼びに行かせた。じきに到着する」

ソルステインの下手な冗談には答えずに、オルムが淡々と言葉を紡《つむ》いだ。

「そうか。……で、聖巫女を医師には診せたのか？」

「今、医師を向かわせた所だ」

「ならばいい。あの女が死んでも替わりはいるが、それでも死なれると厄介《やっかい》だ」

ソルステインは冷たく言い放ち、ベーコンの 塊《かたまり》 にナイフを突き立てた。

☆

嵐のような一夜で、ソルステインはエーディンの中に三度精を放ち、そして「飽《あ》きた」と言ってエーディンの肢体を自由にした。

ソルステインが寝台を降り、枕元に突き立てたままの剣を引き抜いた瞬間、エーディンの意識がぷっつりと切れ、気絶するように眠りに落ちた。

次にエーディンが目覚めた時、真っ先に心配そうに自分をのぞき込むフォードラの顔が目に入った。

「フォードラ……？」

つぶやくエーディンの声が、涸《か》れていた。

フォードラはベッド脇に椅子に座っており、冷たい水で湿らせた布をエーディンの額に載せようとしていたところだった。

「……エーディン様。良かった、目を覚まされたのですね。エーディン様は高熱を出して、丸二日も眠り続けていらっしゃったのです」

身を起こそうとすると、エーディンを目眩《めまい》が襲った。崩れかけた体をフォードラが支え、枕を重ねて背もたれを作り、エーディンを寄りかからせる。

その上で裸のまま眠っていたエーディンの肩に、シルク製のレースの肩掛けをかけた。すぐに冷たい水が入ったガラスの杯《さかずき》が差し出され、エーディンが一口、口に含んだ。

「美味しい……」

乾いた体に、水が浸透してゆく感覚が心地よい。生きてる、という実感が湧いてきた。

「お腹はすいていませんか？　スープか果物でしたら、お口に入りますか？」

エーディンが目覚めて嬉しいのか、いそいそとフォードラが尋ねてくる。

「……そうね。冷たいコンポートが食べたいわ」

「厨房に用意するよう、頼んで参ります」

フォードラは立ち上がると、寝室の入り口まで小走りに駆けて行った。そして、扉を開けて、そこにいた若い戦士に話しかける。

「ハーレク様、聖巫女が目覚められました。申し訳ありませんが、厨房に聖巫女の食事を作るよう頼んでいただけますか」

「それは良かった。何かご要望はございますか？」

若い戦士とフォードラは、親しげに会話をしていた。ハーレクという青年が、礼儀正しく明朗な性質なのは、その声や口ぶりから伝わってくる。

——いったい、どういうことなの——？

エーディンの認識では、彼らは加害者で、容赦なく奪う簒奪者《さんだつしゃ》だ。その一味と親しげに話すなど、あってはならないことであった。

「フォードラ、いったい、どういうことなのですか？　どうして、あなたはあの男と親しげに話していたのですか？」

毅然とした表情でエーディンが尋ねると、フォードラが気まずそうにスカートを握った。

「あの……エーディン様、彼は、悪い人ではありませんわ」

フォードラの答えにエーディンは絶句した。同時に、エーディンの脳裏にソルステインにされた行為が蘇り、みるみるうちに血の気が引いた。

青ざめた頬をして、エーディンがきついまなざしでフォードラを見据える。

「怒らないでください、エーディン様。それに、エーディン様ご自身が、ソルステイン様に協力をするとおっしゃったのではないのですか？」

「!!　……私は、そんなこと、一言も言っていないわ。あの男が、嘘をついたのよ」

エーディンの答えに、今度はフォードラが言葉を失う番であった。

「え……でも、その……。私、確かにソルステイン様がそうおっしゃったのを聞きましたし……ダグダ様もそれならばと……」

フォードラが誰かに助けを求めるように、落ち着かなげに周囲に視線をさ迷わせる。

「ソルステイン様が嘘をついただなんて……信じられない……。でも、エーディン様が嘘をつかれたとも思えませんし……」

「もちろん、私は嘘はつかないわ。……それよりも、きちんと説明して欲しいの。私が病床にある間、大神殿で何が起ったかを。今、大神殿は、ソルステインに力を貸しているのね？」

混乱したフォードラを落ち着かせるため、エーディンは逸《はや》る心を抑え、優しく尋ねた。

「はい。でも、今のところは、彼らの居場所を提供しているだけです。ソルステイン様は、それ以外のことを、何も要求されておりません」

「それで、みなはどうしているのですか？　無益に虐《しいた》げられたりはしていませんか？」

「一昨日《おととい》、揉め事はありました。大神官長様の領地出身の大神官が、その……気に入らないことがあると、身分の低い神官を倉庫で殴る蹴るの暴行を加えていたのです。それ自体はいつものことでしたが、それを巡回していたソルステイン様の部下の方が見咎《みとが》められて、争いになり……」

「ちょっと待ってちょうだい。気に入らないことがあると暴力を振るうって……。それがいつものこととは、どういうことですか？」

私達は、神に仕え、民を守り導く存在なのに、そのようなことがあったなんて。そして、それが日常的なことだなんて……。

突然、大神殿の負の部分をつきつけられて、エーディンが動揺する。そんなエーディンに、フォードラは憐れみに似たまなざしを向けた。

「エーディン様はご存じないでしょうが、こういったことは、大神殿では当たり前のことだったのです。亡くなられた大神官長や神官長の縁者やお気に入りの者たちが、そうでない者たちを虐げて……。抗議をしても、却《かえ》って逆らった者に罪が課せられ、衛兵に鞭《むち》打たれます。これまでは、みな、彼らに逆らわないようにしてやりすごすので、精一杯だったのです」

「…………私は、知らなかったわ」

「エーディン様のお耳には入れぬように、と、私どもおつきの者どもは、固く言い含められておりましたから」

「どうして、教えてくれなかったの？　知っていたら、絶対に許さなかったのに！」

よりにもよって、自分の膝元である大神殿でいじめが横行していたと知り、エーディンはやるせなさと怒りに体が震えるのを感じた。

「エーディン様にお話しいたしましたら、私が鞭打たれてしまいます。故郷の家族にまで罪《つみ》科《とが》が及ぶかもしれません。そう考えたら、怖くてとてもそんなことはできません」

「……」

「でも、もう大丈夫です。報告を聞いたソルステイン様が、大神官長や神官長の縁者らを集めて、今後このような見苦しいことはやめろと、おっしゃってくださいましたから。私ども、低い身分出身の巫女や神官は、ソルステイン様達がいらっしゃってからの方が、格段に過ごしやすくなったんです。今まで偉そうにしていた者たちも、すっかり小さくなっておどおどしていて、私達、みんなでざまぁみろって、言ってたんです」

フォードラが、屈託なく無邪気な笑顔を浮かべた。

そんな風に言うものではないわ。

聖巫女ならば、そうたしなめなければいけないのだろうが、エーディンの喉に大きな塊があって、声が出せる状態ではなかった。

この地上で一番、神に近く清らかな大神殿の実態は、身分の低い者にとっては生き地獄だった。そのことが、深くエーディンの心を傷つけた。

エーディンがショックだったのは、そんな場所に安寧をもたらしたのが、ソルステインとその一行だったということだ。

そして、フォードラをはじめとした下級の神官や巫女たちは、いじめをなくしたソルステインに心を寄せはじめている。そのことが、一番エーディンには堪《こた》えた。

今まで信じていた物があっけなく壊れ、バラバラと崩れてゆく衝撃に、エーディンは微動《びどう》だにできずにいた。

フォードラは、エーディンが何に衝撃を受けたかはわからずとも、心の揺れは感じたのか、励ますようにことさら明るい声で話しはじめた。

「だから、みんな酷《ひど》い目には遭ってないんです。私どもは、ソルステイン様たちはちょっと怖いけど、悪い人じゃないと話しています。今だって、ハーレク様は私のお願いを聞いて、すぐに厨房に行ってくださいましたし、むしろ、良くしてくださっています」

フォードラは、ハーレクを憎からず思っているのか、うっすらと頬を染めている。

「……ねえ、フォードラ。あなたの話したことは、事実だと思うわ。でもね、考えてみて。彼らは、最初に大神官長たちを殺して、この大神殿をのっとったのよね？　その上、ソルスティンは私が全面的に協力するという嘘もついたわ。そういう人がすることだもの。いいことをしたとしても……裏があるかもしれない。そうは思えなくて？」

「まさか」

エーディンの言葉を、即座にフォードラが否定した。これもまた、エーディンにとっては信じられない変化であった。

「フォードラ、どうしてそう言えるの？　あの男は、本当に酷い男なのよ」

そう訴えた瞬間、エーディンの体にソルスティンの感触が蘇った。腰の痛みはないものの、あそこへ男根を挿《い》れられた感触は、かすかな違和感となって残っている。

エーディンの疑問に、フォードラは言葉に窮《きゅう》したように口を閉ざした。

「でも……私ども位の低い者は、どっちにしろ偉い人には従わなければいけません。だったら、弱い者いじめを許さない人が上にいてくれた方が、断然いいです。いずれ、ソルスティン様達はいなくなるとおっしゃってましたし、それまで良くしてくだされば十分じゃないでしょうか」

フォードラに他意はないのだろう。しかし、大神官長にかつがれ、彼らについてなんの疑念も抱かなかったエーディンは、自分が批判されているような気分になってしまう。

気まずい沈黙が寝室に降り立ったところで、足音が近づいてきた。大理石の床を蹴《け》る長靴の音に、エーディンは身を強《こわ》ばらせる。

「……聖巫女よ、具合はいかがかな？」

エーディンの予想した通り、やって来たのはソルステインだった。ほぼ全裸のエーデインはレースの肩掛けをしたまま布団に潜《もぐ》り込んだ。

「フォードラ、聖巫女とふたりきりで話がある。席を外してくれ」

「わかりました」

素直にフォードラがソルステインに従った。その振る舞いには、ソルステインへの尊敬の感情が溢れている。

フォードラが従者にともなわれて寝室を出て行き、ソルステインとふたりきりになった。

ソルステインの顔を見ただけで、あの晩の記憶が蘇る。

ぶつけられた暴言、犯された時の痛み、そして何より厭《いと》わしいのは、自分がソルステインとの性交で、快感を覚えてしまったことであった。

逃げるように顔を背けたが、ソルステインはエーディンの様子に頓着《とんちゃく》することなく寝台に近づき、あろうことかシーツの上に腰を下ろした。

シャラリ、と、金属の擦れる音がしたかと思うと、エーディンの肩が摑まれ、体ごとソルステインの方へと向けられてしまう。

「俺は、お話があって来たんだ」

「私に、話などありません。早く出て行ってください。ここから……いえ、この大神殿から」

「言われなくても、じきに出て行く。俺はもう、自分の領地を手に入れたからな」

「領地を……手に入れた？」

「言葉通りの意味だよ。ムクラマの城は落とした。それを知った港街ラトは、俺に協力してもいいと言ってきている。……実のところ、カドゥルキの領地にも既に部隊を派遣している。じきに果報が届くだろう」

「ムクラマ……それにカドゥルキ？　大神殿と隣接する領地にそんな……。いったい、どんな汚い手を使ったのですか!!」

たった二日眠っている間に、ふたつの城を落とし、大神殿の膝元と言える港から協力を取り付けたと聞いて、エーディンの血相が変わった。

ソルステインは不敵な笑みを浮かべると、余裕たっぷりの口調で話しはじめた。

「夕刻、閉門間近に、川を船で下り、急襲をかけているだけだ。ネメトン西部は長い間戦《いくさ》がなかったからな。城の衛兵たちは緩みきっていて、その隙《すき》を利用させて貰った。相手が慌てふためく間に、戦闘を開始して、城を制圧した。……じきに警戒も厳しくなるだろうし、あと二、三回この手を使ったら、他の手で戦をしかけるがな」

「……それで、城を手に入れて、あなたは何をしたの？　また人を殺したのでしょう？」

「もちろん。領主や街の商人、王の役人、あくまでも逆らった衛兵や臣下など、微々《びび》たる物だがな。その上で、今後は俺の支配下に置くこと、税を軽くすること、領主や商人どもからしていた借金を棒引きにしたら、下っぱの臣下や領民は、諸手をあげて俺の支配を歓迎してくれたさ」

「税を軽く……。借金を棒引きですって？　そんなことで……民があなたを支持したというのですか。盗賊のあなたを!?　いずれ命や財産を奪うかもしれないのに!?」

ソルステインの言葉が信じられず、エーディンは目を丸くした。

驚きも露《あらわ》な問いかけに、ソルステインは嘲笑で返した。

「おまえにとっては残念なことだろうが、俺はもう、盗賊なんぞをしなくても金も物資もたっぷりとある。この大神殿の財物がどれほどの物だったか知っているか？　それにムクラマやカドゥルキの領主一族から取り上げた分もある。いずれ、ラトから資金や物資の提供がはじまる。今更、貧しい民から取り上げる必要はない」

「……あなたは、何がしたいの？　ここに、自分の国でも作るつもりなの？」

「そうだ。よくわかったな」

「な……っ。そんな、夢みたいなこと、できるわけないわ」

「本当にそう思うか？　二百年前、おまえの先祖にできたことが、どうして俺にできないと言える？　俺は、五年間、どうやったら自分の国を作れるか、ただそれだけを考えていた。そして実際、今のところ、首尾は上々だ。そして、おまえが俺の妻になれば、これ以上ないほど容易《たやす》く、俺の支配地は増えるだろう」

ソルステインが上体を倒し、エーディンの顔にぐっと顔を近づけてきた。

息が吹きかかるほど近づいて、エーディンの胸が、呼吸が、苦しくなる。

「その話は、断ったはずです」

エーディンが布団から手を出し、ソルステインの胸を押し返そうとした。しかし、ソルステインに手首を摑まれ、逆に体を引き寄せられてしまう。

「おまえの処女は、いただいた。実質的に、おまえはもう俺の妻なんだがね」

艶《つや》やかな金髪に顔を埋め、ソルステインが囁《ささや》いた。耳に吹きかかる吐息にエーディンが固く目を閉ざす。

「強引に、私を奪っただけです。私はあなたの妻になど、なっていません」

「……おまえの意志は関係ない。俺が、そう決めたんだ。おまえは、俺に必要だ。俺が俺の国を治めるために、おまえの立場が、必要なんだ」

傲慢《ごうまん》な言葉を発しながら、エーディンの体を布団の上から撫《な》ではじめた。

布団越しであっても、ねっとりとした愛撫《あいぶ》にエーディンの体が息づいてしまう。

ただ一度の経験が、取り返しのつかないほど、エーディンの体を変えていた。

「やめて……。やめてください」

「おまえが俺の妻になると言うならば、やめてやってもいい」

「酷い……っ。それでは結局、同じことではないですか」

意味のない取引を持ちかけられ、エーディンがソルステインの腕の中で暴れはじめる。

「いいや。妻になると誓えば、二度とおまえに手を出さない。おまえ自身に興味はないが、おまえの地位は、立場は、この土地で国を建てるのにこの上なく魅力的だ」

「私の助力などなくとも、あなたはその力で、いくらでも国を作れるではないですか」

「……当然だ。だが、おまえを妻にするのとしないのでは、犠牲の数が違う。おまえが妻になれば、この国の民の抵抗が最小限に抑えられる。そうすれば、民を殺さずに済むからな」

「え……？」

思いもかけないソルスティンの答えに、エーディンの動きが止まった。

「あなたは……ネメトンの民を、殺すのが、嫌なのですか……？」

北方の民は、略奪《りゃくだつ》の際、皆殺しも厭《いと》わない。それが、この世の常識だった。世間知らずのエーディンでさえ知っていたほどの。

思い込みを覆《くつがえ》されて、エーディンが目を開けてソルスティンを呆《ほう》けた顔でみやった。

もしかして、この人は、私が思っていたよりも、いい人……なのかしら？

フォードラがソルスティンを賞賛していたこともあり、エーディンはソルスティンに対する評価を——もちろん、自分にしたことは許しがたいがそれ以外の部分を——改めた方がいいのかも、と思い直した。

真実を探るような瞳をしたエーディンに、ソルスティンが冷ややかな視線を返す。

「当たり前だ。これから王になるというのに、民の数を減らし、その上憎まれて、俺になんの得がある？　人が多ければ、それだけ働き手が多くなる。働き手が多ければ、今のネメトンのように重税をかけなくても税収が増える。民に余裕ができて最低限以外のことに金を使うようになれば、商人からの税収が増える。物流が増えれば通行税も増えていく。……支配層など、しょせんは寄生虫よ。寄生虫が宿主を弱らせれば共倒れになる。だったら、宿主をどう肥《こ》え太らせるかを考えた方が、利口《りこう》というものだ」

ソルステインの持論聞くうちに、エーディンは、一瞬でもこの男を見直そうとした自分が馬鹿らしくなっていた。

……なんて男なの！　よりにもよって、寄生虫と宿主に例えるなんて。

「あなたには、民を愛しく思う気持ちはないのですか？　憐れみの気持ちはないのですか？」

「俺なりに、愛も憐れみの感情も持ち合わせているつもりだが？　それがおまえの尺度に合わないからといって、責められるのは心外だな」

「…………」

「ちょうどいいから、おまえを妻にして、何をしたいか教えてやろうか？」

ソルステインがエーディンの頬に手を添えると、その手をすんなり伸びた首を撫で、そして鎖骨《さこつ》や肩の周辺をさ迷わせる。

愛し合う恋人や夫婦であれば、それは愛撫であるが、エーディンにはこれがソルステインの嫌がらせだとわかっていた。

私が、触られるのも嫌だと知っていて、この男は……！

ソルステインの手が通り過ぎた場所の肌が、ざわめきはじめる。嫌なのに、嫌だと思えば思うほど、それは、快感に形を変えてゆくようであった。

「あなたの考えに、興味はありません」

「そう言われると、ますます教えたくなってきたな」

ソルスティンは、エーディンの感情を逆撫でするのが楽しいのか、とても嬉しそうな顔をしていた。

「基本的には、おまえのご先祖様と同じ手を取らせて貰う。まずは、俺がルアドの遣い……化身でもいいな……という神託があった、ということにする」

「不謹慎《ふきんしん》な！」

「だが、民衆はそういう〝お伽話《とぎばなし》〟が好きだろう？　だから現に、エギンかエイリークのついたルアドの導きという嘘を、いまだに信じ込んでいる」

「嘘などではありません」

「そうだな……百歩譲って神はいるかもしれない。だが、ヴレイフヴラス家にルアドの加護はない。もしあるのだったら、神の妻を犯した俺が、神罰も受けず、こうしてのうのうと生きていること自体、ありえないからな」

エーディンの弱い所をソルスティンは突いてきた。ソルスティンは冷笑を浮かべながら、言葉を続ける。

「エイリークの嘘を、俺は、別段悪いこととは思ってはいない。エギンの故郷、デイン――今はドレカルルか――には、ルアドという神はいない。つまり、この土地を治めるために、この土地で代々祀《まつ》られていた神を、エイリークは統治に利用したんだ。民衆も、自らが信じる神が選んだ人物ならば、異国人の王でも、心理的に従いやすいだろうからな」

「……あなたはそうやって、何もかもを、合理的か否《いな》かで考えるのですか？」

「それ以外、何がある？　俺は、エイリークを認めているのだぞ。そして、聖巫女という存在を作ってくれたことに、感謝さえしている。おまえはルアドの妻だ。ということは、逆説的に、おまえを妻にした男はルアドである、ということになるのだからな。その上、おまえは王女だ。余所者《よそもの》がこの地に国を作ろうとした時、おまえを妻にさえすれば、抵抗は半分以下になる。本当に、便利で重宝な存在だ」

「あなたは、私を、聖巫女という存在を、物のようにしか考えていないのですね。……私の気持ちは、どうなるのです」

「それが唯一の誤算だ。俺の妻になれて嬉しくない娘など、この世にいないと思っていた」

どれだけ、自分に自信があるの、この男は!!

エーディンが心の中でソルステインを罵《ののし》った時、聖宮の入り口の方から、ハーレクの声がした。

「お待ちください、ブランウェン様。聖宮には、定められた人間以外の出入りは禁止されています！」

「いいのよ。あたしは特別なんだから。ソルステイン様も、あたしなら許してくれるわよ」

ブランウェンと呼ばれた若い女性が、大声で言い返す。

女性が誰か気になったものの、それ以上にエーディンは、ハーレクの言葉の方が気になり、自分を押さえ込んだままのソルステインに視線を向けた。

「ソルステイン、定められた者以外の出入りが禁止……とは、どういうことですか？」

「そのままの意味だ。おまえに、余計なことを吹き込まれては困るからな。大神殿の者の聖宮への出入りは、フォードラという娘以外は禁止にした。もちろん、おまえがここから出ることも許さない」

「私をここに、閉じ込める気ですか？」

「そうだ」

冷たい声でソルステインが返した時、回廊をバタバタと駆ける音がして、長い金髪と青い瞳の若い娘が寝室に飛び込んで来た。

「ソルステイン様！」

歓喜に満ちた声を出すと、ブランウェンは両腕を広げ、ソルステインの背中に抱きついた。

「ブランウェン、どうしてここに来た」

「だって、ソルステイン様の姿が見えなかったから」

厳しい声で咎《とが》めるソルステインに、ブランウェンが甘えた声で返した。ソルステインは、仕方がないという風にため息をつくと、エーディンの上から退き、床の上に立った。

ソルステインの体が離れ、ほっと安堵《あんど》の息を吐いたエーディンは、改めてブランウェンと呼ばれた娘に視線を向けた。

蜂蜜色の金髪に、濃い青の瞳。ぽってりとした唇が肉感的で、顔立ちも悪くない。それどころか、かなり美しいとさえ言える容貌だった。

背丈は、エーディンと同じくらいであろうか。年の頃は十九、二十歳といったところで、スタイルは良く、豊かな腰をしていた。

エーディンが気になったのは、ブランウェンが巫女でもないのに、巫女の衣服を身につけていたことだ。しかも、かなり位の高い、正確に言えば聖巫女だけが許される、全身白の衣装と、金の刺繍の額飾りとベルトをしていた。

「あなたは……いったい？」

いぶかしげな声でエーディンが尋ねると、ブランウェンが優越感に満ちた瞳でエーディンを見返して来た。

「へぇ、あんたが聖巫女様？　あたしはブランウェン。ソルステイン様に頼まれて、あんたの身代わりをすることになった者よ」

「身代わり……ですって……!?　いったい、どういうことですか、ソルステイン？」

意表を突かれたエーディンが尋ねると、ソルステインが冷たい声で答えた。

「言葉通りの意味だ。俺には、聖巫女の協力が必要だ。だから、おまえの代わりに、この女に対外的な場で聖巫女として振る舞わせることにしたんだ」

「そんなこと……できるわけがないわ。偽物《にせもの》だと、すぐにばれるに決まっています」

「そうかな？　聖巫女は、今まで民衆の前に出たことがない。一握りの有力者や特権階級の奴らに祝福を授けただけだ。知られているのは、金髪、青い目の若い娘ということだけ。だったら、このブランウェンにも、十分に代役くらいは務《つと》まるだろう」

「……まさか……そんなことまで考えていたのですか、あなたは」

「当然だ。おまえが俺に協力するとは限らないからな。あらかじめ代役が必要になることを考えて、おまえと同じ金髪で青い瞳の、面差《おもざ》しの似た娘を探して用意していた」

驚愕《きょうがく》するエーディンの前で、ソルステインが淡々と計画を説明すると、ブランウェンが馴《な》れ馴《な》れしい仕草でソルステインの腕に自分の腕を絡ませた。

「年は聖巫女より二歳上の十九歳だけどね。それくらいは誤魔化《ごまか》せるでしょ。あたしは、娼婦をしていたんだけど、前からお偉いさんの客に、聖巫女にすごく似てるって言われてたんだ。だから、ソルステイン様の話に乗ったわけ」

エーディン自身は、職業に貴賤《きせん》はないと思っている。

しかし、それでも聖巫女の身代わりを、娼婦から選んだということに、エーディンはソルステインの悪意を感じずにはいられなかった。

「ソルステイン……あなたという人は！」

エーディンが上掛けを、手が白くなるほど強く握り締める。

「そういうわけで、おまえはここに閉じ込める。利用価値があると思えるうちは、殺しはしない。せいぜい、大人しくしているんだな」

「ソルステイン様、そんなことをしなくても、あたしがいれば十分でしょ？」

ブランウェンのまなざしや声に、ソルステインに対する媚《こ》び——いや、恋心——が、隠しようもないほど、溢れている。

この娘は、ソルステインが好きなのね。この、悪魔のような男に心底、心を奪われている。

エーディンは目を見開いてソルステインとブランウェンを見つめていた。

「あぁ……。駄目《だめ》よ、ブランウェン。あなたは、この男に騙《だま》されているのよ！」

自分に似た顔の娘が、あまりにも危うく見え、エーディンが警告する。しかし、ブランウェンは呆れたという顔をしてエーディンを見返すばかりであった。

「あのねぇ、世間知らずのあんたと違って、あたしはこれでも苦労して来たのよ。ソルステイン様が嘘をつくような人間じゃないってことは、ちゃんとわかってるんですからね」

これから人を騙そうという計画を立てている男が、嘘をつかない人間でなど、あるはずがない。

エーディンは、他人事ながらも、自ら危険に身を投じようとするブランウェンが、心配でならなかった。

「でも……」

「うるさいわね！　……もう、話は終わりよ」

翻意《ほんい》するよう説得しかけたエーディンを、ブランウェンがぴしゃりと撥《は》ね除《の》けた。そして、ソルステインの腕に絡みつくように両腕を回した。

「ソルステイン様、行きましょう」

ブランウェンは、見せつけるつもりであったのかもしれないが、エーディンにとっては嫌いな男と眼前でいくらいちゃつかれようとも、妬《や》くようなことはない。

むしろ、エーディンはブランウェンを心配したままだ。その様子が気に食わないのか、ブランウェンが顔をツンと上向かせる。

そんなブランウェンに、ソルステインはとびきり上等の――艶っぽい――笑顔を向けた。

ブランウェンはその笑顔をうっとりと見返すばかりだ。しかし、エーディンには、それがブランウェンを虜《とりこ》にするための、悪魔の笑みにしか見えない。

ルアド様、どうかあの娘を、ソルステインの魔の手から、お救いください。

エーディンが神に祈るうちに、ふたりが寝室を去った。

ひとりになると、すぐにエーディンの頭は〝どうしよう〟という思いでいっぱいになった。

……ソルステインは、本気で、このネメトンを私《わたくし》するつもりなのだわ。領地を手に入れ、商人を味方につけ、私の身代わりをたててまで。

そんなことを、許してはいけない。けれども――ああ、私に何ができるの？　どうやったら、彼を、止められるの!?

聖巫女とはいえ、ただの十七歳の娘。しかも、聖宮に軟禁《なんきん》されていて、行動の自由もない。大神殿の神官や巫女さえも、ソルステインに心酔《しんすい》しはじめている。

何より、聖巫女の資格である処女を失ってしまったのだ。本来、居るべきではない地位に就いている疚《やま》しさが、エーディンの思考を狭隘《きょうあい》にさせる。

エーディンの体が冷たくなっていった。絶望は、ひたひたと流水のように訪れ、エーディンの爪先《つまさき》を濡らしたかと思うと、あっという間に全身を暗い水に浸していたのだった。

それから三日間、エーディンは聖宮——いや、寝室——から一歩も出ずに過ごした。

……ソルステインが、私をここに軟禁すると言った。あの男は、こんなことで嘘をつく人間ではないわ。だとしたら、出ようと試みても無駄なこと。

元々、必要最低限しか聖宮から出ることのないエーディンにとって、軟禁生活はさほど苦痛ではなかった。

しかし、軟禁されているとはいえ、祈祷書《きとう》を紐《ひも》解くことなく、気分が優れないからと言って、ほとんど食事も摂らず寝室に閉じこもったエーディンをフォードラは心配していた。

「もうお熱はないようですけど、まだ、ご気分は優れませんか？」

ほとんど手のついていない食事を見て、フォードラが気遣わしげに尋ねてくる。

「ごめんなさい。どうしても食べる気になれないの。……食べなければいけないのはわかっているのだけれど……」

エーディンは、いっそこのまま食べずにいて、消えてしまいたいという思いさえあった。

私なんて、いてもいなくても同じことなのだわ……。

こんな風に考えるのは、生まれて初めてのことだった。

ソルステインに処女を奪われ、ルアドの妻の資格を失い、そして身代わりのブランウェンが現れたことが、エーディンの根幹的な部分を揺らがしている。

そして、フォードラが食膳を片付け、ひとりになると、ため息をついて寝台に横たわった。

いつまでも、日中裸でいるのは――いつ、ソルステインがやって来るかもわからなかったので――やめていた。

ゆったりした白の長いチュニックとスカート、その上にレースの肩掛けを羽織っている。

窓際に置いた長椅子にクッションを置き、背中を預ける。胸元まで薄手の毛布で覆い、聖宮を囲む木々をぼんやりと眺めていた。

……私は、どうしたらいいのでしょう。そして、これからどうなるのか……。

あのブランウェンという娘……。私の替わりを用意している、そのことが……あの男の、おまえなどいつ殺してもいいという、脅《おど》しだった……。

「…………」

体力が落ちているせいか、エーディンの思考はネガティブに傾いた。

今のエーディンには、鮮やかな木々の新緑も、聖巫女の目を楽しませるために植えられた薔薇《ばら》の咲き誇る姿も、心に響かない。

ぼんやりと裏庭を見やるエーディンの耳に、回廊をゆく長靴の足音が聞こえた。

ソルステインの配下の者は、聖宮の一階に居て、階上に上がってくることはない。

……ソルステインがここに来たの？

無意識に身を守るようにレースの肩掛けをきつく体に巻きつける。そして、緊張した面持ちで扉を見つめるエーディンの耳に、聞き慣れない男の声が届いた。

「失礼する」

許可を得ずに入室する辺り、ソルステインと変わらない傍若無人さでやって来たのは、ソルステインの右腕、オルムであった。

「あなたは……？」

「私はオルム。ソルステインの義兄弟だ」

エーディンの横たわる長椅子のすぐ近くまで来ると、オルムがぶっきらぼうに挨拶《あいさつ》をした。

「……初めまして」

オルムには、ソルステイン以上にとりつく島がない。

「私に、何のご用でしょうか？　……ソルステインは、どうしたのですか？」

「ソルステインは、ラトだ。その間、俺が大神殿を任されている」

「ラト……大神殿に一番近い港街に、なんの用で行ったのですか？」

「その質問には答える義務はない」

オルムはにべもなく返すと、腰をかがめてエーディンの顔をのぞき込んだ。

「…………っ」

無遠慮なまなざしに晒《さら》されて、エーディンが顔を背ける。

神官や巫女に囲まれ、箱入りで育ったエーディンにとって、戦士という存在は未知の物で、知らないが故《ゆえ》に恐れの対象であった。

エーディンの忌避《きひ》の態度にも、オルムは気分を害した様子もなく口を開いた。

「……医師によると、もう熱は下がっているとか。なぜ、食事をしない？」

「そのようなこと、あなたに答える義務はありませんわ」

先ほどのオルムと同じ言葉を返すと、オルムが右眉をついと上げた。

「そういうわけにはいかない。……おまえに餓死《がし》でもされたら、こちらが困る」

「私などいなくとも、あの、ブランウェンという娘がいるでしょう？」

「偽物より本物の方が価値は高い」

ソルステインと同じく、人を物扱いするオルムに、エーディンは絶句した。

悲しみを覚えながら、心のままに疑問を口にする。

「あなた方は……いいえ、あなたは、どうしてそのようなことを言うのですか？」

一言でばっさりとエーディンの疑問を切って捨て、オルムが眉間に皺《しわ》を寄せた。

「事実だからだ」

「……まったく」

オルムがそうひとりごちると、体を半回転させ、入り口の方を見た。そして、小さな足音がしたかと思うと、ノックもなしに扉が開いた。

「あんたがさぼってるって聞いて、顔を見に来たわよ」

やって来たのはブランウェンだった。何が気に食わないのか、ブランウェンの口調はつっけんどんで、おまけにけんか腰であった。

「ブランウェン、ここは、立ち入り禁止だ」

「あらやだ。オルム、いたの？」

オルムを見て、ブランウェンが悪戯《いたずら》が見つかったこどものようにバツの悪い顔をしたが、すぐに腰に両手を当て、胸を反らす。

「いいのよ。あたしは特別って、ソルスティン様も言ってたでしょ。それに、この前ここに無断で来ちゃったけど、ソルスティン様はあたしを叱《しか》らなかったわ」

「……」

ブランウェンの言い訳に、オルムは軽く眉を寄せ、息を吐いた。それを無言の承諾と受け取ったか、ブランウェンがずかずかと寝室に入ってくる。

今日もブランウェンの衣服は、金と白で統一されていた。

薄い絹のチュニックにスカート、金糸の刺繍の入ったベストに、金糸の縁取りがされた短めのマントという、初夏らしく軽《かろ》やかないでたちであった。

ブランウェンは長椅子の前で仁王立ちになって腕組みをすると、軽蔑《けいべつ》しきった目でエーディンを見下ろした。

「聖巫女ってのは、本当、いいご身分だよね」

侮蔑《ぶべつ》も露《あらわ》に、吐き捨てるように言われ、さすがにエーディンも不愉快になった。

「どういう意味ですか？」

「どうもこうもないわよ。そのまんまの意味。病気で寝てるのは……まあいいけどね。熱も下がって元気になったっていうのに、一日中、寝室でごろごろしてても誰にもどやされないんだから、そりゃあいいご身分ですね、としか言いようがないでしょ」

そこまで一息に言うと、ブランウェンが大きく息を吸った。

「あんたは、聖巫女なんだよね？　じゃあ、なんで巫女の仕事をしないの？」

「それは……ソルステインにここに閉じ込められてるからで……」

言い訳じみてると思いながら、エーディンが事実を述べる。

「それで？」

「それで、と言われても……」

「あたしは知ってるよ。この聖宮にも、ルアドの礼拝所があって、あんたは毎日、ルアドに供物を捧げなきゃならない。それさえもサボってるってことをね。あんたのおつきの娘は、あんたを心配してたけどさ」

「……」

「今まで偉そうに聖巫女だってふんぞり返ってたのに、儀式も祭祀も放りっぱなし。だからあたしは、あんたみたいな偉い奴は大嫌い。あたしたちは、あんたたちみたいに泣いてるだけじゃや、飯は食えないからね。どんなにつらくても、体の具合が悪くても、笑顔で働かなきゃいけないいんだからさ」

ブランウェンの指摘は、エーディンにとって痛いところを突いていた。

いや、むしろ正論だったので、エーディンは黙ってブランウェンの言葉を聞いていた。

「それに！　他の神殿の人達はみんな働いてるのに、堂々とサボれるあんたの神経が、わかんない。あんたが食べる食事は、誰が作ってると思ってるのさ。あんたが着る服は、誰が縫ってると思う？　あんたが居心地良く寝るための寝台は、誰が整えてるの？　あんたはそういうことをしない代わりに、することがあるはずなのに。…………そうだわ！」

しかめっ面をしていたブランウェンが、そう言うや否や晴れやかな表情となった。

そして、エーディンからオルムに視線を移した。

「オルム、この女は自分の仕事を放り出した。今、大神殿で聖巫女の仕事をしてるのは、あたしなんだから、あたしがこの部屋を使うのが当然だと思わない？」

「……」

オルムはどうしたものか、という顔をして口を閉ざした。

そして、エーディンはといえば、ブランウェンの言葉に、衝撃を受けていた。

「ブランウェン……、あなたが聖巫女の仕事をしているとは、どういうことですか？」

「そのまんまの意味だよ。いつまでも大神殿を閉じてるわけにはいかないからね。それに、大神官長や神官長がいっぺんに死んだっていうんで、みんな大神殿で何かあったんじゃないか……って噂《うわさ》してる。必要以上に不審に思われてもまずいから、あたしが聖巫女として朝の祭祀に参加してるんだ」

「それを、ダグダは許したのですか？」

エーディンに外貌《がいぼう》の特徴は似ていたとしても、ブランウェンは元は娼婦だ。巫女としての知識も素養も資格もない人間が祭祀に参加することを、あの戒律に厳しいダグダが許したということが、エーディンには信じられなかった。

「許してくれたよ。でも、あたしは別に何もしない。ダグダさんの隣に立ってるだけ。今まで姿を隠していた聖巫女が、みんなの前に出て来たってことが大事だからってね」

「そういうことね……」

大神殿を閉ざしたことで、参拝客相手に商売をしている商人たちも商売あがったりで困ったのであろう。

そして、大神殿に訴え、ダグダがブランウェンを聖巫女として表に出した。

つまり、大神殿としても苦肉の策であったと、すぐにエーディンは理解した。

それほどまでに、みなが困っていたというのに、私ときたら……何もせず、ただ、寝室にこもっていただけだなんて。

最初から、大神殿が大変な事態に放り込まれてしまったのは、わかっていたはず。こんな時こそ、聖巫女として、ルアド様にしっかりお祈りをして加護を願うべきだったのだわ……。

苦い後悔をエーディンが噛《か》み締めていると、オルムの「わかった」という声が聞こえた。

「今から、この聖宮の主はおまえだ、ブランウェン」

「やった！」

ブランウェンが勝ち誇った顔で、エーディンを見やった。

しかし、エーディンはそれどころではない。

「そんな。それでは……私は、どうすれば良いのですか？」

「……おつきの巫女と、同じ部屋で寝起きすればいい」

少し考えてから、オルムが答えた。

良かった。少なくとも、フォードラと離ればなれにならずには済むのね。

そう安堵《あんど》したのもつかの間、ブランウェンがエーディンの腕を摑んで長椅子から立ち上がらせた。

「さぁ、そうと決まったら、あんたはここを出て行って！　ここは、ちゃんと仕事をしている聖巫女のための場所なんだからね!!」

「あっ」

長椅子から引きずり降ろされ、エーディンが床に膝《ひざ》をつく。

すると、オルムがエーディンの背中に手を回し、毛布ごとエーディンを抱き上げた。

「移動だ」

ひと声告げ、オルムが大股で歩き出した。

長年住み慣れた住居を離れる感傷に浸《ひた》る間もなく、エーディンは聖宮から追い出された。

オルムはまっすぐ巫女らの宿舎には行かず、元大神官長の住む場所で、今はソルステインが主となった清浄殿へ足を踏み入れた。

執務室へ行くと、エーディンを椅子に座らせ、ダグダを呼ぶよう従者を走らせた。

「……私を、聖宮に軟禁するよう命じたのは、ソルステインのはず。そのソルステインの不在時に、私を聖宮から出して良かったのですか？」

「ソルステインがいない間の全権は、俺にある。このていどのことでソルステインは不快になったりしない。……些事《さじ》だからな」

自分の去就を些事と断定され、エーディンが眉を寄せた。

「それに、ブランウェンの望みはなるべく叶えてやれと言われている。そもそも俺は、女同士の諍《いさか》いに興味はない。どちらの味方をするつもりもないが、ブランウェンは俺達に協力的だ。おまえとブランウェンが対立した時、こちらに影響がない限り、俺は、ブランウェンを優先する」

それだけ言うと、オルムはむっつりとした顔で口を閉ざした。

一度にたくさん喋《しゃべ》りすぎたと後悔しているような様子に、エーディンもオルムに倣《なら》って黙っているしかない。

しばらくすると、オルムの従者に連れられてダグダがやって来た。

エーディンが以前にダグダを見たのは、ソルステインに大神殿を制圧される前であったが、十日も経っていないのに、ダグダは心労のためか痩《や》せ、やつれてさえいた。

「お久しぶりです、聖巫女」

「はい。私が至《いた》らぬばかりに、あなたひとりに苦労をかけてしまいました」

「いいえ。……いずれにせよ、誰かがやらねばならぬことですから」

噛み締めるような口調が、逆にダグダの背負った責任の重さを伝えていた。

空気を読んで、ふたりの再会を見ていたオルムであったが、挨拶が一段落つくとすぐに「さて」と、話を切り出した。

ブランウェンが今後、聖宮を使うことになったと聞き、ダグダが目を細めた。

「……仕方がありませんな」

エーディンは、その言葉を聞き、落胆した。

しかし、すぐに自分達がオルムの決定に逆らえない立場だということを思い出した。

しょうがない、しょうがないことなのよ……。

膝の上に載せた手を握り締めながらエーディンは自分に言い聞かせたが、どこか切なく、悔《くや》しさを覚えてしまう。

ダグダはエーディンに労りのまなざしを向けると、オルムに尋ねた。

「聖巫女の処遇はどのように考えていますか」

「おつきの巫女と同じ部屋で寝起きさせる」

「しかし、それでは……あまりにも聖巫女がお気の毒かと……」

ダグダが反論しかけると、オルムが横目でダグダを睨《にら》みつけた。

「そう、決めたのだ」

「……では、そのように」

短いやりとりが終わると、ダグダはエーディンをともなって執務室を出た。

苦渋《くじゅう》に満ちた顔で、ダグダが口を開く。

「さて、どうしたものか……。聖巫女に悪いようにはいたしません。と、言いたいところですが、今の私どもでは、できることに限りがございます」

「事情はわかっております。フォードラと同じ部屋であるのならば耐えられましょう」

「ご立派な心がけです。しかし、聖巫女は下級巫女がどのような待遇なのか、ご存じですか？」

「いいえ。そういったことは、私の耳に入ったことはありませんから」

「そうですか……」

ダグダは困ったという顔をした。ふたりは一度大神殿に行き、そこでダグダが下級巫女を取り仕切る巫女長を呼び、エーディンの処遇を任せた。

巫女長は、大神官長の血縁であった。かつては堂々とした押し出しの強い女性であったが、今は、別人のように小さくエーディンの目に映った。

「聖巫女様も、お気の毒に……。大神官長様さえご健在であれば、下級巫女の宿舎に寝起きすることなど、決してなかったでありましょうに」

そう言いながらも、巫女長は近くにいた巫女に指示を出し、フォードラを呼び、そしてフォードラの同室だった者の移動の手はずを整えてしまった。

口ではどう言おうとも、巫女長にオルムの決定に逆らう気はないらしかった。というより、むしろ、積極的にオルムに協力するつもりのようであった。

「今後、聖巫女様は、下級巫女と同じ扱《あつか》いをさせていただきます。着替えなど、詳しいことはフォードラにお聞きください」

「わかりました」

産まれた時から、王宮か聖宮でしか暮らしたことのないエーディンは、下級巫女の扱いという物を理解していなかった。

知らないが故に、素直にうなずいたものの、フォードラに連れられて下級巫女の部屋に行った途端、後悔する。

下級巫女の部屋は、エーディンの感覚からすると、物置小屋に等しかった。

まず、狭《せま》い。寝台と椅子替わりの小さな櫃をふたつ並べると、他に何も入らない。

そして、暗い。無骨で灰色の石造りの建物なのだから当然だが、明かり取りの窓は小さく、ほとんど日が差し込まないのだ。

最後に、寝台がエーディンの感覚では、とても寝台と呼べるようなシロモノではなかった。先ほどまで体を横たえていた長椅子を、一回り大きくした程度しかないのだ。その上、クッション材は藁《わら》で、シーツにもツギが当たっている。枕もひとつしかない。

「……まあ、フォードラ、あなたは今まで、こんな場所で寝起きしていたの？」

エーディンのおつきから、エーディンの下級巫女の先輩へと立場が急に変わって、フォードラは途方に暮れた顔で答えた。

「はい。でも、ふたり部屋はまだマシなんです。私がここに来ました当初は、ここの倍ほどの広さの六人部屋でしたから」

この倍の広さしかない部屋に六人もの人間が生活する。いや、生活できるということが、エーディンには信じられなかった。

目を丸くするエーディンに、フォードラが気まずそうに説明をする。

「それでも、それが普通なんです。私の家はありふれた自由民の農家でしたが、ひとつの部屋に兄弟姉妹と一緒に――時にはひとつの寝台をふたりで共有して――寝ていました。でも村ではどこも似たような物でしたし」

「まぁ……」

エーディンは、予想を超えた現実に、言葉もなかった。

私は、国のため民のためと日々を過ごして来たけれど、本当は、何も知らなかったのね。

そして、ようやくエーディンは先ほど、なぜブランウェンが聖宮に来たのか、なぜあれほど怒りを見せていたのか、理解できたような気がした。

私の想像が当たっているとは限らないけれど……。でも、何もせずにいた私を、彼女が腹立たしく思うのは、当然のことだわ。

そう思うと、つきりとエーディンの胸が痛んだ。

フォードラが櫃《ひつ》を開け、エーディンが持っていた毛布を畳んで中にしまう。その代わりに、下級巫女の衣服――洗濯はしてあるが、古着だ――を取り出して、エーディンに手渡した。

「巫女長様が、今後は聖巫女ではなく下級巫女として扱えとおっしゃるので……。申し訳ありません、エーディン様」

フォードラが半泣きの表情になっている。長い間仕えた主に、残酷な現実を突きつける役に就かされたことに、耐えられないという様子だった。

「いいのよ、フォードラ。気にしないで。……こうなったのも、私の自業自得なのですから、あなたが罪悪感を抱く必要はないのよ」

エーディンが、フォードラの肩に手を置いた。精一杯、優しく笑いかけると、フォードラがくしゃっと顔を歪《ゆが》めて泣き出してしまった。

「はい……。はい、エーディン……様ぁ……」

ぼろぼろと涙をこぼすフォードラの肩に腕を回して、そっと少女を抱き寄せる。

エーディンが髪を撫でるうちに、フォードラの嗚咽《おえつ》が治まってきた。

「…………ありがとうございます」

真っ赤な目をしたフォードラが、健気にも笑顔を作る。

それから、エーディンは聖巫女の服を脱ぎ、下級巫女の服に着替えた。

白いチュニックに若草色の胴着、そして同色のスカートで素材は全て木綿《もめん》だった。

チュニックもスカートも、ごわごわして固い……。みなは普段、このような服を着ていたのね。

寝る場所も着る服も、今までとは雲泥《うんでい》の差だ。

しかも、これがこれからずっと続くのね……。いいえ、これがこれからの〝当たり前〟なのだから、不満に思わずに、早く慣れるように努めなければ。

改めて自分に言い聞かせると、エーディンはそっと拳を握り締めたのだった。


翌日、エーディンは耳慣れないざわめきにより、浅い眠りを破られた。

聖宮から下級巫女の部屋に移った初めての晩、慣れない場所と寝心地の悪い寝台に、熟睡することはできなかった。

頭が重く、体も怠《だる》い。

夢うつつでいたエーディンの耳に、少女らの抑えた話し声が聞こえてきた。

「あぁ……。毎朝眠いわよね」

「こんな朝早くから掃除だなんて、当番とはいえ、本当辛いわよね」

足音が扉の前を駆け抜け、エーディンは目を開けた。

まだ夜は明けておらず、部屋の中は真っ暗だ。隣の寝台に目を向けると、フォードラがちょうど上半身を起こしたところだった。

「おはよう、フォードラ。随分と早く起きるのね」

「エーディン様、もう起きていらっしゃったのですか」

「ええ、眠りが浅くて……。さっき、扉の前を誰かが通って、目が覚めてしまったの。ねえ、フォードラ、いつもみな、こんなに早くから起きて、仕事をしているの？」

「そうですね。夜が明けてすぐに、大神殿で、朝の祭祀《さいし》があるんです。エーディン様が、聖宮でしていたような……あれを、もっと大勢でするんです。朝の祭祀には、大神殿の者だけではなく、参拝者も参加できます。……今、大神殿に行った巫女たちは、その前の掃除や供物の支度をする当番なんです」

「そういえば、そんな話を聞いたような……。でも、私が聖宮でルアド様にお仕えするのは、もっと遅い時間だったわ」

「それは……まあ……ご身分の高い方に、私どもと同じようには……。それに、同じ時間にエーディン様が祭祀をなされますと、エーディン様のお支度《したく》を調えるために、私たちは自分の身支度もございますし、もっと早く起きなければなりませんから……」

「………わかったわ。そういう事情があったのね。……少し考えればわかることなのに、私は、そんなことさえ、今まで思い至らなかった」

わかっていれば、フォードラや他の者達にも、もっと労ったり感謝をしたり……違う態度を取れたでしょうに。

心の中で、後悔を嚙《か》み締めながら、エーディンは身を起こし、フォードラに頭を下げた。

「ありがとう、フォードラ。今まで、文句ひとつも言わずに、私に仕えてくれて。あなたの献身に、心から感謝いたします」

「えっ。あ、あの……そんな。私は、ただ、当たり前のことをしただけですから」

畏《かしこ》まって礼を述べられ、フォードラが顔を真っ赤にして両手を振った。それから、照れ臭ささを隠すように、急いで服を身に付け出した。

フォードラは髪を結う前に、エーディンの身支度に取りかかる。

「待って、フォードラ。ちょうどいい機会だし、自分にできることは、自分でしようと思うの。服も、自分で着てみるわ」

「！　…………大丈夫ですか？」

王女として生を受け、幼い頃に聖宮にやって来たエーディンは、他の王女や貴族の娘のように、夫の身支度を調えるための練習をしていない。

つまり、今まで、全てを人任せにしており、自分で服を着たことがない。

「大丈夫よ」

そう答えたものの、慣れない行為をするエーディンの動きは、かなりぎこちなかった。

こどものようにもたつきながら、服を着るエーディンを、フォードラがはらはらした目で見守っている。

なんとか服を着終えると、次は髪を結う番だが、これは完全にお手上げだった。

フォードラに櫛を預け、エーディンは寝台に座って、髪を梳《す》いてもらう。

「髪を梳く……というのは、とても大変だわ」

絹糸のような髪ではあるが、エーディンの髪はとにかく長い。

寝ている間、緩い三つ編みにしていたとはいえ、絡みもつれた箇所もある。そこを、思い切り上から櫛で梳き、もつれた髪が引っ張られ、エーディンは痛い思いをしていた。

「エーディン様の御髪《おぐし》は綺麗な金髪ですから、丁寧に梳きませんと。……私、エーディン様の御髪を梳くの、大好きだったんです。ですから、これからも、御髪の世話だけは、私にさせていただけませんか？」

「そうしてもらえると、嬉しいわ。ありがとう、フォードラ」

私が、重荷に思わないよう、気遣ってくれて。

今のエーディンには、不思議なくらい、色々なことが見えはじめていた。

聖宮でかしずかれていた日々では、決してわからなかったことが、下級巫女に位を落とされて、初めて見えるようになっていた。

不思議ね……。頭で理解していたことが、心に沁《し》みてくる。そんな感覚がするわ。

例えば、フォードラだ。こんな風に気遣いのできる娘だと、エーディンは知らなかった。

フォードラは、エーディンが思っていたより、ずっと心の優しい娘だった。

そのことに気づけたことが、ただ、嬉しい。神に――ルアド様に――感謝の祈りを捧げたいほどに。

あぁ……そうだわ。私は、こんな風に感謝の気持ちが溢れて、心から祈りたいと思ったことは、一度もなかった。

毎日祈りを捧げてはいたけれど……。同じ言葉でも、祈りには、もしかしたら複数の意味や感情があるのかもしれない。

「ねえ、フォードラ。私、大神殿での祭祀を見てみたいわ。今からでも、間に合うかしら？」

「間に合うとは思いますが、いいのですか？」

「何が？」

「その……エーディン様が大神殿に行かれますと、聖巫女がふたりということに……。それに、下級巫女のお姿で、みなの前に出て……その、お嫌ではないのですか？」

フォードラに言われ、今は、ブランウェンが聖巫女として朝の祭祀に臨席していることをエーディンは思い出した。

「では、祭祀には顔を隠して行くわ。肩掛けを頭から被れば、目立つかもしれないけれど、顔を隠せるでしょう。それに、この姿でみなの前に出るのは、嫌ではないわ。どのような服装であっても、位であっても、私が巫女ということには変わりないもの」

きっぱりと言い切ると、エーディンは櫃を開け、昨日しまったレースの肩掛けを取り出した。頭からふんわりと被って、フォードラの方を向いた。

「ね、こうして、うつむいていれば顔は見えないでしょう？」

「そうですね……。はい」

そして、ふたりは大神殿へと向かった。大神殿の裏手から建物に入ろうとすると、そこに、衛兵が立っていた。

衛兵がいるなんて、初めてのことだわ。

よく見れば、衛兵の格好をしていたが、姿形は北方人、つまり、ソルステインの配下だった。

そういうこと……。今、大神殿は、こういう形でソルスティンが支配しているのね。

ソルスティンに負けたくない、という思いが、エーディンの背筋を伸ばした。聖巫女としての威厳と気品を身にまといながら、エーディンが口を開く。

「聖巫女のエーディンです。朝の祭祀に参列すべく、ここに来ました」

「！　……わかりました」

オルムから話は通っていたのか、衛兵姿の戦士が丁寧に応じた。

ふたりが大神殿に入ると、中はシンと静まり返っていた。

「静かね……」

「実は……、その……ソルスティン様たちがここにいらしてから、お勤めを休む者が多くなっていて……。ダグダ様も、このような事態ですし、強制はできないと」

「まあ」

「目の前で大神官長たちが殺されて、捕らえられた時の恐怖から立ち直れない人もいますし、大神官長に近しくしていた人達は、自暴自棄になっているようです。他にも……その、ダグダ様が寛容なのをいいことに、これ幸いとサボっている人もいます。今、大神殿で前と同じように働いているのは、半数ほど。朝の祭祀に参列するのはそのうちの半数ほどかと」

エーディンが眉を寄せると、フォードラが慌《あわ》てて言葉を紡《つむ》いだ。

「けれども、出席していない人が全員サボってるわけではないんです。厨房や厩舎《きゅうしゃ》で働く者は、元々、祭祀には出ずに、自分の仕事をしています。……私も、昨日まではそうでした」

「そういうことね。教えてくれて、ありがとう。フォードラ」

そのような状況だったのならば、ダグダのあの憔悴《しょうすい》ぶりも納得できるわ。そして、私は、神殿の勤めを放棄する者を、以前のように無邪気に批判することは、もう、できない。

ソルスティンに襲われた衝撃で発熱していた間はまだしも、それ以降も寝室に閉じこもっていたのだから……。

恐怖に閉じこもる者も、大神官長という拠《よ》り所《どころ》をなくしてやる気をなくした者の気持ちも、今のエーディンには痛いほど理解できる。

艱難《かんなん》、汝《なんじ》を玉にす、ではないが、つらい体験を得たことで、エーディンは王女や聖巫女という立場ではなく、同じ人間として、寛容や許しということを学び初めていた。

怠惰《たいだ》で勤めを放棄する者はともかく、それ以外の者達は、どうしたら早く元気になれるのでしょうか。私に、何かできることはあるのでしょうか……。

そんなことを考えながら足を進めるうちに、鼻先を掠《かす》める浄めの香の匂いがどんどん強くなってゆく。

それと同時に、耳に聞こえるダグダの祭文を読む声もまた、大きくなっていった。

大神殿の主神殿では、既に朝の祭祀がはじまっていた。大神殿の右奥、神官や巫女専用の出入り口から中に入ると、広い礼拝所は、商人や遠方からの信者と思《おぼ》しき参拝者で埋まっていた。

「……こんなに、たくさんの人がいるなんて…………！」

夜が明けてまもないというのに、朝の祭祀――主にネメトンの繁栄《はんえい》と安寧《あんねい》を願うものだ――に、これほどたくさんの民が訪れていることに、エーディンは驚いていた。

民の崇敬《すうけい》が、これほど厚いものだったなんて……。

そのことに感動しつつも、同時に、神はいないと放言するソルステインが一番最初に大神殿を押さえたのか、その理由もわかった気がした。

確かに、大神殿、いいえ、ネメトンの民の信仰心は、利用できる。……私には、どういう風に利用するのかはわからないけれど……。

これらは、既にソルステインがエーディンに説明していたことであった。それでも、耳で聞くより、自分で気づいたことで、より深くエーディンの心に突き刺さる。

「恐ろしい男《ひと》……」

そうエーディンがつぶやいた時、参拝者の間からどよめきがあがった。

それまで、祭壇の脇に控えていた聖巫女――ブランウェン――が、一歩前に進み出たのだ。

「聖巫女は、すごい人気だな」

「今まで、聖巫女が民衆の前に出ることはなかったから。おまけに、若くて美人だ。この人気も当然だろうね」

「ダグダ様が、最初、聖巫女にそっくりな娘を祭祀に出すとおっしゃった時は、忙しすぎてどうにかされたのかと思ったのだが……。大神殿が閉鎖されていた間、商売があがったりだと騒いでいた商人たちも、聖巫女見たさに訪れる近隣からの参拝者が増えて、大人しくなったしなぁ」

エーディンが背後にいることに気づかないのか、祭祀を見守っていた若い神官ふたりが、抑えた声で会話をはじめた。

その間に、ブランウェンはダグダから刈り取ったままの小麦の束を受け取ると、一歩前へ進み出て、ルアドの神像に恭《うやうや》しい仕草で奉《たてまつ》った。

「……しかし、巫女でもない者を、祭祀に関わらせて問題ないのか？」

「いや、彼女は、既にダグダ様から巫女として大神殿に奉職する資格を与えられている。教義の上でも、なんの問題もない。上手いやり方だと思うよ」

「おまえは、そっちの方にも詳しいからな。前々からダグダ様を褒《ほ》めていたっけ」

「あの方は、大神殿、いやこの国で一番の賢哲《けんてつ》だ。本来、もっとも大神官長にふさわしい方だ。こういう形で、ふさわしいお立場に就かれたが、ダグダ様も内心は複雑であろうな……」

そう言って、神官がダグダに見守るようなまなざしを向けた。そして、もうひとりの神官が、口を開く。

「元々、聖巫女は祭祀で重要な役割をしていない。金持ち相手に祝福するだけで、閉じこもってばかりの本物より、積極的に祭祀や民に関わろうとする偽物にいっそのこと替わって欲

「……まあ……彼女は、王族の血を引いていないから。だが、聖巫女としては偽物でも、正式な巫女になったのだからと、ダグダ様や他の神官に頼んで、懸命に祭祀について学ぼうとしている彼女に、軟禁されているとはいえ、寝室にこもってなんの行動も起こさなかった聖巫女よりは、僕も好感を抱いてはいるけれどね」

神官の口からこぼれ出た本音に、エーディンは愕然《がくぜん》となった。

その神官が、真面目で優しそうな風貌をしているから、尚更だった。

エーディンの全身から、すうっと血の気が引いていった。

「大丈夫ですか」

足下がおぼつかなくなり、よろめいたエーディンの腕をフォードラが支えた。

「ごめんなさい。少しの間だけ、支えていてくれるかしら」

「もちろんです」

小声でふたりがやりとりする間、中央の祭壇では、ダグダが信者に祝福を与えていた。

ブランウェンは隣で見ているだけだが、いかにも貧しそうな者や病人、そして老人やこども、妊婦などに、温かな声をかけている。

「あなたに神のご加護がありますように」

「ありがとうございます、ありがとうございます」

偽物とは知らずに、声をかけてもらった老人が、今にも泣きそうな顔で礼を言っている。

もしかしたら……私は、あのように直接、民に声をかけるべきだったのかしら……。

礼を言われたいわけではなかった。感謝をされたいわけでもない。ただ、声をかけるだけで、誰かを喜ばせることができるのならば、そうした方が良かったと感じたのだ。

あぁ……私は、今まで何をしてきたのだろうか。

ただ一度、朝の祭祀に参列しただけで知った現実が、容赦なくエーディンを打ちのめす。

無意識に胸の前で両手を組み、そして、祈りの言葉を小さく口にすると、次第に心が落ち着いてきた。

知らなかったとはいえ、私のこれまでの振る舞いは、大神殿の者に聖巫女にふさわしくないと思われても当然だわ。聖巫女ではなくなって、それに気づいたことが……とても、つらい。

挽回《ばんかい》をしたくとも、もう、その機会はしばらく——もしかすると永遠に——ないのだ。

自分に愚《おろ》かさに対する怒りと悲しみに、泣きたくなった。

いいえ、いいえ。ここで泣いてしまっては、私は昨日までの私と変わらない。しっかりと、ブランウェンがしていることを、見つめなければ。

信者にひとことずつではあるが、言葉をかけるブランウェンは、昨日、聖宮に飛び込んで来た時とは違い、優しさと慈しみに満ちていた。

民衆がそうあって欲しい、と願う聖巫女の、理想の姿を体現している。

長い列も終わりが来て、エーディンの周囲にいた神官や巫女達は、朝食を食べるため、主神殿から立ち去っていた。

そして、ダグダとブランウェンは最後のひとりまで心のこもった祝福をしていた。

「今日も、お疲れでしたな」

「いえ。あたしなんか、声をかけることしかできませんから。ダグダ様の方が、ずっとお疲れでしょうに。……あ」

穏やかにダグダと話していたブランウェンが顔を上げた。そして、エーディンを見て、顔色を変えた。

みるみるうちに、表情が険《けわ》しくなり、そしてエーディンに向かって大股で歩いてくる。

「あんた、なんでここにいるのよ。今更何をしに来たの？　もしかして、あたしにケチつけに来たとか!?」

「まさか、そんな……」

「じゃあ、なんでここにいるのよ。まさか、あたしが偽物だって、みんなの前でバラしに来たわけ？」

ブランウェンはまなじりを釣り上げてエーディンを睨みつける。そして、ようやくレースの肩掛けを被った巫女がエーディンと気づいた者たちの顔色が変わった。

「私は……ただ、神に仕える者として、できることをしに来ました。あなたが偽物だと暴《あば》くつもりはありません。それどころか、私は、あなたの聖巫女としての振るまいを見て、感動いたしました。そしてわかったのです。私が、今までどれほど勤めを怠《おこた》っていたのかを。あなたが私に対して憤《いきどお》りを覚えたのも、当然のことと思います」

「な、何よ……そんなこと……今更……」

潔《いさぎよ》く自分の至らない部分をエーディンが認めると、気勢が削《そ》がれたのか、ブランウェンがうろたえたように口ごもった。

「あなたは、立派な方です。生まれさえ王族ではありませんが、心がけは、私以上に、聖巫女にふさわしいのかもしれません」

自分で自分の至らなかった部分を認めるのは、身を切るようにつらかった。しかし同時に、口に出してしまうことで、心が楽になる部分もあるのも確かだった。

静かな口調であったが、エーディンの言葉を聞いた周囲がざわついた。

ブランウェンは驚いたように丸く目を見開くと、「もういい！」と言って、主神殿を後にした。

そして、ブランウェンがいなくなると、今までふたりのやりとりを困り顔で見ていたダグダがエーディンに話しかけた。

「聖巫女よ……。一晩で、随分とお変わりになられましたな」

「変わった……かどうかは、私にはわかりません。しかし、今まで見えなかった物が、見えてきた。そのように感じております」

「さようでございますか。つらい時にこそ、何を選び何を学ぶかが重要です。聖巫女は、良き道を選ばれたようですな」

ダグダから、温かい物が通ってくるのをエーディンは感じた。聖巫女であることを疑いもしなかった時には、決してなかったことだ。

そしてエーディンもまた、礼儀正しい神官長に、今までにない親しみを感じていた。

朝の祭祀にエーディンが参列していたこと——聖宮をブランウェンに追い出されたこと——は、あっという間に大神殿中に広がっていた。

朝食を摂るため、巫女たちが使う食堂に向かったエーディンは、同情と憐憫《れんびん》、嘲笑《ちょうしょう》、冷眼、あからさまな好奇など、様々な視線に晒《さら》された。

それが、つらくないと言えば嘘になる。いたたまれなさは感じたが、恥ずかしいとは思わなかった。

きちんと顔を上げ、フォードラの隣で食事をするエーディンに話しかける者は皆無だ。それどころか、エーディンが物珍しいのか、お喋《しゃべ》りさえせず、固唾《かたず》を呑《の》んで注目している。

周囲の視線を気にして縮こまってしまったのはフォードラの方で、見るからに緊張しながら食事をしている。

不満げな表情をまったく見せず淡々と食事をするうちに、エーディンに向けられる視線が、目に見えて柔らかくなった。

……私は、ここでは、常に見られているのだわ。今まで以上に気を引き締めて、振る舞いには気をつけなければ。

いいえ、違う。みなに見られているということは、ルアド様がいつも私を見ているということと、同じなのだわ。私は、以前と同じように、自分に恥じない行動をすればいい。

そう考えると、エーディンはふいに気分が楽になった。

心がけを変える必要はない。ただ、立場が変わったことで、やることが、変わっただけだ。

それから、エーディンの下級巫女としての生活がはじまった。

エーディンとフォードラは、新たにケリドウェンという上級巫女の下につき、言われた仕事をこなすよう命じられた。

「巫女長様から、ふたりの仕事ぶりをきちんと監督するよう言われています。心して勤めに励《はげ》むように」

ケリドウェンは甲高い声で威圧的に言うと、じろりとふたりをねめつけた。

エーディンよりも大巫女に忠誠を誓うかのようなケリドウェンの態度に、エーディンは大神官長がいかに、この大神殿を私物化していたか、その一端を見た気がした。

「……聖巫女ではなくなったとはいえ、エーディン様は王家の血を引く御方《おかた》。下働きなどはさせられませんから、大神殿の授与品を販売する仕事に就いていただきます」

「授与品……ですか？」

聖巫女の勤め以外のことに疎《うと》いエーディンが小首を傾げると、ケリドウェンが大げにため息をついた。

「神官様方が、加護の祈りを込めたお守りを、この大神殿では販売しているのです。遠くから参拝に来た人々が、故郷への土産や巡礼の記念にと買い求めていくのですよ。大切な大神殿の収入源のひとつ。まったく、そんなこともご存じないとは……」

「ごめんなさい。……私は、あまりにも知らないことが多すぎて、何を知らないのかさえわからない状態です。今後も、どうか色々と教えてください」

ケリドウェンの嫌味混じりの説明に、エーディンが謙虚《けんきょ》に返した。

不思議なことに、皮肉を言われても、まったく気にならなかった。それどころか、知らないことを教えてもらってありがたいとさえ感じてしまう。

あまりにも素直なエーディンに、ケリドウェンは毒気を抜かれたように口を閉ざした。それから、神殿の正面、参列者が入る入り口近くにある小さな建物にふたりを連れて行った。

石造りの小さな建物の中には、祝福の印を刻み込んだペンタントやブローチといったアクセサリーやコイン、幸運を呼ぶと呼ばれる模様《もよう》を模《かたど》った置物などが、所狭しと置かれていた。

授与品の販売場所をとりまとめるのは、今朝方、エーディンよりもブランウェンに厚意を持つと言った、あの神官であった。

神官の名はガフェスといい、位は大神官であった。

ソルステインが来る前は、大神殿の書庫で貴重な書物の管理や補修をしていたのだが、この授与品売り場をとりまとめていた神官が、大神官長派の者で、部屋にこもって出てこなくなったために、急遽、ここに配置換えとなったのだ。

ガフェスは急にやって来たエーディンとフォードラを持て余したのか、困り顔をした。しかし、すぐに小さく息を吐くと「わかりました」と小さな声で応じた。

「僕は、あなた様のことを、なんとお呼びしたらよろしいのでしょうか？　さすがにエーディンと呼ぶのは、まずい気がいたしますが」

もっともな指摘に、エーディンが小首を傾《かし》げる。そうして、朗《ほが》らかな声で答えた。

「では、ブランウェンと。立場が入れ替わったのですもの、いっそのこと、名前も交換してしまいましょう」

エーディンが、若い娘らしい華やかな微笑みを浮かべると、ガフェスが苦笑した。

「わかりました。……あなた様が諧謔《かいぎやく》のわかる方とは、存じませんでした」

こうして、ブランウェンと呼ばれることになったエーディンは、いきなり接客させるのもまずいだろうということで、在庫の整理や品出しをすることになった。

フォードラは、素直な性質もあって、あっという間に新しい仕事にも順応していた。

ここには、下級巫女や神官見習いが働いていたが、ガフェスが箝口令《かんこうれい》を引き、エーディンが本当の聖巫女であることを気取られないように振る舞うことを命じた。

「いいですね、あの方は、聖巫女に似ているが、別人のブランウェンという娘です」

ガフェスの言葉に彼らは神妙な顔でうなずいたが、なんともやりにくそうにしていた。

こうして、普通の巫女として働くことで、エーディンは様々な〝初めて〟を体験した。

まずは、荷物を運ぶといった、祝福や儀式に関わらない仕事をしたこと、大神殿以外の者と直接会話をしたこと。そして、初めて貨幣《かへい》を手にしたこと。

エーディンが貨幣を触ったことがなかったのは、その必要がなかったからだ。

エーディンは、初めての接客で手のひらに銀貨を載せられた時、不思議な気持ちがした。

「私、お金に触ったのは、初めてよ」

大真面目な顔でエーディンがフォードラに言うと、周囲にいた巫女や神官見習い、そして衛兵の格好をしてエーディンを監視していた戦士までもが、ぎょっとした顔をした。

「これがお金、なのね……」

エーディンは神妙な顔で手の上の貨幣を指先で突いた。

一般に流通しているのは、銀貨や銅貨で、金貨は巨額の税金か商品の支払いにしか使われない……と、教育係の大神官から教えて貰ったけれど、実際にその通りだわ。

座学でしか知らなかったことを、実際に体験するのは、エーディンにとって興味深い経験であった。

そして、初めての体験の中で、一番エーディンが驚いたことは、噂《うわさ》という物が、思った以上に民衆の間で早く出回ることであった。

品出しをしている間や、休憩の時など、エーディンに聞く気がなくとも、自然に耳に入る。

大神殿には、近隣だけではなく国中から、そして外国人も観光に訪れる。大神殿に住む者からすれば日常でも、彼らにとっては、ハレの日、祭りに参加しているようなものだ。

昂揚《こうよう》して、財布も口も軽くなる。「どこから来ましたか」という質問で会話をはじめる人々の口から――内容は虚実半々《きょじつ》に入り混じってはいたが――外国の作物の出来や、王都ミデに居る王の動静、そしてソルスティンらの近況までもを、知ることになった。

私が、聖宮にいる間に、こんなに近くで、こんな風に人々は交流をしていたのね……。

エーディンは、目が覚めるような思いがした。

覚えることが多く、とまどうこともあったが、働くことに、義務以上の楽しさを感じるようになっていた。

そんな風にエーディンが変わったことで、一日、三日、十日と日々が過ぎるうちに、周囲の者達のエーディンを見る目が変わり、遠慮がちではあるが、挨拶《あいさつ》など声をかける者が増えてきた。

それは主に下位の神官や巫女らで、大神官長一派に取り入ることで旨みを得ていた者達は、相変わらず部屋に引きこもっているか、ブランウェンに取り入ろうとやっきになっていて、エーディンのことは、頭から無視をしていた。

そして、ソルステインが大神殿から姿を消して、半月ほどが経った。

入浴と夕食を済ませ、下級巫女の寝室でフォードラと就寝前の神への祈りを捧げようとしていたエーディンの許へ、衛兵――ソルステインの配下の戦士――が、やって来た。

「夜分遅くに申し訳ありません。ソルステイン様が、エーディン様をお呼びです」

「っ。…………はい」

ソルステインの帰還を知らなかったエーディンは、突然の呼び出しに驚き、断ろうかどういかないわ。

か迷い、そして、結局は受諾した。

断ったら、あの男はここまでやって来かねない。……他の者達に、迷惑をかけるわけにはいかない。

そう結論づけると、エーディンは下級巫女の装束のまま、衛兵についてゆく。

連れて行かれたのは、清浄殿で、夜だというのに、入ってすぐのホールには、たくさんの燭台《しょくだい》に蠟燭《ろうそく》の明かりが灯っていた。

階段を上がって二階へ行き、回廊を経て、大きな一枚板の扉の前に案内された。

「こちらです。……ソルステイン様、エーディン様をお連れいたしました」

「入れ」

もう夜遅くだというのに、力強く、精力的な声が返ってきた。

ソルステインの声を聞いただけで、エーディンの体が緊張に強《こわ》ばる。

「案内を、ありがとうございました」

固い表情で衛兵に礼を述べると、エーディンは深く息を吸い、扉を開けた。

部屋の中を見た瞬間、エーディンの足が止まった。予想をしてしかるべきであったが、そこは、寝室だったのだ。

部屋の中央に置かれた、巨大な天蓋《てんがい》つきの寝台にソルステインは座っていた。

靴を脱ぎ、素足をオットマンに載せ、シャツとズボンだけという、楽な服装をしている。

「久しぶりだな、聖巫女」

寝台と、ソルステインと。

忘れたいことを目の前に突きつけられて、エーディンが顔を背けた。

「……もう、私は聖巫女ではありませんわ。ブランウェンに、その地位は譲りました」

目を伏せて、エーディンが生硬《せいこう》な声で答える。

下級巫女となってから、毎朝エーディンは朝の祭祀に参加している。

ブランウェンは、エーディンにだけは、敵意に満ちたまなざしを向けるが、それ以外の者には丁寧に教えを請い、祝福の際には、聖巫女の噂を聞いて益々増えてゆく参列者を前にして、以前と変わらず心のこもった言葉をかけている。

なぜ、それほどまでに自分だけを嫌うのかはわからなかったが、それ以外の点では、ブランウェンはエーディンの目から見て、聖巫女として立派に勤めを果たしていた。

「……オルムから、その件についての報告は受けている。それで、おまえは、それに唯々《いい》諾々《だくだく》と従ったのか。王女としての誇りはどこに行った？」

「地位に固執《こしつ》することが王族としての誇りであるならば、私はそれに執着《しゅうちゃく》はいたしません。私は王族である以上に聖巫女――いえ、巫女として――ありたいのです」

シルクの絨毯《じゅうたん》に視線を落として答えると、ふいに足元に影が差す。

エーディンが顔を上げると、目の前にソルステインが立っていた。

「……っ」

意表を突かれエーディンが息を呑《の》むと、ソルステインが白い手首を摑《つか》んだ。

「巫女としては、立派な心がけだが、こっちはそうはいかない理由ができた。おまえには、聖巫女として、俺と一緒にラトまで来て貰う」

「……ラトに？　なぜ私が？」

尋ね返すと、ソルステインがエーディンの腕を引っ張って寝台に強引に座らせた。

ソルステインが馴《な》れ馴《な》れしい仕草でエーディンの肩に腕を回すと、手首に巻いたままの銀鎖がシャラリと鳴った。

エーディンは肩や背中から伝わるソルステインの体温を意識してしまう。

落ち着かなければ。この男がこうして馴れ馴れしく振る舞ったとしても、最後までされるとは限らないのだから。

そう自分に言い聞かせながらも、エーディンは恐れを感じ、それ以上にあおぎ、悶《もだ》え、乱れた記憶が強く蘇《よみがえ》っていた。

「ラトは、大神殿のお膝元の港街だ。かつて、おまえに祝福を受けた者も多い。俺がラトに入ったのは、おまえが大神殿で売り子をはじめた当日だったが、その日の晩餐《ばんさん》で、客として招いた商人がだしぬけに〝本物の聖巫女は、授与品を売っておられるようですな〟と言って来た。……まあ、わかっていたことだが、商人どもは情報が早い」

してやられたことを、ソルステインが嬉しげに語る。

「それがどうして、私がラトに行くことになるのですか？」

「簡単な話だ。大神殿が本当に俺に協力するつもりなのか、本物の聖巫女の口から直接聞きたいのだそうだ」

ソルステインがエーディンの耳元に顔を寄せ、囁《ささや》き声で言った。温かい息が耳に吹きかかり、エーディンは肩を竦《すく》めた。

「……私は、ラトには決して行きません。ましてや、あなたに協力するなど……言えるはずがありません」

そう答えつつも、エーディンの心は揺れていた。

売り子をして小耳に挟んだ噂話では、ソルステインの征服と統治は、叔父ミディンのそれよりも、格段に民衆に受け入れられていたからだ。

「あなたが征服した領地……カドゥルキやムラクマをはじめとした領民たちは、あなたの統治を歓迎しています。今年から三年間の税の免除、領主から借金をして納税していた農民たちへの借金の棒引き、橋や街道の通行料も安くして、関所を減らし、領主が立ち入りを禁じていた森への農民の立ち入りを許可した……と聞いています」

ネメトンでは、橋を渡る際や主要な街道に関所を設け、領主へ通行料を納める仕組みになっている。それは、橋や街道のメンテナンスのための必要経費であったが、通行料の額は領主が定められるため、必要以上に高い金額を設定して、私財に回す領主も多いのだ。

通行料が高くなれば、商人が運ぶ商品の価格にそれが反映される。

街や荘園に住む人々は、通行料が安くなり関所が減れば、それだけ安く商品を手に入れられるのである。

また、森というのは、木材や薪《まき》、薬草、兎《うさぎ》や鹿などの獣肉や毛皮の供給源でもあるが、それ以上に、ドングリなどの木の実や下草が、家畜の餌《えさ》になる。

食糧生産の多寡《たか》が生死に直結した世の中なのだ。領主が森を領民に開放すれば、それだけ農民の生産力があがり、貧しさや飢餓が減るのである。

つまり、ソルステインは、徹底的に領民の側に立った発布をしたのである。

「よく知っているな。驚いた」

「売り子をしながら、耳に入ってきた噂です。あなたにはルアド神がついている、エイリーク様の再来だ、などという流言もありましたが……」

「それも知っていたのか。……その噂を流したのは、俺だ」

「なっ……！」

しれっと発せられた言葉に、エーディンが絶句した。

「あなたは……、神などいないと言っていたのに、神を自らのために利用するのですか!?」

抗議の言葉を紡《つむ》ぐうちに、エーディンはわかってしまった。

この男は、神を信じていないからこそ、神を目的のために利用できるのだわ。神ですら、この男は、利用価値があるかないかで判断する。なんと恐ろしいことでしょう。

そう思ったら、これ以上ソルステインに触れられていることさえ耐えられなくなる。

エーディンがソルステインから離れようと身を捩《よじ》る。しかし、ソルステインはそれを許さず、エーディンの上に覆い被さり、寝台に押し倒した。

男の腕にすっぽりと体が包まれ、ソルステインの重みと熱を感じた瞬間、エーディンは怖《お》気《け》に身を震わせていた。

「嫌……っ」

思わず口から拒絶の言葉が飛び出すと、ソルステインは嫌がらせのように、体を押しつけてきた。

押し倒された衝撃で、エーディンの髪が乱れる。ソルステインはこぼれ落ちた金髪の一房を手のひらに載せ、唇を押し当てた。

「つれないな、聖巫女。一度は愛し合った仲だというのに」

「……あ、あれは、あなたが無理矢理……」

「無理矢理であっても、おまえは確かに感じていた。俺をここに受け入れて、あれほどよがっていたじゃないか」

ソルステインが、エーディンの股間に手を押し当てた。

スカート越しに感じる体温と質量に、体の奥に潜《ひそ》んだ何かが蠢《うごめ》きはじめてしまう。

嫌……。こんな風になるなんて、私は、望んでなどいないのに！

ソルステインの作る檻《おり》の中で、エーディンが体を丸めて縮こまらせる。

「やめてください。無体な真似をしないでください。私は……あなたを見直しかけていたというのに、これ以上、嫌いにさせないで！」

追い詰められたエーディンが叫んだ。

「これはこれは……。おまえを汚したこの俺を、見直しかけていた……か。おまえは、どこまでお人好しなんだ？」

「私の好悪とあなたの行為は、別の話です。あなたが征服した土地でしたことは、良きことばかりです。あなたを嫌いだからといって、それをなかったことにはできません」

「良きこと……ねぇ。まさか、それで俺が〃いい人〃だと思ったのか？」

「違うのですか？」

呆《あき》れ果てたというソルスティンの声に、思わずエーディンが尋ね返す。

人は、自分の中にない価値観を認識することは難しい。

神ですら利用すると放言する男の行為に善意を感じたのは、エーディンの甘さでもあるが、それ以上に、エーディンの中に誰かや何かを利用するという発想がないからだ。

「まったく……。どうしようもないほど愚《おろ》かな女だな、おまえは。俺が、ただただ善意だけでそんなことをすると、まだ思ってるのか？」

「…………」

「教えてやろう。俺の目的は、ネメトンに建てた俺の国に、ドレカル王の圧政から逃げる人間を受け入れることだ。ただし、ドレカルの土地は貧しく、国を空《から》にするほど人を呼び寄せても、ネメトンの民の五分の一に満たない。移民してきたところで、ドレカルの民は少数派だ。いかに、ドレカルの戦士が強壮といえども、女こどもばかりの居住地にネメトンの民が大挙して襲って来ればひとたまりもない。……そうならないためには、どうしたらいいか？

答えは簡単だ。支配層となった俺たちが、善政を行うこと。つまり、最終的には、善《よ》き政《まつりごと》だけが、俺達を守る盾であり堅牢《けんろう》な城壁たりうる、と、結論が出たからだ」

いっきになされた説明を、エーディンは呆然《ぼうぜん》と聞いていた。

どこまでも、この男の思考や判断基準は、利己心から発し損得で彩《いろど》られている。

「善政を敷き、ネメトンの民を騙《だま》すのですか?」

「善意でした行為が、全て善行になるとは限らない。悪意から発した利己的な行為も、極まれば大きな善となることもある。いったい、それのどこが悪いんだ? 既に、おまえの叔父の統治より俺に治められる方を喜んでいる地域もあるのだぞ?」

「…………」

エーディンは、もう、この男に対して反論すべき言葉がなかった。

全員が善人で、善きことだけが行われる社会など、この世には存在しない。そんな当たり前のことを、今ようやくエーディンは、理解しはじめている。

エーディンはかつて、大神殿をそのような場所だと信じていた。

しかし、現実には、いじめが横行し、民に施《ほどこ》すのではなく、民から搾取《さくしゅ》していた。

細かい彫刻《ちょうこく》に金箔《きんぱく》の施された寝台、最高級のリネンの寝具、高価な染料で染めた絹糸で織られた絨毯にタピストリー。

部屋を照らすのは、金箔が施された純銀製の燭台であり、寝台の真横に置かれた櫃の上には、銀の水差しや玻璃《はり》のグラス、宝石が象嵌《ぞうがん》された小物入れが置かれていた。

どれもこれもが、金貨をもって代価を購《あがな》う品々ばかりだ。

日々、勤勉や善行を説いていた大神官長の寝室がこの有様なのだ。

貧しい身なりをした人々が、大事そうに銅貨で購ったお守りを懐に入れる姿をたびたび目にしたエーディンにとって、この部屋こそが、エーディンの幼い理想を打ち砕く。

世間知らずから脱しはじめたばかりのエーディンには、世知に長けたソルステインの事実に裏付けられた信念が、巌《いわお》のように固く、巨大に、感じてしまう。

「……どうした、先ほどから黙っているが。もう反論はしないのか？」

シーツに顔を埋めたエーディンの背中から、ソルステインの揶揄《やゆ》する声が聞こえた。

それでもなお、エーディンが口を閉ざしていると、今度はソルステインの手が、エーディンの胴着の紐を外しはじめた。

「な、何を……！　やめてください。私は、もう二度とあんなことをしたくありません」

「おまえになくとも、俺にはある。おまえの性格は最悪だが、体はそう悪くないからな」

「そんな……。あっ」

ソルステインに胸を鷲摑《わしづか》みにされて、エーディンの唇から声が漏れた。

また……、また、あんなことをされるなんて、我慢できない！

すでにソルステインはエーディンのむき出しのうなじに唇を当てている。熱い息の感触が、エーディンの肌を粟立《あわだ》たせる。

たった一度、男と交わっただけだというのに、エーディンの体は異性に抱かれる快感を覚えてしまっている。

感じては、駄目。感じないようにしないと……。

心の中で自分に言い聞かせながら、エーディンがチュニックの襟《えり》から胸元に忍び入ろうとするソルステインの手を両手で摑んだ。

「やめて……、やめてください」

「この状況でやめろと言われてやめる馬鹿がどこにいる」

「……それでも、本当に嫌なんです。お願いだから、やめてください」

その言葉を発すると、胸の上で悪戯《いたずら》をしていたソルステインの手が動きを止めた。

「本当に嫌、か……。…………わかった」

ソルステインはそう言うと、エーディンから体を離した。熱と重みから解放されて、エーディンがほっと息をつく。

しかし、ソルステインはエーディンを解放したわけではなかった。大きな肉厚の手が肩に置かれたかと思うと、エーディンの体は仰向《あおむ》けにされてしまう。

「えっ……？」

すっかりこのまま帰れるものと思い込んでいたエーディンの目が見開かれた。

その瞳に、人の悪い笑みを浮かべたソルステインの顔が飛び込んで来る。

「おまえが、あくまで俺を拒否するというのなら、フォードラとか言ったか……おまえのお気に入りの娘の首を、明日、刎《は》ねる」

ソルステインの声は嬉しげだったが、その瞳には——冗談ではとても片付けられない——冷たい光が浮かんでいた。

この男は、本気だわ……。本気でフォードラを犠牲にしても、いいと思っている。

「っ！　あっ、……なっ、……っ」

あなたは、なんということを言い出すのですか。そう言ったつもりのエーディンであったが、衝撃のあまり口が動かず、こう言うのが精一杯であった。

瞬きすら忘れ、陶器の人形のようにエーディンは身動きできずにいた。

腹の底が冷たくなり、頭が熱くなり、そして、心臓が早鐘のように脈打つ。

いっそのこと、今、耳にしたことを嘘だと思いたかった。

ソルステインは、蒼白《そうはく》となったエーディンを見て、満足そうな表情をした。金子《きんす》を賭けた手札遊びで、相手を上手く嵌《は》めた時のような。

ソルステインは前髪を掻き上げると、目を細め、睦言《むつごと》でも言うように、甘い声で囁いた。

「……もし、おまえがそれでも嫌だと言うのなら、毎日、大神殿の人間を十人ずつ、首を刎ねようか。それとも、ムクラマやカドゥルキの領主一族の者を殺してもいいな。中には、老人や幼い子、産まれたばかりの赤子もいたかな。……エーディン、おまえが拒《こば》む限り、なんの罪もない人間が、毎日死んでゆくのだ」

「………そんな」

「そうなるかどうかは、おまえが選ぶんだ。あぁ、ついでに言っておくが、おまえがラト行きを拒むか、ラトで商人どもに俺に協力すると言わなくとも、同じことをするつもりだ。……さぁ、聖巫女よ、慈《いつく》しみ深く善意の塊《かたまり》のおまえは、これを聞いてどうするつもりだ？」

ソルステインは、さながら獲物を追う猟犬のように、エーディンの逃げ場を奪い、確実に望む場所――死地――へと追い詰めてゆく。

自らの命を代償にするより、ずっとえげつない選択をソルステインは提示したのだ。言わば、エーディンに良心と保身を秤《はかり》にかけるよう強《し》いた形だ。そして、ソルステインは、エーディンがどちらを選ぶかを、完全に理解している。

エーディンは、信じられない思いでソルステインの言葉を聞いていた。

なんてこと、なんてこと……なんてことでしょう！

衝撃が去ると、エーディンは猛烈な怒りが湧いてきた。

「悪魔……！　あなたは、人ではないわ！　人の命を、なんだと思っているのですか！　フォードラは……いえ、他の者たちも、あなたが好き勝手にしていい道具ではないのですよ」

青い瞳を煌《きら》めかせ、エーディンが大声を出す。ソルステインは、当てが外れたというように肩を竦めると、冷酷そのものの表情を浮かべ、口を開いた。

「それで？」

「……それで……って……」

「俺にそれ以外、どう返せと？　人の命は公平じゃない。身分の高い者、力の強い者、知恵のある者が、生き延び、弱い者から収奪していく。これが、真理だ」

力強く断定すると、ソルステインが試すような目でエーディンをねめつけた。

「さて、それで、聖巫女よ、おまえはどうする？　このまま俺に抱かれるか？　それとも、フォードラの首を刎ねられる方を選ぶか？」

「……………」

どちらも拒絶したい選択を迫られ、エーディンが唇を噛んだ。

この男にされるのは、嫌。あんな……私が私でなくなるような時間は、二度と味わいたくはない。

けれども、とエーディンは心の中でつぶやく。

あの子を犠牲にするわけには、いかない。……そうよ、私が我慢すれば、フォードラや、他の者たちの命が、助かるのだもの。

「…………わかりました。あなたの……命令に、従います」

ただ、それだけの言葉を言うのに、エーディンは気力を奮《ふる》い起こさなければならなかった。

しかし、ソルステインは冷ややかな目で「それで？」と返す。

「俺の命令に従うとは、どういう意味だ？　俺に、おまえの思惑を察しろと？　生憎《あいにく》俺は、その手のことが苦手でな。もう少々、はっきり言ってもらわねば、わからないんだが」

この男は……っ！

再びエーディンは唇を噛んだ。

エーディンの言葉の意味を、ソルステインがわからぬわけがない。

もうエーディンは、助けを求めて祈らなかった。

神は、エーディンを助けない。だから、どんなにつらくとも、自分で全てを受け留め、そして立ち向かわねばならないのだ。

逃げたい。……けれど、逃げてはいけない。

ソルステインは、エーディンの良心、いわば自己犠牲の精神が、どこまで本物かを試しているのだった。

純潔であらねばならぬ聖巫女に、娼婦のように男を求める言葉を言わせること。それ以上に、聖巫女の矜持《きょうじ》と誇りと自尊心を挫《くじ》く方法はない。

ごめんなさい、ルアド様。私は……奪われるのではなく、自ら、この男に身を捧げます。

「私を……抱いてください」

瞳を潤《うる》ませ、声を震わせながら、エーディンがソルステインの望む言葉を口にした。

聖巫女からここまでの譲歩を引き出して、ようやく満足したのか、ソルステインが口の端だけで笑みを作った。

「わかった。聖巫女が望んだ通りにしてやろう」

恩着せがましい口ぶりで言うと、ソルステインがエーディンの胴着を脱がせにかかる。

剣を握る大きな手が、肩掛けを留めるブローチを外し、胴着の紐を解いてゆく。

エーディンは、一枚ずつ自分を守る衣服が脱ぎ去られていく様を感じていた。

肩を包む温もりが消え、胴が涼しくなる。ベルトを外され、スカートが引きずり降ろされると、思わず太股を閉じた。

早く、終わりますように……！

それだけを思って、エーディンは裸にされる屈辱に耐えた。

エーディンが目を瞑《つむ》って横たわるだけなので、ソルステインはチュニックを脱がせるのを諦《あきら》めたようで、胸元まで布を捲《まく》り上げる。

現れた豊かな白い果実に、小さく——賞賛の——息を吐くと、手で下から持ち上げるように包み込んだ。

「体だけは、褒めてやってもいいな」

「……そうですか」

エーディンにとっては、なんの意味もない賞賛の言葉だった。

目を閉じたまま冷えた声で返すと、ぎゅっと胸を握り締められた。

「痛……っ！　何をするのですか」

「かわいくない態度を取るからだ」

「……意に染まぬ行為を強制された上に、あなたの機嫌まで取れというのですか？」

「おまえのかわいいおつきの巫女が、首を刎ねられてもいいのか？」

フォードラの命を盾に取り、ソルステインが無茶な要求をする。

そう言われてしまえば、もう、エーディンは、偽りの笑顔を浮かべ、喜ばせる言葉を口にする以外になくなってしまう。

わかっているわ。そうしなければならないことは。けれども、とても上手く笑えない。この男が何を言えば喜ぶかなんて、私にはわからない。

「私に……どうしろと言うのですか？　私は、これ以上どうすればいいのかわかりません。あなたは、私のことを嫌いなのですね。……私を追い詰めるのが、楽しいのですね」

エーディンが瞬《まばた》きすると、ぽろりと涙がこぼれ落ちた。

頬を伝う雫《しずく》に、ソルステインが眉を寄せた。

「おまえを嫌っているわけじゃない。おまえを見ていると、どうにも苛《いら》つくだけだ」

「……それは、嫌いということでしょうに」

「違う。おまえがルアドを……神を信じ、祈りに力があると思っているからだ」

「つまり、あなた自身が神も祈りも信じられないから、私を責め苛《さいな》むのですね？　……なぜ、どうして……あなたは、そこまで神を憎むのですか？」

エーディンの言葉に、ソルステインが明らかに動揺した。エーディンから目を背け、乳房を握る手の力が弱まる。

「理由があるのですね？　……私に教えてください」

ソルステインの変化に、エーディンは何かを感じた。それを見逃してはいけないと、本能が囁いた。

「別に、たいした理由じゃない。俺の名前……ソルステインというのは、ソール神の恵みとか恩寵《おんちょう》という意味だ。これからわかるように、俺の父親は、深くソール神を信仰していた」

父親のことを語るソルステインは、ふてぶてしいところが消え、年相応の青年に見えた。

「ネメトンと違って、ドレカルには神を祀《まつ》る専門職はない。国王や領主、一族の長、一家の長が、それぞれで信奉する神を祀るのだ。そして、俺の父オーラーヴは、ドレカルでも信仰心が厚く、神へ捧げる供物も気前が良いことで知られていた」

エーディンに目を向けながらも、ソルステインの瞳は、どこか遠くを見ていた。

「……だが、父はドレカル国王の目論見《もくろみ》――ドレカルは、各地の領主が緩やかに同盟を組む、連邦国家に近い形態だったのだが――それを、ネメトンのような国王ひとりに権力が集まる統治体制にしようとした。父も内心では反発していたが、宰相《さいしょう》としての立場から国王に協力した。そしてドレカル王は、中央集権化に反対した領主を、次々と攻め滅ぼした」

「……」

「その上で、なおも反抗する領民は、自由民であっても財産を没収し、農奴に落とし、その上で手足を切断するという処罰を課したのだ。例え農奴であってもドレカルでは戦士だ。戦士から戦う手段を奪うやり方に、国王に従う者たちの中にも、眉を寄せる者が多かった」

ドレカルでは、他国に比べると自由民と農奴の区別が緩やかだった。

例え農奴に産まれても、個人の力で――主に傭兵《ようへい》や海を渡る商人、時には海賊になり――財をなせた。その上で、農地を所有し、主である自由民の承認さえ得れば――自由民の主も自分と親密なつき合いをする家が増えることを歓迎し、喜んで認めることが多かった――自由民になれる。

その緩やかな身分システムが、朋友との紐帯《ちゆうたい》の強さが、ドレカルの活力の礎《いしずえ》であり、同時に勇猛果敢《ゆうもうかかん》な戦士を輩出する土壌となっていた。

しかし、ドレカル王は下克上《げこくじよう》を可能にする国民性を嫌った。

その結果として選んだのが、国王を頂点とする縦社会、すなわち中央集権化であり、苛烈《かれつ》なまでの圧政をもってしてまで、それを邁進《まいしん》させたのだった。

「さすがにこれはやりすぎだと父も判断し、国王に、処罰が厳しすぎるのではないかと上奏した。……その年の冬至の祭りで、父は例年のように、ソール神を称える祀りを盛大に催《もよお》した。同族の者や、領民、そして父と仲の良い領主やその臣下たちも集まってきた。……そこで、国王の寵臣《ちようしん》が、国王にこう吹き込んだのだ。父が、国王に謀反《むほん》を起こすために兵を集めています、とな。もちろん、父にそのつもりはない。国王は、その讒言《ざんげん》を信じた。いや、信じたかったのだ。何せ、自分の意に沿わない目障《めざわ》りな宰相を攻め滅ぼす格好の理由ができるのだからな」

「……なんてことでしょう」

エーディンが口元に手を当てた。

ソルステインは、痛ましげな顔をするエーディンに、うなずいてみせた。

「酷い話だろう？　そして、父は反逆者として国王から出頭を命じられた。父は、大人しくそれに従ったよ。……その前に、一族の者と財産を、すべて俺の手に委《ゆだ》ね、国外へ逃がす手はずを整えてからな」

「それで、お父上は……？」

「殺された。……神を信じ、祀りを盛大に行った結果が、これだ。俺が神を信じなくてもしようがないだろう？　それに、俺が神に裏切られたのは、これが初めてではない」

ソルステインは、ここで唇を閉ざした。

まだ話すべきことはあるが、言おうか言うまいか、逡巡《しゅんじゅん》しているようだった。

「聞かせてください。あなたがつらくなければ、ですが」

青く澄み切った瞳で、エーディンがソルステインを見上げた。

この人が、神を信じなくなったのには、これだけの理由があった。生まれつき、神を信じぬ不敬者ではなかったのね。

ただそれだけのことで、エーディンはソルステインに対して抱いていた悪印象が、少しずつ薄らいでゆくのを感じていた。

顔を見るのも嫌だったはずなのに、今は、それほどでもない。

そして、エーディンの言葉に後押しされるように、ソルステインが口を開いた。

「……他愛《たあい》もない話だ。俺の母は、俺が、六歳の時に病で亡くなった。当時の俺は、母に生きていて欲しくて、それはもう毎日、ソール神に真剣に祈った。『どうか、母上を助けてください』とな」

思い出を語るソルステインが、なぜか、エーディンには六歳の少年に思えてきた。

母が死ぬかもしれないという恐怖に襲われつつも、神に祈りを捧げる幼いソルステインの健気《けなげ》さを思うと、それだけでエーディンの胸が苦しくなった。

「俺の祈りは届かず、母はすぐに亡くなった。……あの時の俺の、母に生きていて欲しいという願いは、その祈りは本物だったはずだ。だが、俺の必死の祈りは、神に、届かなかった。だから……俺は、それ以来、神に祈るのをやめた。神に祈っても無駄と理解したからだ」

ここまで言うと、ソルステインは大きく息を吐いた。

精力的な男が、疲れ切った顔をしていた。心の奥底に隠した鬱屈《うっくつ》を、失望を、悲しみを、口にするのに、それだけのエネルギーを要したのだ。

「可哀想に……」

まるで、六歳のソルステインが目の前にいるかのように、エーディンが言った。

白い腕を伸ばし、ソルステインの髪に触れた。そうして、髪を優しく撫《な》ではじめる。

「……同情は要らん。俺は、おまえに同情されるほど弱くはない」

そう言葉で拒絶しつつも、ソルステインはエーディンにされるがままになっていた。

「同情は、しておりません。私は、産まれた時に母を、三歳の時に父を失いました。だから……そう、あなたの悲しみに、共感せずにはいられない。それだけです」

「共感だと……」

おまえに何がわかる、と言いたげなソルステインの声だった。

しかし、それを言わなかったのは、ソルステインもエーディンの悲しみや孤独を感じたからかもしれなかった。

「あなたのことは、今でも嫌いです。過去に何があろうとも、あなたのしたことを手放しで許すことはできません。けれども、過去の、母を亡くしたばかりの頃のあなたまでを、否定することはできません。どんなに悲しく、寂《さび》しい思いをしたか。それを想像すると、胸が痛みます。……お母様のご冥福《めいふく》と、幼いあなたの心に刻まれた悲しみが、癒されるように祈りたいと思います」

そう言うと、エーディンは母を亡くして泣く小さなこどもにするように、そっとソルステインの頭を抱き締めた。

「……何をする」

「あなたが、本当は今でも泣いているように思えました。泣いているこどもを慰めるのは、やぶさかではありませんから」

「俺は、こどもではないし、泣いてもいない。……それに、祈りには意味がないんだ。そんなことはしなくていい」

そう言いつつも、なぜかソルステインはエーディンから離れようとはせず、豊かな胸に頬を押し当てたままでいた。

「祈りというのは、願いを叶える時にのみ、あるものでしょうか？」

「何が言いたい」

剣呑《けんのん》な声でなされた問いかけに、エーディンはここ半月ばかり考えていたことを、静かに語りはじめた。

「私だとて、今、祈りを捧げてあなたのお母様が助けられるなどと思っておりません。ただ、人は……わき起こる感情を向ける先を、必要とするものではないかと思うのです。誰かのために何かしたくてしょうがないのに、何もできることがない……。そんな時、せめて祈らずにいられない。それくらいの祈りは、あっても、許されるべきではないでしょうか」

「……」

「それとも、それさえも、あなたは否定しますか？」

柔らかい声でエーディンが尋ねると、ソルステインが白い手を押しのけ、体を起こした。

「煩《うるさ》い女だ。もう、それ以上喋るな」

上から押さえつけるような言い方であったが、なぜか、その時のエーディンには、こどもが癇癪《かんしやく》を起こしているようにしか見えなかった。

「……わかりました」

穏やかに答えると、ソルステインは忌々《いまいま》しげに舌打ちし、素早くシャツを脱ぎはじめる。

「おまえも、早くチュニックを脱げ」

彼は、自分の感情を持てあまして、ふて腐れているこどものようだわ。

そう考えただけで、ソルステインが何を言っても腹が立たなくなっていた。

ゆっくりと寝台に身を起こし、チュニックを脱ぎ、結っていた髪を解《ほど》いた。

長く豊かな金髪が、見事な均整をした裸体に落ちかかる。

恥ずかしげに右手を股間にやり、左手を右腕の二の腕に軽く添えて双丘《そうきゅう》を隠すエーディンは、さながら一幅の絵のように美しかった。

ズボンを脱ぎ、全裸になったソルステインが、神妙な顔をしてエーディンの前に座ると、顎《あご》に手を添え、上向かせた。

ソルステインが首を傾げ、顔を近づけてくる。自然にエーディンのまぶたが下りて、ソルステインの唇を受け入れた。

この男は、いったい何がしたいのでしょう。

どうして、これほどまでに私を求めるのか。

今なお、私を貶《おとし》め辱《はずかし》めることが、神に対する復讐になると思っているのだとしたら……とても憐《あわ》れで、悲しい人だわ。

エーディンが拒絶しないでいるうちに、ソルステインがやわやわと唇を唇で挟み、柔らかな刺激を与える。

それと当時に、エーディンの手を握り、指を絡め、指先で手の甲を羽毛で撫でるかのように軽く優しく撫ではじめていた。

「ふ……ん……」

前とは違う愛撫《あいぶ》に、エーディンの体から強ばりが消え、いつしか声が漏れ出る。

ソルステインは、緩んだ唇を舐《な》め、そして歯列を舌で辿《たど》った。

手指に絡まっていたソルステインの手はいつの間にか離れていた。右手でくびれたウエストを支え、左手で背中を指先だけでなぞるように撫でている。

いきなり胸や股間といった〝女〟の部分を責めるのではなく、指先や背中など、その周辺から愛撫するやり方に変わっていた。

その手つきはとても優しく、エーディンは口づけを受けながらもとまどっていた。

……この間と、やり方が、違っている……ような……？

脇腹や恥骨の辺りを撫でられ、肌がくすぐったさを覚える。背筋を下から上へと撫で上げられると、うなじがざわめいた。

「ん……あぁ……」

ぞくぞくとした感覚に、エーディンの体がのけぞる。弾みで顎が緩むと、ソルステインの舌が口腔《こうこう》に忍び入ってきた。

この間もしたけれど……口の中に舌を入れられるのは、変な感じね。

弾力のある肉に触れた瞬間、違和感に襲われる。違和感の正体は、熱だった。

ソルステインと深く唇が交わることで、その熱がエーディンに流れ込んで来たのだ。

口の中だけではなかった。ソルステインの体からも、熱気のような物が放たれている。

それが、皮膚の毛穴を通してエーディンの内側にまで入り込んできた。

熱気に――それは、ソルステインの欲情であったが――体を侵されるにつれ、エーディンの体が不思議な変化をしはじめる。

ふわふわとして……妙な心地……。

ソルステインは、エーディンの背中に指先で円を描きながら、口の中を舌で探っている。象牙《ぞうげ》色の歯の一粒一粒を、形を確かめるように舌で撫でていたかと思うと、エーディンの舌を突つくのだ。

「ん……。んっ。っ……」

丹念な愛撫に、エーディンの体の奥が、落ち着かなくなってきた。官能が、じょじょに花開きはじめている。

ソルステインが舌に舌を絡めてくると、その感覚は一層強くなってきた。舌が蠢き、触れ、擦れる刺激に、エーディンの肌が熱くなる。

「んっ、ん……っ」

息継ぎには、わずかの時間を与えられただけで、離れたと思うとすぐに唇を塞《ふさ》がれた。角度を変え、改めて口を吸われると、なぜか胸が切なくなった。

無性にすがる物が欲しくなり、エーディンの右手がさ迷うように宙を動く。ソルステインがエーディンの手首を軽く握り、自分の肩に導いた。

摑まれ……と、いうことなのかしら?

先ほど、自らソルステインの頭を抱いたこともあり、エーディンは素直にその状況を受け入れられた。

自然とふたりの距離が狭《せば》まり、エーディンの胸の先が、ソルステインの胴に当たった。ソルステインがエーディンの体を抱き寄せ、ふたりの肌が密着する。

熱い……。ソルステインの肌が、こんなに熱いだなんて。

ふわふわとした気分でそんなことを考えていると、ソルステインが長すぎる口づけを終えた。

エーディンの顔をソルステインが両手で包み、頬に口づけをする。

唇がこめかみに移動した。ソルステインはそこにもキスをすると、次に耳たぶを唇で挟み、そのままエーディンを仰向けに押し倒した。

衣擦れの音が、寝室にかすかに響く。蠟燭の仄《ほの》かな光が、エーディンの白い肌を浮かびあがらせた。

横たわっていてもなお、上向いた豊かな胸。くびれたウエスト、胸のわりに細い腰は、そのまますんなりと伸びた脚へと続いている。

ソルステインがエーディンの太股をまたぎ、体の脇に両手をついた。そうして、エーディンの顔を目を細めて見つめた。

「さて、どうするか……。どうして欲しい？」

「どうして欲しいと言われても……。私にはわかりませんから、あなたの望むようになさってください」

視線をソルステインの裸体から逸《そ》らし、恥ずかしさにエーディンが瞬きする。

大神殿で売り子をすることで、異性との接触には慣れたものの、裸を正視できるほど見慣れてはいない。

羞恥に赤らんだ頬を見て、ソルステインが目を細めた。

「随分と、かわいいことを言えるようになった。そうやって、恥ずかしがる様子も悪くない。気持ち良くしてやろうという気になるからな」

「……」

この人は、いったい何を考えているのでしょう。フォードラの命を盾に、私に逆らうことを許さないと言ったから、望むようにすればいいと返しただけなのに。

それを、かわいいと思うソルステインの思考が、エーディンにはさっぱりわからない。

どう答えようかとエーディンが迷っているうちに、ソルステインがエーディンの左手を優雅な仕草で持ち上げた。

まるで、騎士が貴婦人にするような振る舞いだった。

ソルステインは、エーディンの白い手を口元に運び、細く伸びた指に唇で触れた。

当然のようにエーディンの中指を口に含み、腹から先端に向かって舌をすべらせる。

うつむき、まぶたを伏せたソルステインの整った顔には、なんとも言えない男の——成熟した雄の——色気が濃厚に漂っていた。

それからソルステインはねっとりとエーディンの手の甲に舌を這わせ、手首の内側を吸い上げた。そのまま唇をすべらせて、今度は肘の内側を口づける。

変……私。二度目だからかしら、体が熱くなるのが……早い……。

ソルステインの唇が動くにつれて、エーディンの体の奥がざわめき、熱くなってゆく。腕のつけ根、脇の下を強く吸われた時には、とうとう唇から声が上がった。

「……んっ！」

小さくエーディンが息を漏らすと、ソルステインは満足げな表情になり、そして、くっきりと浮き出た鎖骨に顔を寄せた。

「おまえは、俺の物だ――」

掠れた声でつぶやくと、ソルステインがエーデインの胸元を吸い上げ、そして歯を立てた。

エーディンは一瞬、そこを食いちぎられるのではないかと思ったが、痛みすら覚えないうちに、唇は離れていった。

飽くことなくソルステインが同じことを胸の上でくり返す。

吸い上げるだけではなく、その間も、エーデインの胸や脇腹、太股を撫でていた。

「んっ。……っ……」

ソルステインの手が通りすぎた場所から、肌がざわめいた。そして、エーディンの体の奥が疼《うず》きはじめる。

そこを狙い済ましたかのように、ソルステインの唇が、乳首に触れた。

「あっ…………っ」

濡れた舌でそこを舐められるだけで、エーディンが背を反らした。

「ん……っ」

ソルステインの舌が二度、三度と通りすぎると、淡く色づいた突起が形を変えた。

尖《とが》ったそれを、ソルステインが吸い上げると、切なさに似た何かが生まれた。

「あぁ……ん……」

「随分といい声を出す。では、これはどうだ？」

ソルステインの手が、エーディンの股間に触れた。淡い金色で覆われた部分に、指が押し当てられ、探るように蠢いた。

「やっ。そこ……そこは……っ」

ソルステインの指が花弁《かべん》の上から隠れた粒を刺激し、エーディンの意識がそこに集まる。

下から上へと撫で上げられて、じわりと蜜が溢れ出した。

「これだけで、濡れたか。ただ一度、俺に抱かれただけで、随分と感じやすくなったじゃないか」

「……っ」

逆らうな、と言われたエーディンが言いたいことを呑み込んで、涙目でソルステインを睨《にら》みつける。

「そんな顔をするな。それだけ俺との共寝が良かったということだ。悪いことじゃない」

嬉しげに言うと、ソルステインが赤い粒に指を置き、細かくそこを振動させる。

「ふっ……っ。あ……んん……っ」

込み上げる快感に、エーディンが腰をくねらせる。より強い刺激を求める無意識のしぐさに、ソルステインがそこから指を離した。

ソルステインはいったんエーディンの上から退き、そのままベッドの脚の方へ移動した。エーディンの足首を摑んで、脚を開かせると、ためらいなく股間に顔を埋めた。

「………っ！」

湿った息が吹きかかった瞬間、エーディンが息を呑んだ。

ソルステインの顔が近づき、舌が触れると、言い様のない快感がエーディンを襲った。粘膜《ねんまく》から次々と蜜が溢れ出し、みるみるうちに膣《ちつ》を潤し、陰唇《いんしん》までもが濡れてゆく。

「んーっ。んっ、あぁあっ……」

ソルステインの舌がそこを撫でるたびに、全身が粟立ち、体が熱に侵されてゆく。

こんな……また、私は……。私の体、おかしくなっていく……。

体が火照《ほて》り、エーディンの瞳に涙がにじんだ。すがるものを求めた手が、シーツをきつく握り締める。

そして、ソルステインが顔を上げ、上半身を倒してエーディンの耳元に顔を寄せる。

「良かっただろう？　……そろそろ、ここが寂《さび》しいんじゃないか？」

甘く掠れた声には、たっぷりと情欲の色が含まれている。その声を、言葉を、聞いた瞬間、エーディンの蜜壺《みつつぼ》が物欲しげにひくついた。

「……………っ」

涙目になったエーディンが顔を背けると、ソルステインが楽しげな顔でエーディンのうなじを舐め上げた。

ソルステインは、エーディンの肩に手を置くと、這《は》うように腕を愛撫し、手首を摑む。そのまま自らの股間にエーディンの手を導くと「握れ。……軽くな」と囁いた。指先に触れる楔《くさび》は半ば勃起していた。

こんなのを握るなんて……。でも、私はこの男に逆らえない……。

言われるままに、エーディンが手を開き、白い手で優しく男性器を握った。

ソレは、柔らかな手のひらに包まれただけで、嬉しげに形を変える。太さが増し、そして硬さまで増したのだ。

「本当は、手ではなく口でして貰いたいが……。まあ、いいだろう。おまえにしては、よくやったと思うしな」

珍しく優しいことを言うと、ソルステインがエーディンに口づけた。唇を押し当て、柔らかくついばむ。

エーディンの唇を舐め、そしてまたキスをしながら、ソルステインが竿を握らせていたエーディンの手を自由にし、替わりに己の背中に導いた。

「ん……。んっ！」

他愛のない口づけをしながら、ソルステインが切っ先をエーディンのそこに押し当てた。快楽に緩んだ受け口で、確かな質量を感じる。

まさか、もう挿《い》れるつもり……なの？

まだ心の準備——痛みへの覚悟——ができていない。エーディンは焦《あせ》るが、体の準備はできていた。

「……………んっ」

まだ青い蕾《つぼみ》を、その中心を、ソルステインの切っ先がねじ開ける。ぱっくりと開いた口は、さしたる困難もなく、先端の半ばまで受け入れた。

残りは、こじ開けられる感触はあったものの、前の時のような痛みはなく、いとも容易《たやす》くエーディンの中に納まってしまった。

「……どうだ？　二度目ともなれば、慣れてきたのではないか？」

熱い粘膜に性器を埋め、よほど気持ちいいのか、満更でもない表情でソルステインが尋ねて来た。

「そんなこと……。んっ、わかりません……」

「そうか。それは……残念」

ソルステインがぐいと腰を押しつけ、竿を中に進めてきた。

空虚《くうきよ》だった場所が、どんどんソルステインに満たされていく。陰茎の放つ熱は、否応なしにエーディンに伝わり、内側から体を昂《たかぶ》らせてゆく。

ゆるゆると侵入する楔の動きが止まった。ソルステインは手を伸ばし、エーディンのたわわな胸を鷲掴みにすると、ゆっくりと腰を遣いはじめた。

「どうだ、気持ちいいだろう？」

「……」

ゆっくりと抜き、そして素早く突き入れる。幾度かそれを繰り返した後、ソルステインは狙いすましたように、膣内に潜《ひそ》む性感帯に押しつけ、亀頭を回転させる。抉《えぐ》るような動きが、胸への愛撫とともなって、エーディンの中で何かが弾けた。

「あっ。……あ、あぁ……っ」

エーディンの膣が痙攣《けいれん》し、ソルステインの男根を締め上げる。うねりながら絡みつく肉に興奮したのか、陰茎が太さを増し、一層強く粘膜に押しつけられる。

……気持ち、いいわ。気持ちいい。とても……。

歓喜の涙を流しながら、エーディンが心の中でつぶやいた。

「すごい。……いいぞ、エーディン。おまえのここは……最高だ」

そう言うと、ソルステインが抜き差しを再開した。リズミカルに腰を動かしながら、相変わらず手指はエーディンの膨らみを弄《もてあそ》んでいる。

乳首を摘《つま》まれると、散じたはずの熱が、再び集まりはじめた。

「あ……あぁん……んん……」

エーディンはあえぎながら、込み上げる快感に耐えるようにシーツを摑んだ。

また……また、感じている。私の体が……。

感じるだけではなく、エーディンの肉体は、もっと強い快感を求めていた。無意識にエーディンはそこに力を込め、ソルステインの雄を締め上げる。

「これはいい。……そんなに、いいか」

「いい……？」

欲望に引きずられ、エーディンの思考はじょじょにぼやけていた。エーディンがうわごとのように尋ね返すと、ソルステインが白い太股に手をかけた。

エーディンの太股を肩に乗せ、体を横向きにしてしまう。すると、体位が変わったことで、新鮮な快感がエーディンの全身に広がった。

「あ……嫌、嫌ぁ……」

「嫌か……。だが、おまえのここは、さっきから俺を締めつけて離さないぞ？」

「……違う。そんな……っ」

淫《みだ》らな言葉で煽《あお》られて、羞恥に全身が熱くなる。しかし、それはエーディンの官能を高める作用を生むだけだ。

思考を奪われ、感じることしかできなくなったエーディンの体に、ソルステインが楔《くさび》を穿《うが》ち続ける。

その上で、性器だけの快感では満足できないと言わんばかりに、ソルステインはエーディンの乳を揉み、尻を鷲掴みにして、美体を堪能した。

「あっ、あ、……ん……っ……あぁ……っ」

緩急をつけた抜き差しだけで感じてしまうのに、ソルステインが他の場所も愛撫することで、みるみるうちにエーディンの体が昂ぶってゆく。

「ん……。もっと……ああ、あぁ……ん」

「だいぶ素直になったじゃないか。いいだろう、これで……どうだ？」

エーディンの求めに応じて、ソルステインが切っ先が抜けそうなほどに腰を引き、そして楔を叩きつける。

粘膜が引っ張られる感覚にエーディンの全身が粟立ち、蜜で溢《あふ》れた肉筒は、男根という名のごちそうを歓喜を持って味わった。

「んん……っ……あ……」

エーディンがのけぞりながら、二度目の絶頂に至った。

意思を無視して蠢く肉。熟した内壁にまとわりつかれ、ソルステインが小さく声をあげた。

そして、ソルステインは唇をひと舐めすると、しっかりとエーディンの腰を摑み、おもむろに激しく腰を遣いはじめた。

「ひゃっ。……あ、あ、やぁ……っ」

弛緩《しかん》した体が激しく前後に揺さぶられた。抽送《ちゅうそう》をくり返されて、火照った肉が、火傷《やけど》しそうに熱く蕩《とろ》ける。

「さて、いくぞ……」

ソルステインは欲望を貪《むさぼ》りながら、掠《かす》れた声でつぶやいたかと思うと、のけぞる体を深く貫き、灼熱《しゃくねつ》をエーディンの内に放った。

「……っ」

「ん……っ」

粘膜に降り注ぐ白濁《はくだく》。その感触にエーディンの女の部分が激しく反応した。快感とも違う充足感。犯され、注がれることでだけ味わえるそれに、エーディンの腰が淫らに動く。

あぁ……あぁ……。また、私の中に子種が………。

わずかに覚えた淡い失望は、肉の喜びの前に瞬く間に消え去った。ほとばしる飛沫《ひまつ》を、エーディンのそこは嬉しげに呑み込んでいる。

「………そんなに、コレが、欲しかったか？」

射精を終えたソルステインが、余裕たっぷりに問いかける。しかし、エーディンは慣れぬ行為に疲れ切っていて、それに応じる余力はなかった。

全身にじっとりと汗をかき、ただただ荒い呼吸をくり返すことしかできない。

くったりと寝台に横たわるエーディンの股間から、ソルステインが性器を抜いた。そうしてエーディンの横に寝そべると、手を伸ばして乱れた髪を手櫛《てぐし》で梳《す》く。

ソルステインは目を細めてエーディンを見ていた。そのまなざしは、柔らかく、普段のソルステインとはまるで別人のようであった。

……この男も、こんな目が、できるのね。

温かささえ感じる視線に、エーディンの心が次第に緩んでいった。それと同時に、どうしようもないほどの眠気が込み上げてきた。

嫌だわ、私……。早く、自分の部屋に戻らないと、フォードラに心配をかけてしまう……。

そう思ったものの、髪を撫でるソルステインの手があまりにも心地よく、疲れ切っていたエーディンは、つい、その手に身を任せてしまう。

エーディンが睡魔に負けて目を閉じると、ソルステインの動く気配がした。

柔らかな唇が、こめかみを掠めたかと思うと、ソルステインが小声で囁いた。

「……俺は、どうやらおまえに……」

そこまで聞いたところで、エーディンの意識が途絶え、健《すこ》やかな眠りに身を委《ゆだ》ねていた。


空が白みはじめると、大神殿で飼育している鶏たちが目覚め、鬨《とき》の声を上げた。

下級巫女として生活するようになってから、この鳴き声を耳にすると、自然とエーディンは目が覚めるようになっていた。

ソルステインは隣で熟睡していた。背を向けたまま眠るソルステインを起こさないよう、そっと寝台から下りると、エーディンは衣服を身につけ、急いで寝室を後にした。

朝の祭祀に参列するため、これから身を清め、フォードラの手を借りて身支度を調えても、ぎりぎりになりそうであった。

宿舎の裏の井戸に行き、全裸になる。ソルステインに吸われて出来た鬱血《うっけつ》の跡が、いくつも胸元に散っている。

……この分だと、見えない場所にもありそうね。

ソルステインに吸われた時の感覚が、エーディンの体に蘇る。

昨日は、そう、とても……気持ちが良かった。殿方と交わって、気持ちいいと思うなんて、一ヶ月前の私には、考えられなかったことだわ。

いや、ひと月前には、エーディンは、男女の営みというもの自体、そういう物があるらしい、という程度の知識しかなかったのだ。

「…………変われば、変わるものね」

その変化は、エーディンにとって望ましい物ではなかった。けれども、事実は、嘆き悲しんでも変わらない。

私はそれを受け入れ――そこからどうするかを――考えて、決断して、生きていかねばならないのだから。

自分を叱咤《しった》するように、エーディンが冷たい水を被った。

今が六月で良かったわ。真冬だったら、いかに温暖なネメトンといえども凍えてしまったでしょうから。

濡れたままで衣服を着るのは気持ち悪かったが、エーディンは我慢してチュニックとスカートを身につけた。

部屋に戻ると、巫女服を着て、きっちり髪も整え終えたフォードラが心配そうな顔でベッドに座っていた。

「昨日は遅くまで戻られないし、朝起きたらベッドは空《から》でしたし……。ご無事に戻られて、本当に良かった」

「ごめんなさいね、フォードラ。……ありがとう、心配してくれて」

「当然です！　エーディン様は、私にとって大事な主《あるじ》なのですから」

「……でも、もう私は聖巫女ではなくってよ」

ブランウェンの存在は関係なく、ルアド以外の男に、二度も抱かれてしまった自分を、エーディンはもう、聖巫女とは思えなくなっていた。

「それでも、です！」

顔を真っ赤にして力説するフォードラを見て、エーディンが微笑《ほほえ》んだ。

こうして、フォードラが生きて、ここにいてくれるなら、私は、何度でも恥辱に耐えましょう。

エーディンは、自分の決断が正しかったことを改めて信じられた。

それからふたりでエーディンの身支度を終え、大神殿に向かうと、朝の祭祀がはじまる寸前であった。

いつものように、下級巫女や神官、神官見習いが集まる場所に行き、ダグダやブランウェンらの入場を待った。

ダグダにエスコートされるようにして祭壇に向かうブランウェンは、なぜかいつもより元気がなく、小さく見えた。

どうしたのかしら？　ソルスティンが戻って来て、てっきりブランウェンは大喜びしていると思ったのに……。

恋愛に疎《うと》いエーディンであったが、それくらいのことは予想できた。

とはいえ、帰還したソルスティンがブランウェンに顔も見せず、おまけにエーディンを寝室に呼びつけたことを知って、眠れない夜を過ごしたことにまでは、思い至らなかった。

精気のないブランウェンであったが、祭祀に参加し、ルアドの像に供物を捧げた。その後の信者への祝福も、いつもより少し憂《うれ》いを帯びた笑顔で、滞りなく進めていた。

ブランウェンの体調が優れないのではないか、と、エーディンは心配しつながら、その様子を見守っていた。

「本当に偉いわ。ブランウェンは……。笑顔で、あんなにきちんと優しい言葉をかけて」

ブランウェンからは一方的に嫌われているものの、エーディン自身は、彼女から学ぶことも多かった。

私も、あのようにありたい。

心の底からそう思ううちに、祝福が終わった。食堂に向かおうとしたエーディンに、ブランウェンが駆け寄って来た。

さっきとは打って変わって、ブランウェンはきつい表情をしていた。

「……ちょっと、話があるんだけど。聖宮まで来てくれない？」

「わかりました。………フォードラ、あなたは先に、お食事を済ませてしまいなさい。私のことは、気にしないでいいから。ね？」

「はい……。エーディン様、おひとりで大丈夫ですか？」

ブランウェンの形相《ぎょうそう》に不安になったか、フォードラがおずおずと尋ね返す。

すると、ブランウェンがいかにも気の強いしっかり者という口調で言った。

「大丈夫よ。何も、取って食いやしないから。フォードラ、あんたは、ちゃんとご飯を食べるの。しっかり食べなきゃ、立ち仕事なんだし、身が持たないよ」

「……はい」

優しい言葉をかけられて、フォードラが呆《ほう》けた顔でうなずいた。

フォードラと別れ、早足で聖宮へ向かうブランウェンの後を、エーディンは小走りについて行く。

エーディンが聖宮へ行くのは、ブランウェンに追い出されたあの日以来のことだ。

扉を守る衛兵に会釈《えしゃく》をし、入り口のホールに足を踏み入れる。衛兵が背後の扉を閉めると、ブランウェンがくるりと体を回転させ、エーディンに向き直った。

人目がなくなったせいか、ブランウェンのまなじりがつり上がり、表情にも声にも態度にも、怒りが露《あらわ》にしていた。

「……昨晩のことだけど……いったい、どういうことなのよ!?」

「昨晩……ですか？　昨日は、あなたとお会いしなかったと思いますが……？」

ブランウェンがここまで怒っている原因がわからず、エーディンが小首を傾げる。

「何をしらばっくれてんのよ、ソルステイン様のこと。わかってんでしょ？」

「ソルステイン……？　確かに、昨晩、ソルステインに呼ばれて会いましたが……」

エーディンの何気ない答えに、ブランウェンが一瞬泣き出しそうに顔を歪《ゆが》めた。下唇を嚙んでうつむき、ぐいっと手の甲で目元を拭うと、エーディンを睨《にら》みつける。

「あんた、ソルステイン様とやったんだろう？　彼に、抱かれたんだよね？」

「ええ……まぁ……」

あまりにも直截《ちょくせつ》なブランウェンの表現に、頬を赤らめながらエーディンがうなずく。

エーディンの答えを聞いて、ブランウェンの体が震えはじめる。

「どうやってたらし込んだんだい？　いいかい、ソルステイン様はあたしの男なんだ。あたしの物に手を出すなんて、いったいどういうつもり!!」

「……私は、ソルステインをたらし込んだことは、一度たりともありません。そして、私はソルステインの支配下にあって、彼の命令には……逆らえません」

逆らったら最後、フォードラをはじめ、大神殿の者達がどうなるか。

言わば、ソルステインに人質を取られた状態のエーディンに、現状、逆らいたくても従うしかない状況なのだ。

しかし、そんなことをブランウェンに言ってもしょうがない。エーディンはその件については沈黙を守ったが、ひとつ、疑問に思うことがあった。

「あの……ブランウェン、あなたはソルステインがあなたの物だと言うけれど、農奴や物でもないのに、あなたがソルステインを所有することが、どうしてできるのでしょうか？」

恋愛の常套句《じょうとうく》と一般的な財産権を混同したエーディンが、不思議そうに尋ねると、ブランウェンの顔が真っ赤になった。

「もういい！　ソルステイン様は、あんたなんかに渡さないんだから!!」

癇癪《かんしゃく》を起こしたこどものようにわめくと、ブランウェンがエーディンの胸元に手を伸ばした。服の襟《えり》が伸び、胸元に散った朱が、露《あらわ》になる。

「………。何よぉ!!」

くしゃっと顔を歪ませて、ブランウェンが右手を振り上げた。

ブランウェンがエーディンを平手打ちしようとした。まさにその時、聖宮の扉が開いた。

「何をしている！」

雷鳴のような一喝がホールに轟《とどろ》く。

ブランウェンが凍りついたように動きを止めた。ソルステインが大股で近づき、振り上げたままのブランウェンの右手首を掴み、その場に放り投げるように払いのけた。

「あぁっ……。あ、あぁ…………」

横倒しになったブランウェンが、大理石の床につっぷして泣き出した。

そんなブランウェンに向かって、ソルステインが冷酷なまなざしを向ける。

「聖巫女を聖宮から追い出したことを大目に見てやったというのに……。娼婦如《ごと》きが、調子に乗るな」

「ご、ごめんなさい……。ごめんなさい、ソルステイン様!!」

ブランウェンのこどものように謝る姿に、その場に立ち尽くしていたエーディンが我に返った。

……いけない。黙って見ている場合ではないわ。

「お待ちなさい」

もつれそうな舌を操り、エーディンは床に膝をつき、泣き崩れたブランウェンを庇《かば》うようにその体に両腕を回した。

「女性に乱暴な振る舞いはおよしなさい。それに、娼婦だからなんだと言うのです」

「……俺は、おまえを庇ってやったんだが?」

毅然《きぜん》とした態度でエーディンが抗議をすると、呆《あき》れ返ったという口ぶりでソルステインが応じる。

「庇ってくださったことには感謝いたします。けれども、これでは、あまりにもブランウェンが可哀想ではないですか。この方は、ただあなたのことが好きで、その想いが空回りしてこんな行動に出てしまっただけなのですよ」

エーディンの言葉に、ソルステインが目を見開き、顔を歪めた。そしてため息をつき、口を開く。

「…………俺はおまえに話があって呼びに来たんだ。後で、俺の部屋に来るように」

「わかりました」

エーディンがうなずくと、ソルスティインはマントを翻《ひるがえ》して体を反転させ、来た時同様、疾風《しっぷう》のように去って行った。

「……大丈夫ですか、ブランウェン」

エーディンが優しく呼びかけながら、いまだに泣いているブランウェンの肩を抱いた。

ブランウェンが顔を上げた。綺麗《きれい》な顔立ちがもったいないくらい、顔がくしゃくしゃになっている。

エーディンは胴着の内から布を出すと、ブランウェンの泣き顔にそっと押し当てた。

「ごめん。………庇ってくれて、ありがとう」

のろのろと起き上がると、ブランウェンが手の甲でぐいっと目元を擦《こす》る。その仕草が、まるで小さなこどものようだ。

あぁ……。どんなに嫌われても、私がこの方を嫌えないのは、こういう仕草をするからなのね。

打算も駆け引きも計算もない行動に、エーディンはそんなことを考える。

「よかったら、お使いください」

布を差し出すと、ブランウェンがエーディンの顔を見て、またしてもくしゃりと顔を歪《ゆが》めた。そのまま、床に膝をついたエーディンの体にすがりつく。

「もう……もう、どうしてあんたはそんなにお人好しなのよ。意地悪したあたしを庇って、顔まで拭いてくれて。………王女様なのに、あたしのこと、娼婦って馬鹿にしないし!!」

ブランウェンは小さく肩を震わせながら、エーディンの胸元にしがみつく。

泣き止まぬブランウェンにエーディンはとまどったものの、落ち着かせるように背中をゆっくりと撫ではじめた。

「……あなたは悪い人ではないですから。それに、娼婦になりたくてなる人はいない、と聞いております。貧しさから身を売らざるを得なかっただけだ、と……」

「そうだよ。あたしは元々、ちょっと裕福な商人の娘だったんだ。だけど、父親が投機に失敗して、税が払えなくなって……。最初はね、あたしや妹、弟みんなで、どこかの屋敷に奉公に行って、食い扶持《ぶち》を減らして、お給金を前借りしてお金を払うはずだったんだ」

「それが、なぜ、娼婦に？」

「……あたしは、ほら、この通り美人だったからさ。人買いがうちに来て、あたしが、娼家に行くなら、たくさんお金を出すって話をして……。家族のために、身を売った。だって、小さい妹や弟に、苦労させたくなかったんだもん」

きっぱりと言い切るブランウェンには、清々《すがすが》しささえ漂っていた。

祝福の際、老人やこども、いわゆる社会的弱者に向けるブランウェンの優しさは、彼女の本質から発していたのだ。そう、エーディンは理解する。

あぁ、やっぱり。ブランウェンは、とても心根のまっすぐな方だった。

「ブランウェン、あなたは、本当に心の優しい方なのですね」

「そんなことないよ。あたしがいた娼家じゃ、そんな娘ばっかりだったし。あたしなんて、普通だよ。優しくなんかないよ。…………あんたに、意地悪しちゃったし……」

「……」

「あのね、あたし、あんたにソルステイン様が取られちゃいそうで、怖かったんだ。だってさ、あの方は……そりゃあすごい人で、家柄も良くって、男前でさ。…………本当は、ソルステイン様はあたしの男なんかじゃない。ただの片思い。そういう意味で、あの方は……あたしに指一本触れちゃくれないし」

ブランウェンが、エーディンの胸元から顔を上げた。頬にいくつも涙の筋が残り、目は真っ赤に充血していた。

「でも、好きなんだ。それで、あんたを初めて見た時、〝あぁ、ソルステイン様が選ぶのは、こういう女《ひと》なんだ〟って思っちゃったら……もう、自分を止められなかった。誰かに意地悪する自分は、大嫌い。だけど、どうしようもないんだ……。あんたを見ると、腹の中が熱くなって、頭の中までおかしくなっちゃってさ………」

ブランウェンは、元々情に厚く、気の良い娘なのだ。

なのに、エーディンにしなくてもいい意地悪をしてしまう。情の厚さが、そのまま嫉妬《しっと》に駆られた行動に出てしまう。

これが、恋をする、ということなのかしら。自分が自分でなくなってしまう……。私には、とても、恐ろしいことに思えるわ。

怖いと思いつつ、エーディンは心のどこかで憧《あこが》れていた。

そんな風に自分が変わってしまうほどの恋とは、どのような感じがするのか、と。

「大丈夫よ、ブランウェン。私は、今でも——心だけは——ルアド様の妻のつもりでいるのですから。他の方に心を移すことなど、ありえないもの」

「…………」

エーディンが微笑みかけると、ブランウェンが呆けたように口を開いた。

そうして、二度、三度と瞬きすると悲しげに顔をうつむかせた。

「あんたって……やっぱりすごいよ。王女様ってかんじ。ううん。違う。……生まれついての聖巫女なんだ。あたしなんか、逆立ちしたって、一生敵《かな》いっこないんだろうなぁ。あたしね、本当に……あんたになりたかったんだ…………」

噛み締めるような、なんとも言えない悲哀《ひあい》を含んだ声だった。

そんなことないわよ。

そうエーディンは言いたかったが、言ってはいけない気がした。

そうして、エーディンは今自分にできること——ただ、黙ってブランウェンの肩を抱いて慰めること——をしたのだった。

☆

炎のような憤《いきどお》りと、氷のような失望を胸に抱え、ソルステインは清浄殿の執務室へと向かっていた。

ソルステインが歩みを進めるたびに、懐《ふところ》に入れた首飾りと、手首に巻いた銀鎖が、小さく音をたてた。

執務室に入ると、従者の少年が揃《そろ》いの銀の水差しと杯《さかずき》を用意した。

水差しの中身は、ネメトン特産の酸味の少ないレモンの果汁を井戸水で割り、ミントの葉を入れた物だ。

ミントの薬効は胃腸の健康増進であり、その爽《さわ》やかな香りが頭をすっきりさせる。ネメトンに来てから、ソルステインが愛飲するようになった飲み物だ。

普段は喜んで口にするソルステインだが、黙って机上に置かれた水差しを凝視する。

「…………すまんが、ワインを持ってきてくれ」

「えっ。……はい、今すぐに」

昼間からソルステインが酒を飲むことは——客を招いた昼餐《ちゅうさん》でもない限り——、滅多《めった》にない。少年が文字通り脱兎《だっと》の如く、執務室を出て行った。

ほどなくして、ワインを入れた酒壺と酒杯がやって来ると、ソルステインが一気に杯の半分を空にした。

少年は、いつもと違うソルステインに半ば怯《おび》えながら、執務室を出て行った。

「……まったく、俺としたことが、どれだけ浮かれていたというんだ？」

自嘲めいた口ぶりで言うと、ソルステインが懐に手を入れ、中から首飾りを取り出した。

首飾りの素材は、故郷の特産物である琥珀《こはく》の磨き玉。銀に金の鍍金《ときん》をほどこした大粒のビーズ。それらに絹の細紐を通している。

ソルステインの故郷では、結婚式を挙げ、男女が初めて床をともにした翌朝、花婿が花嫁にちょっとした贈り物をする習慣があった。

贈り物の中身は、女性が喜びそうな、綺麗なリボンや小物、装身具などだ。

それらを小箱に入れて贈る。通称、「朝の贈り物」と、呼ばれる儀式だ。

昨晩、エーディンの中で果てた時、ソルステインは朝の贈り物をしよう、と閃《ひらめ》いていた。

オルム以外には、話したことのない昔話を、あの女には、してしまった。

それだけでも失態なのに……なぜ俺は、あの女に抱き締められて、心地よさを感じてしまったのだ!?

今までに抱いた、どの女にも感じたことのない安らぎだった。胸の奥が温かくなり、冷たい塊が、エーディンの体温で溶けてゆく。

そんな幻想を、ソルステインは抱いてしまった。

ソルステインは、手の中の首飾りに視線を向けた。

蜂蜜色の玉が日の光を受けて、琥珀の中の細かな模様——グリッターという——に反射して、キラキラと小さな太陽のような輝きを放つ。

この琥珀は、ソルステインの手持ちの琥珀の中でも、とびきりの逸品であった。

色も人気の高い明るい黄色で、透明度も高い。グリッターの多寡《たか》は好みの分かれる所であ

ズで揃っている。

粒の形はおおむね楕円《だえん》で、厚みもたっぷりあり、大きさはソルステインの親指ほどのサイズで揃っている。

ソルステインほどの地位にある者が、花嫁に贈るには、ふさわしい品だった。

そして、ソルステインは故郷の風習――夫が妻に首飾りを贈る時は、自分で作る――に倣《なら》って、朝起きてすぐ、自らの手でこの首飾りを作ったのだった。

ソルステインは、今朝方、昂揚《こうよう》しながら琥珀に紐を通していたことを思い出し、つくづくそんな風に浮かれた自分を馬鹿らしくなった。

何をやっている、俺は。何を考えていたんだ、この俺が！

「エーディンがブランウェンを庇った時の態度……。あれは、俺のことを好きどころか、異性として気になる存在ですらなかったというのに」

そうひとりごちると、ソルステインは余計に自分がうつけ者に思えてきた。

それと同時に、どうやってもエーディンの心はルアドに向けられており、決して自分には向かないこと。優しく抱いたのも、同情や憐《あわ》れみの感情から発したことで、それ以上でもそれ以下でもないことが、ソルステインにはわかってしまった。

「……だが、あの女を抱けるのは、俺だけだ。ルアドではなく、この俺なんだ」

エーディンが欲しければ、手を伸ばし、その身を引き寄せ、強引に奪えばいい。

娼婦を抱くのと、同じことだ。

そう嘯《うぞぶ》くと、プライドが傷つき、ささくれだった心がわずかに慰撫《いぶ》された。

とはいえ、ソルステインは、それが決して抜本的な解決でないことも悟っていた。

「……くそ。この大事な時に、俺は、何に気を取られていると言うんだ」

吐き捨てるように言うと、ソルステインは首飾りを机上に置き、ワインを呷《あお》った。

その時、遠慮がちにノックの音がした。

「失礼いたします。ソルステイン様、聖巫女をご案内いたしました」

扉が開き、従者の少年がきりりとした——わずかに緊張した——声で告げる。

従者の頬が、うっすらと紅潮していた。若く美しい王女を前にした少年の、当然の緊張と昂揚であった。

エーディンは、王女らしい気品と聖巫女にふさわしい清廉《せいれん》さをまとい、やや緊張した面持ちで執務室にやって来た。

昼の光の中、ソルステインは改めて聖巫女から下級巫女の衣装に着替えたエーディンをじっくりと眺めた。

目立った装身具など何もなく、よくある木綿の衣装を身につけていてもなお、ソルステインはエーディンを美しいと感じた。

初めて大神殿で祝福を受ける際に見た時よりも、いっそ、質素な服を着たエーディンは、挙措《きょそ》の優雅さも相まって、美しさが浮かび上がり、迫ってくる。

「ご用件はなんでしょうか？」

鈴を振るような声で、ソルステインは我に返った。

そもそも、ソルステインはこの首飾りを渡したくて、エーディンを追って聖宮まで行ったのだ。

エーディンの態度で自分の一人相撲だったことを悟り、その場から逃げ出す際、適当に理由をつけて誤魔化《ごまか》しただけだった。

「……話の前に、飲み物でもどうだ」

「いただきます」

ソルステインは、まだ手をつけていないレモン果汁を水で割った飲み物を銀杯に注ぎ、エーディンを椅子に座るよう手振りで示してから、杯を手渡した。

ミントの爽やかな芳香を嗅いで、エーディンの顔に笑みが浮かんだ。

「このレモンの品種は、酸味が少なくていい。……ラトの商人に、海路を使って販路を広げられないか相談している」

「欲しい方がいらっしゃっても、商品がなければ売れないのではないですか？」

「聖巫女がよくそんなことに気が回ったな」

「これでも、しばらく授与品を売っていましたから。人気のある品というのは、大神殿の工房や街の職人が懸命に作っても、足りなくなる時がありました。……レモンの木も、苗木から育ててすぐに実が成るというものでもありませんでしょう？　もちろん、あなたのことですから、解決策も考えていらっしゃるでしょうけれど」

しっかりとしたエーディンの受け答えに、ソルステインが内心で舌を巻いた。

世間知らずの聖巫女だったはずが、恐るべき速さで知識を吸収している。自らの体験を別の場合に当てはめて応用できる思考まで身に付けているとは……。予想以上だ。

元々、エーディンの地頭は良かったんだろう。今まで、磨く必要がなかっただけで。

そんなことを考えながら、ソルステインは口を開いた。

「慧眼《けいがん》だな。そうだ。既に、レモン栽培の名人を探し出して、今あるレモンの木に肥料や剪定《せんてい》でどれくらい生産量が上がるか、相談しているところだ。新しい果樹園も——森を伐採して——作る予定だ。今は、その候補地の選定に入っている」

「……それをすると、民は、豊かになりますか？」

飲み物も飲まずに、食い入るような瞳でエーディンが尋ねる。

「それは、やる者次第だろう。今までのように家の庭に植えて放りっぱなしというわけにはいかないからな。今までと同じように畑仕事や家畜の世話をして、その上で果樹の手入れをする者だけが、現金収入を増やせるのだ。もちろん、税は取るが、十分の一税で固定だ。残り九割は、生産した者の手元に残るようにする。……十分の一税というのは、古代の帝国での税率だ。計算が楽で額も少ないから、その帝国でもその税率の時が一番、取りっぱぐれが少なかったそうだ」

さりげなくソルステインが碩学《せきがく》ぶりを披露《ひろう》する。しかし、エーディンは考え込むように、視線を足下に向けており、なんの反応も示さなかった。

「少なくとも、やる気のある者は……収入が増えるのですね？」

「それは保障する。俺の予定では、この果樹園計画で一番大儲けするのは、俺だ。自分個人の収入が十分にあれば、自分の見栄や対面、贅沢《ぜいたく》のために税金を取る必要がなくなるからな。また、貧者が減って富者が増えれば盗人も減って治安も良くなり、警備のために多数の傭兵を雇う必要もなくなる。……まあ、いいことづくめだ」

「ソルステイン、あなたのことです。他にも何か、お考えがあるのでしょう？」

エーディンに名を呼ばれ、ソルステインはまるで音楽のようだ、と思った。

「他には、サフランの栽培を考えている。おまえが知っているかどうかは知らんが、あれは、同じ重さの金と等価で取引されるくらい、高価な香辛料で染料だ。軽くて高価となれば、商人が片手間で扱いたがるから、ラトをはじめ、港街へも商人の出入りが増える。できれば、上質の絹を取り寄せて、国内で染め、付加価値をつけて東方の帝国へ売りさばきたい。あとは、なんといっても船だな。この国の漁船は旧式すぎる。低金利で金を貸し付けて、最新式の漁船にすれば、もっと漁獲量があがるからな。他には………どうした？」

滔々《とうとう》と、ソルステインが今後の計画を話すうちに、エーディンがくすくすと声を上げて笑いはじめたからだ。

「聖巫女よ、何がおかしい？」

「いいえ。あなたは……本当に、商売といいますか……お金儲けがお好きなのですね」

「好きだ。……いや、ドレカルでは、家長や族長が直接農地経営に携《たずさ》わるのが普通だから、俺だけではなく、国民性だ。……とにかく、故郷よりずっとネメトンは土地が豊かで気候も恵まれている。俺には、この地が金の卵を産む雌鶏《めんどり》にしか見えん」

大真面目にソルステインが答えると、エーディンがふっと悲しげな顔をした。

「雌鶏と言ったのが、気に障《さわ》ったか?」

挑むように尋ねかけると、エーディンが黙って首を振った。

そうして、ずっと両手で包むように持っていた銀杯を持ち上げて、中身を飲みはじめた。

「美味しい。朝から何も口にしていなかったので、特別に美味しく感じます。…………とところで、私をこちらに呼んだご用件はなんでしょうか?」

「朝食がまだなら、ここで食っていくか? すぐに用意させよう」

朝の祭祀が終わり、そのまま聖宮に行き、その足でエーディンがここに来たと知り、ソルステインがさりげなく申し出る。

しかし、エーディンは黙って首を左右に振った。

「いいえ。食堂でいただきます。……私のことは、構わないでください」

「わかった。……おまえを呼んだのは、ラト行きのことだ。おまえから、ラトに行くと確認を取っていなかった、と思い出してな」

「そんなことですか。……もちろん、うかがいますわ」

答えるエーディンの顔に、ふっと影がさす。

望んで従うのではない。フォードラの命を盾にされて、仕方なく従うのだ、と、その表情が語っているようにソルステインは感じた。

「……ちゃんと、商人どもに大神殿が一丸となって俺に協力することになったと、明言するか？」

淡い失望を覚えつつ、気分を切り替えてソルステインが厳しい口調で問いかけると、エーディンは迷ったように顔を上げ、そして、言葉を選ぶように、ゆっくりと答えはじめた。

「私……、先ほど、ブランウェンから、なぜ娼婦になったのかを聞いたのです。お父様が、商売に失敗なさって、税金が払えなくなり、その借金の形として、娼婦になったのだと」

「あぁ、俺も聞いている。聖巫女の身代わりをする代わりに、娼家からの身請《みう》けと、実家へ相応の財貨を渡すよう、ブランウェンに条件を出されたからな」

もちろん、ソルステインは条件を呑《の》み、ここから王都に向かう街道沿いにある大きな街に住むブランウェンの家族に金貨の入った袋を、配下の者に届けさせたのだ。

「ブランウェンから、娼家には、同じような境遇の娘がたくさんいた、と聞きました。……もし、もしも……それが、叔父上の政《まつりごと》のせいであったのなら、私は……叔父上よりも、あなたに協力したいと思いました。これは、聖巫女ではなく、王女としての私の意見です」

「これはこれは、随分と風向きが変わったな」

急に賛意を示されて、ソルステインが右の眉宇《びう》を上げた。

いったい、どういう風の吹き回しかと、エーディンの言葉の続きを待つ。

「あなたは……何事も損得で考える御方《おかた》ですけれど、その秤が民を富ませる方に傾く限りにおいて……それは……信仰心の厚い叔父上が、民を重税で苦しませている行為より、よほどましではないか、と…………思うようになったのです」

「なるほど。売り子として、実際に民に接して、考えを革《あらた》めたわけか」

あくまでも、エーディンの主眼は民にある。

民のために、であって、俺に惚《ほ》れてではない……。か少なくとも俺の能力は認めたようだから、一歩前進といったところか。。

「ですから、王女としての私の名でよろしければ、いくらでもお使いいただいて結構です。しかし、大神殿の全面的な協力を、となりますと、ダグダや他のみなも意見があるでしょうし、私の一存では答えかねます。……そのような形でしか、ラトの皆様方にはお返事できませんが、それでもよろしいでしょうか？」

「十分だ」

エーディンの言葉に表面は賛同しながらも、ソルステインは、いずれエーディンを聖巫女として使うことを決めていた。

実際の所、ダグダは、ソルステインが次々と領地を増やすにつれて、領民への保護と引き替えに、各地の神殿の神官たちに必要以上にソルステインらに逆らわないようしたためた書状を送っていた。

その中には、信仰の自由は保障されていること、そして大神官の死とその顚末《てんまつ》が述べられていた。書状の内容については、ソルステインも読み、許可を与えている。

いずれ、神官同士のつながりにより、大神殿を根拠地に、ソルステインらが勢力を伸ばしていることは国王の耳にも、そしてネメトン中の民にも知れ渡る。

当然、そんなことは、いつまでも隠しおおせるわけではない。ならば、真実を広める時宜《じぎ》を自分で決める方が、ましだ。そうソルステインは考えていた。

ソルステインは、そろそろ、大神殿から出て行く頃合いだと判断していた。

元々、ここを最終的な拠点にするつもりはさらさらなかった。

理由は、ひとつには、ここが西方に過ぎること。もうひとつは、元々は天然の要害の地ではあるが、ここを戦場にすると、無益に民衆に犠牲が出てしまうこと、だ。

ソルステインの構想では、ここよりもっと東南、ネメトン中部のトゥレド平野を望むドゥレガの地が、理想の場所であった。

「私は、いつラトに向かえばいいのでしょうか？」

「早ければ、今日中にでも」

「今日、ですか!?」

いくらなんでも早すぎる、とエーディンがまなざしで訴える。

しかし、ソルステインに逆らっても無駄と判断したのか、ため息をついてうつむいた。

「私は、ひとりでラトに向かわねばなりませんか？」

「いいや。ラトでは、聖巫女として着飾る必要があるから世話係の巫女をひとり連れて行く。

……フォードラを連れて行きたいのだろう？」

ソルステインの言葉に、エーディンの表情がぱぁっと明るくなった。

「お心遣いに感謝いたします。…………私、六歳の時から、一度も大神殿を出たことがなかったので、とても不安だったのです。けれども、フォードラがいるならば安心できます」

あんな小娘ひとり、ついていたところで、何に安心できるのか。

そう内心で嘯いたところで、ソルステインは、自分達がエーディンにとって敵――少なくとも味方ではない――なのだ、ということを思い出した。

「それでは、失礼いたします。ラトへ行く準備は、どのように致《いた》せば良いのでしょうか？」

「おまえもフォードラも、着の身着のままでいい。必要な物は、全てこちらで用意する」

「そうですか。……では、支度が調い次第、お声がけください」

そう言って、エーディンがソルステインの机上に銀杯を置いた。すぐに部屋を出て行くかと思ったが、なぜか机の上を見ている。

エーディンの視線の先には、先ほどソルステインが渡し損ねた首飾りがあった。

首飾りを渡すのなら今だ、という絶好の機会であった。

しかし、ソルステインが口を開く前に、エーディンがソルステインに背を向けた。

優雅な足取りで扉まで行ったエーディンが、最後にソルステインの方を振り返った。

「私が言うことではないかと思いますが……。できましたら、ブランウェンに、無体な真似はなさらないでください。あの娘は、本当に、あなたのことが好きなのですから」

「わかっている」

念押しされて、ソルステインは不快になった。二度も抱いた相手に、こんな風に言われることなど、初めてだったから。

エーディンが部屋を去り、ソルステインは酒壺のワインを酒杯に満たし、いっきにそれを飲み干した。

ふと、目を机上に向けると、琥珀の首飾りが目に入った。一時間ほど前に、あれほど浮かれて作ったそれが、今は、妙に味気なく目に映る。

「いっそ、捨ててしまおうか……。いや……」

その時、ソルステインの脳裏に、首飾りの処分先が閃《ひらめ》いた。

いかに高価であろうとも、一度ケチのついた首飾りを後生大事に抱え込み、タイミングを計ってエーディンに渡すことは、もうソルステインの選択肢から消えていた。

「あの女は、俺からの贈り物など喜びはしないだろう。大神殿の宝物庫には、これよりもっと素晴らしい装身具が山のようにあったからな。……この首飾りは、ブランウェンに与えよう。ブランウェンを大事にしろというのは、聖巫女の要請でもあるのだし、ちょうどいい」

ソルステインには、それが、とても冴《さ》えた解決法のように思えた。

早速、机上の呼び鈴を手にして従者を呼び寄せると、ブランウェンにすぐに執務室に来るよう、伝言に走らせたのであった。

☆

ラトの街は、潮の香りがした。

大神殿のあるティルアドから、のんびりと馬車で移動しても三時間という距離なのに、空気の匂いが全く違うのだ。

エーディン達が滞在するのは、ラトの神殿のすぐ近くにある、大神殿所有の邸宅であった。大理石を基調とした大きな建物は、王族や領主の所有する別荘のようで、こんなことにも大神殿の財産の一端がうかがえた。

「まあまあ、立派なお部屋ですね、エーディン様！」

エーディンとフォードラに与えられたのは、邸宅の中でも上等な――神官長用の――寝室であった。

同じ階のふたつ隣にある大神官長用の寝室は、ソルステインが使用する。そしてエーディン達とソルステインの寝室に挟まれた部屋はブランウェンが使うことになった。

そう。ラトには、ブランウェンも同行していた。

ソルステインとエーディンがラトに行くと知り、出発寸前になってエーディンとフォードラの乗る馬車に乗り込んで来たのだ。

「……こんなことしちゃって、ごめん。でも、あんた……じゃなくって。エーディン様とソルステイン様がラトに行くって聞いたら、居ても立ってもいられなくなって……」

馬車といっても、スプリングの効いた椅子などなく、馬車の底板の上に藁《わら》を乗せ、その上に布と絨毯《じゅうたん》を重ねた物なので、乗り心地はすこぶる悪い。

それだけに、広さだけは十分にある。若い娘が三人が車座で座り、中心にお菓子を広げてお喋《しゃべ》りができるくらいに。

バターと蜂蜜をたっぷり使ったサクサクの焼き菓子、木の実をぎっしり載せた塩味の効いたタルト。スモモのシロップ漬。

それに、レモン果汁とミントを井戸水で割った飲み物が入った革袋が、馬車の中に用意されていた。

「ソルステイン様は気が利く男だろう？」

それが、エーディンのために用意された物にも拘《かか》わらず、上機嫌でブランウェンが焼き菓子を摘んだ。

その理由は明白だ。ブランウェンの胸に、エーディンが執務室で見た、あの首飾りが輝いていたからだ。

蜜色の玉は、ブランウェンの髪に、とてもよく似合っている。

ブランウェンは、はにかんだ笑みを浮かべながら、嬉しそうに首飾りを撫《な》でていた。

あの時の首飾りは、彼女のための物だったのね。

私が忠告する前にソルステインはブランウェンに贈り物を用意していたのだから、私は、余計なことをしてしまったわね……。

ブランウェンが、ソルステインに大事にされて、喜んでいる姿を見るのは嬉しかった。しかし同時に、心の奥底に、割り切れない何かがある。

むずむずするような、落ち着かなくなるような。わっと泣き出したくなるような。

今まで、あまり味わったことのない感情に、エーディンはお菓子の味もよくわからない。

エーディンは、差し入れの大半をフォードラとブランウェンに譲って、静かに車窓からの景色を眺めることにした。

ティルアドとラトの間には、平野が広がっている。エーディンの目に、もうじき収穫を待つ小麦畑を背景に、朋友のビョルンと並んで騎乗するソルステインの姿が映る。

気に食わない男であるが、鎧《よろい》の上にマントを纏《まと》い腰に剣を佩《は》いた姿を、エーディンは凛々《りり》しくそして頼もしく感じた。

「ソルステイン様はさ、すごくいい人なんだよ。あたしを身請けしてくれただけじゃなくって、実家に大金を送ってくれた。それに、こんなお姫様がするような贈り物までしてくれるなんて。……あたし、こんなに幸せでいいのかな。明日の朝、目が覚めたら全部夢だったたってことに、ならなきゃいいけど」

「まさか。そんなことには、なりませんよ」

元々ソルステイン贔屓《びいき》だったフォードラは、ブランウェンの話を楽しそうに聞いていた。

「ブランウェン様は、聖宮の警護をしているハーレクさんをどう思いますか？　あの人、恋人とか……いるのでしょうか？」

「フォードラ、あんた、ハーレクのことが好きなの？　あいつ、いい奴だよね。……うん、今度、機会があったら聞いといてあげようか？」

「いいです、いいです！　自分の気持ちは、自分で言いたいんです」

「そっかぁ。でも、そうかもしれないね。あたしは……その……普通の恋のやり方って、全然わかんないからさ。お節介言っちゃって、ごめんね」

わずかな陰りがブランウェンの顔に浮かんだ。

普通の恋がわからない、という言葉に、エーディンの胸が締めつけられるような悲しみを覚える。

車窓からブランウェンに視線を移し、エーディンが励《はげ》ましの言葉を発する。

「ブランウェン、……恋は、これからソルスティンとできますわ。きっと彼は、あなたを、大切にしてくれるでしょう。その首飾りが、その証では？」

「うん。そうだね。……そうだよね。ありがとう、エーディン様」

深くうなずいたブランウェンが、愛《いと》しげな手つきで首飾りを撫でる。

そうこうしている間に、三時間はあっという間に過ぎ、大神殿所有の邸宅に到着したのだった。

寝室からラトの街を見ると、もう、夕刻だというのに通りを歩く人が多い。しかも、みな笑顔で、浮き立っているようにも見える。

エーディンが小首を傾《かし》げていると、フォードラが答えを教えてくれた。

「エーディン様、今日から、ラトの街は夏至《げし》のお祭りだそうですよ。なんと、ラトでは十日前からお祭りがはじまるそうです。ラトの広場の中央に、柳の枝で組んだ大きな人形を置いて、そこに、みんなが木の枝や花を差して行くそうです。夏至の当日になると、すっかり緑になった人形を山車《だし》に乗せて、街中練り歩いて港まで運び、それから火を付けて海に落として、豊漁を——商人たちは商売繁盛を——海の神様に祈るのだそうですよ」

「あぁ……それなら聞いたことがあるわ。海に棲《す》む神・マナナーン様に、花嫁を差し出して豊漁を祈願する風習がはじまりだったはずよ」

「そうなんですか。さすが、エーディン様は、お詳《くわ》しくていらっしゃいますね!!」

フォードラがつくづく感心したという風に言ったところで、ノックの音がした。

エーディンが許可を与える前に、扉が開き、そこへ鎧姿から普段着——北方風のシャツとベスト、そしてズボンにマントだ——に着替えたソルステインが姿を現した。

「商人達と顔合わせする予定が決まった。明日の晩だ」

「わかりました」

こっくりとエーディンがうなずくと、ソルステインがいぶかしげに口を開いた。

「おまえ達ふたり、窓の外に並んで見るような物があるか？」

「ソルステイン様、私達、夏至のお祭りのことを話していたんです」

大神殿を出たからか、馬車でずっとブランウェンとお喋りをしていたからか、フォードラが物怖《ものお》じせずに、明るい声で答える。

「夏至の祭りか……。おまえ達、興味があるのか？」

「はい！」

ソルステインの問いに、フォードラが期待に満ちた顔でうなずいた。

「よし、わかった。では祭りに連れて行ってやろう。……その格好だと、ここでは目立つ。櫃《ひつ》の中に、おまえたちの着替えがあるから、それに着替えたら下のホールに来るといい」

「ありがとうございます、ソルステイン様!!」

嬌声《きょうせい》をあげて飛び上がった後、フォードラが両手を胸の前で組んで礼を言った。

ソルステインが出て行って、早速フォードラがいそいそと櫃の中身を確かめはじめる。

「見てください、エーディン様。着替えの服がありました」

「あら、本当ね。……かわいらしい服だこと」

フォードラに誘われ、櫃をのぞき込んだエーディンが、微笑んだ。

ソルステインが用意したわけではなかろうが、櫃の中には、袖《そで》や襟元《えりもと》に刺繍《ししゅう》の入った白いチュニックに、赤やピンク、水色に若草色といった、若い娘に似合いそうな、華やかで鮮《あざ》やかな色の胴着とスカートが、きちんと畳んで入っていた。

「エーディン様は、どれになさいますか？」

「私？　私はこのままでいいわ。お祭りには、あなたひとりで行ってらっしゃい」

「えぇっ！　そういうわけには行きません。……それに、ひとりでソルステイン様達と行動するのは……怖いです……」

フォードラがもじもじしながらエーディンを上目遣いで見上げる。

かわいがっている年下の娘、しかも、聖巫女でなくなってからも主《あるじ》と慕《した》ってくれているフォードラの、子犬のような瞳をした懇願《こんがん》に、エーディンも折れざるを得ない。

「わかったわ。私も行きましょう」

「はい!!」

弾けるような笑顔を浮かべ、フォードラがいそいそと櫃の中から赤色の繻子《しゅす》の胴着とスカート、ピンクと赤でツタ模様が刺繍してあるチュニックを選び出した。

「エーディン様は、こちらをどうぞ。きっと、いつもしていらっしゃるレースの肩掛けにも似合いますよ。私はこちらの……水色の服にします」

そう言ってフォードラが選び出したのは、無地の爽《さわ》やかな水色で胸元を大きなリボンで結ぶタイプの胴着とスカート、そしてやはり白無地のチュニックであった。

デザインはかわいらしいが、エーディンの服に比べると、全体的に地味な印象だ。

「あなたに似合っているけれど、本当にこれでいいの？　こちらのピンクはどう？」

「いいえ。これがいいです！　水色は、ハーレク様がお好きな色なので……」

うっすらと頬を赤らめながらフォードラが返した。

フォークもこのラト行きの一行に加わってはいたが、エーディン達の護衛――そして監視――に、ハーレクが入っているとは限らない。

それでも、もし一瞬でもハーレクの目に入る機会があったならば、その時に、少しでも好ましく思われたいのね。

それが、恋心というものなのだろう。と、エーディンは手早く着替えはじめたフォードラを温かい目で見つめた。

着替えを終えたフォードラの手を借りて、エーディンも支度を終えると、ふたりは並んで玄関ホールへと向かった。

すると、そこにはソルステインとハーレクがエーディン達を待っていた。

「――!!」

ハーレクの姿を目にした瞬間、フォードラが足を止め、そして顔を真っ赤にした。

「あぁ……神様。いいえ、ソルステイン様、ありがとうございます」

フォードラが感謝の言葉をつぶやき、うっすらと頰を紅《べに》に染め、静々《しずしず》とソルステイン達の前へ歩み出た。

「今日は、ソルステイン様とともに、私がお供をさせていただきます」

爽やかな笑顔とともに、ハーレクがエーディンに向かって優雅なお辞儀《じぎ》をした。

直接会話するのは初めてであったが、ハーレクは二十代半ばほどの青年で、わずかだがソルステインに面差しが似ていた。

「私とソルステイン様は父親が従兄弟《いとこ》同士なのですよ。同じ一族で年も近いので、兄弟のように育ちました。昨年まで、東の帝国で近衛をしておりましたが、ソルステイン様に呼ばれ、こちらに合流いたしました」

そう爽やかに答えるハーレクからは、洗練された騎士の匂いがした。

まあ……フォードラったら、随分《ずいぶん》と素敵な方を好きになったものね。

エーディンが微笑ましい気分になってハーレクに笑みを向けると、ソルステインが仏頂《ぶっちょう》面《づら》で「行くぞ」と言った。

ラトの街の中心は、大広場だ。神殿の正面に広場があり、三方へと道が延びている。石畳の広場の中心には、フォードラの言った通り、人間の三倍ほどの身長を持つ、巨大な人形があった。柳の枝を編み目の粗い籠《かご》を人型に整えた、そんな印象の人形であった。人形を囲むように篝火《かがりび》が焚《た》かれ、広場は宵《よい》の刻《こく》であったが、そぞろ歩きをするには不自由しないていどには明るかった。

そして、それらを囲むように、広場を埋め尽くすように露天商が店を広げていた。肉の焼けるいい匂いや、お菓子の甘い匂いが漂《ただよ》う中、たくさんの威勢のいい呼び込みの声がそこかしこから聞こえている。

商う商品は様々で、飲食物はもちろん、他愛のない人形や小物、瑞々《みずみず》しい果実、香辛料や衣類、剣や鎧といった武器までが並んでいた。

「まぁ……まあ！」

初めて見る祭りの光景に、エーディンが目を見開いてその場に立ち尽くした。

祭りと、それ目当てで集まる人の熱気とエネルギーが、渦《うず》となって広場を覆っているようだった。

夏至は、太陽の活動が最も盛んになる時であり、ゆるやかな死に向かう時……だったわね。

エーディンは、大神殿で学んだ知識を思い出した。

今が盛りと燃える太陽と、それに負けじと生を謳歌《おうか》する人々と。

大神殿での儀式に比べると、ずっと生々しい。が、それ故《ゆえ》に、生きることの根源とつながっているような、活力そのものの場がここにあると、強く感じた。

「こちらをどうぞ、お嬢様」

さすがにエーディンとは呼べないのか、ハーレクがそう呼びかけてエーディンに赤いリボンを結びつけた針葉樹の木の枝を差し出した。

「これは……？」

「これを、あの人形の中に、願いごとを思い浮かべながら投じると、人形が海に棲む神様に、願いを届けてくれる……のだそうです」

赤いリボンを結びつけた木の枝は、神殿の巫女から銅貨と交換に授与される。ハーレクは、巫女から伝え聞いたと思《おぼ》しき知識を自信なさげに披露した。

見れば、フォードラも、ハーレクも、そしてソルステインまでもが、赤いリボンをつけた小枝を手にしていた。

「あなたも、人形に願い事などなさるのですか？」

神などいないと嘯《うそぶ》いていたソルステインが、大人しく小枝を持つ姿に、ついエーディンが尋ねてしまった。

「郷には入れば郷に従え……と言ってな。こういう時に参加しないのは、興ざめだからな」

「まあ。あなたにもそういう気遣いができるのですね」

「当たり前だ。おまえは、俺をなんだと思ってるんだ。……行くぞ」

人形の周りには、小枝を手にした人の輪が出来ていた。

自然と四人は、エーディンとソルステイン、フォードラとハーレクのふたりに分かれた。

男達は、娘達を庇《かば》いながら移動をし、さほど待たずに列の一番前まで到着する。

人形の表面は隙間《すきま》だらけで、ちょうどいい塩梅《あんばい》に小枝を入れられるようになっていた。

エーディンが周囲をうかがうと、みな、顔の前に小枝を持ち上げ、目を瞑《つぶ》って――おそらく、この時に願い事をしているのだろう――から、人形の中に投じていた。

私は、何を祈ろうかしら。

考えてみたが、エーディンには個人的な願いはなかったので、いつものようにネメトンの繁栄と安寧、人々の安らかで平和な生活を祈ることにした。

作法通りに小枝を人形の中に入れると、すぐ近くの隙間から、ソルステインも小枝を投じるところであった。

すぐに人形の前から離れ、広場の外側に向かって歩いている時、ふと、エーディンはソルステインが何を願ったか気になった。

「――あなたは、何を願ったのですか？」

「特に何も。目を閉じて、うっかり背後から切りつけられたら堪《たま》らんからな」

面白《おもしろ》くなさそうな顔で答えるソルステインに、エーディンは苦笑した。

そうね。この人が、素直に神に祈願などするはずがないものね。

「あなたらしい答えですね」

「おまえは何を願った？」

「ネメトンの繁栄と、民の平和を。……いつもと同じです」

「そうか。…………おまえらしい願いだな」

「……そういえば、あなたとこんな風に他愛のない会話をするのは、初めてですね。あら、フォードラはどこに行ったのかしら？」

気がつけば、ふたりはフォードラとハーレクとはぐれてしまっていた。

「ハーレクがついている。あの娘なら心配ない」

「ええ……まあ、そうですけど……」

広場と大神殿所有の邸宅は、目と鼻の先で、迷いようもないほど近くなのだ。そういう意味では心配はしていない。

フォードラと離ればなれになったことよりも、ソルステインとふたりきりということの方が、エーディンには問題だった。

なんとなく息苦しいわ。胸が詰まるというか、落ち着かないというか……。決して、ソルステインが恐ろしいからではないと思うのだけれど。

ソルステインは、姫君を守る騎士のように、ぴったりとエーディンの隣にいる。寝台の中でもないのに、ソルステインの体温を感じてしまうほどに。

思わず足を止めたエーディンを、ソルステインがいぶかしげに見やった。

「……戻る前に、もう少し、祭りを見て回るか。露店なんて、初めてだろう？」

ソルステインの声が柔らかい。

もしかして、私がもう少し祭りを見て回りたくて立ち止まったと思ったのかしら？

そう考えると、昨晩ソルステインに抱いた優しい気持ちが蘇《よみがえ》ってきた。

「そうですね。お願いできますか？　本当は、少し気になっていたんです。みな、楽しそうにしていますから、どんなものなのだろうか……と」

「そうか。俺はこの手の物は見慣れているから、おまえが見たい物を見て回ろう」

素直に厚意を受け入れると、ソルステインから優しげな声が返ってきた。

「では、お言葉に甘えさせていただきます。……あら」

真っ先にエーディンの目に止まったのは、リボンやレース、そして装身具などを並べた露店であった。

銀や真鍮《しんちゆう》の素材でできたブローチや指輪、ペンダントの中に、大きな琥珀をひと粒使った腕輪を見つけたのだ。

琥珀を見た瞬間、ブランウェンが嬉しげに触っていた首飾りのことが思い出された。

エーディンが腕輪の前に行き、よく見ようとその場にしゃがむと、いかにもやり手といった雰囲気の中年女が声をかけてきた。

「おや、お嬢さん、その腕輪に目をつけるとは、なかなかの目利きだね」

「そうですか？　よろしければ、手に取って見ても、よろしいでしょうか？」

「もちろんだよ。気に入ったら、是非《ぜひ》買っておくれ」

「……」

どうしましょう。これを手に取ったら、買わなければいけないのかしら？　でも、私はお金を持っていないし……。

初めての露天商とのやりとりに、エーディンが硬直していると、ソルステインが腕輪を手に取り、エーディンの手のひらに載せてしまった。

「……いいのでしょうか？　触ったら、その、買わなくてはいけないのでは？」

世間知らずのエーディンがおずおずと尋ねると、ソルステインと露天商が吹き出した。

「こりゃ参った。とんだ箱入りのお嬢さんだね。大丈夫さ、手に取ったくらいで押し売りなんかしないから」

「良かった。ありがとうございます」

心の底から安堵《あんど》して、エーディンが改めて腕輪に視線を向けた。

腕輪は、C字型の腕に通すタイプの物で、台は銀製だった。表面には、渦と唐草《からくさ》を組み合わせたような文様が入っていた。

中央の琥珀は、とろりとした質感のバター色で、なんともいえない優しい色合いだ。

かわいらしい色の石ね。それに、触るとつるつるしていて、気持ちいいわ。

ふんわりと微笑みながら腕輪を手にするエーディンを横目で見ていたソルステインが、おもむろに露天商に話しかける。

「この腕輪、ドレカルの物だろう」

「よくわかったね。旦那。……あぁ、もしかして、あんたのお国はドレカルかい？」

「そうだ。……もう何年も帰ってないがな。それで、これは幾《いく》らだ？」

「銀貨十八枚」

「わかった」

真横で交される会話を聞くともなしに聞いていたエーディンだが、ソルステインが胴着の隠しから財布を取り出すのを見て、慌ててしまった。

「ソルステイン、私は、別にこれが欲しいわけでは……」

「気に入ったんだろう？　遠慮するな。……しまった。手持ちが足りないか。すまんが、支払いはこれでいいか？」

事のなりゆきにエーディンがとまどううちに、ソルステインは手首に巻いた銀鎖を外して露天商に渡していた。

「構わないよ」

露天商は秤《はかり》を取り出し、銀鎖の目方を量《はか》ると、ソルステインに銀貨を五枚返す。それから、エーディンに愛想《あいそ》笑いを向けた。

「お嬢さん、これで腕輪はあんたの物だ。太っ腹のいい恋人を持ったね」

「こっ、恋人じゃありません！」

露天商の誤解を、即座にエーディンが否定する。すると、露天商が呆れ顔で返した。

「おやまあ。旦那、あんたいい男なのに、まだ恋仲になっちゃいないって？」

「口説いているが、身持ちが堅《かた》くてな。ほとほと手を焼いている」

「ソルステイン、なんてことを言うのですか!!」

軽口を叩くソルステインに、エーディンが真っ赤になって抗議する。

「いやいや、あんたらお似合いだよ。いい男で金払いもいいんだし、お嬢さんもさっさとこの男に決めちまいな」

大笑いする中年女に別れを告げて、ソルステインとエーディンは露店を後にした。

腕輪を手に持っているのもおかしいので、左腕にはめてみる。初めて身に付けたはずなのに、それは、もう何年も使い続けていたように、しっくりとエーディンの肌に馴染《なじ》んだ。

どうしましょう。私、とても嬉しくなっている……。

大神殿でエーディンは、いくつもの装身具で身を飾っていた。しかし、それは、大神殿の——代々の巫女に受け継がれてきた——物であり、決して、エーディン個人の所有物ではなかった。大切に扱《あつか》ってはいたが、愛着はなかった。

なのに、これは、手にしたばかりだというのに、愛《いと》おしささえ感じてしまう。

どうしてこんなに気に入ったのかしら？　初めての、私だけの物だから？　それとも……

ソルステインからの贈り物だから、なのかしら？

ふと、エーディンは昼間見た、首飾りを愛おしげに撫でるブランウェンを思い出す。

認めたくはなかったが、エーディンはあの時、ブランウェンが少しだけ羨《うらや》ましかったのかもしれなかった。

あの時感じたざわめきは、首飾りを思い出しても、もうエーディンの心に髪の毛一本ほども生まれなかった。

「その腕輪、似合ってるぞ。おまえの髪や肌には、琥珀がよく似合う」

「ありがとうございます……あの、先ほどの銀鎖、露天商に渡してしまっても、良かったのですか？　あれは、大事な物ではなかったのでしょうか？」

エーディンの知る限り、ソルステインは常にあの銀鎖を身に付けていた。装身具として気に入っていたか、何か曰《いわ》くのある物ではないかと、心配になったのだ。

エーディンが不安げな目をして問いかけると、ソルステインが吹き出した。

「あれはただの財布替わりだ。ドレカルを含む北の交易圏《こうえきけん》では、今のように、手持ちが足りなくなった時に交換するため、銀鎖を身に付ける習慣があるんだ」

この答えにはエーディンも驚いて目を丸くした。

そんなエーディンに、ソルステインが得意げに説明を続けた。

「今は鎖ごと渡したが、本来は必要分だけ短刀で切り落として渡すんだ。おまけに、普段は腕輪や首輪としても使える。すこぶる便利だろう？」

「……北方の方というのは、本当に合理的でいらっしゃいますのね」

エーディンは、装身具にまでそのような意図を持たせずにはいられない性質に、呆れながらも感心もしてしまう。

今日の――いや、夏至の祭りに来てからの――ソルステインは、とても朗《ほが》らかだ。よく笑い、何より上機嫌のようだった。

エーディンもつられて笑顔になり、ソルステインの隣にいることが、いつの間にか当たり前のように感じていた。

「でも、大切な物でなくて良かった。もしそうであったら、とても心苦しく思ったでしょうから。……この腕輪、とても気に入りました。ありがとうございます」

「こんなの、大神殿の宝物庫にあった装身具に比べれば、安物だろうに」

「あれは、代々の聖巫女が受け継ぐべき物。あそこにある物で、私個人の物は、何一つありません」

「そうなのか？」

意外なことを聞いた、という風にソルステインが片眉を上げた。

「はい。私は……母の形見も、すべて叔父に取り上げられ、身一つで大神殿に参りました。この腕輪は、私のただひとつの宝物です。一生、大事にいたします」

エーディンが左腕を上げ、胸の前にきた腕輪の上に、右手を重ねる。

まるで恋人からの贈り物にするように、腕輪を扱うエーディンに、ソルステインが「大げさだな」と減らず口を叩いた。

が、その表情は満更《まんざら》でもなさそうで、エーディンは思わず笑ってしまう。

その後も、屋台をのぞき、卵白を使った甘い焼菓子を食べる。立ち食いなど生まれてはじめての経験だ。

エーディンはどきどきしながら焼き菓子を摘《つま》み、露店を冷やかして回った。

小さな人形、異国渡りの香辛料。見たこともない色や形の果物。綺麗な布地に、傷薬や腹痛の薬までも、エーディンはひとつひとつが物珍しく、あっという間に時間が過ぎていった。

「……エーディン、一通り見終わったし、そろそろ帰るぞ。腹が減ってきた」

「先ほど、お菓子を食べたのに？」

「あんな物で腹が膨《ふく》れるか。まさかおまえは、あのていどで腹一杯になったのか？」

言われて見れば、昼間馬車で菓子を摘んだとはいえ、エーディンは空腹ではなかった。

お腹がすかない……というより、胸がいっぱいという感じだわ。

食事より、もう少しソルステインと祭りを見て回りたい気分であったが、結局は帰ることを了承した。

「わかりましたわ。今日は、とても楽しい時間を過ごせました。あなたのお陰です。ありがとうございました」

「祭りは夏至まで続く。暇があったら、また連れて行ってやるさ」

「そうですわね。よろしくお願いします」

そんな会話を交しながら歩いていると、ふたりが進む方向から、「ソルステイン様！」とブランウェンの声がした。

ブランウェンは、大神殿を出て来た時のまま——純白の聖巫女用の衣装——で、夜目にもひときわ目立っていた。

人混みを掻き分けてこちらに向かってくるブランウェンに、周囲から「聖巫女様か?」とざわめきがあがり、さざ波のように広がっていった。

ソルステインを目指し、ひたむきに駆けるブランウェンの背後から、影が迫る。

男は旅装姿の騎士で、動きながら鞘《さや》から剣を抜いた。

人混みの中での抜刀に、悲鳴があがった。何事かとブランウェンの足が止まる。

騎士が腕を伸ばし、ブランウェンの肩に手を置いた。

「逃げろ!」

逃げ出す人々に異変を感じたか、ソルステインが叫ぶ。

その間に、ソルステインの手はエーディンの手首を摑んで引き寄せていた。

「あっ!」

「大人しくしていろ。行くぞ」

エーディンは、この時点で何が起っているのかわかっていない。ただ、こちらにやって来るブランウェンと、その周囲で悲鳴が上がったことだけを認識していた。

何? いったい、何が起っているの?

ソルステインはエーディンをその身を盾にして庇いながら、正面から逃げ出してきた人々を掻き分け、ブランウェンの許へ小走りで向かった。

抜刀した騎士が血走った目をして、悪鬼《あっき》の如《ごと》き形相《ぎょうそう》で、ブランウェンに迫る。

「聖巫女だな。男に惑い、国を売った裏切り者めが！」

「な、何よ！　あんた、何を言ってるのさ!!」

「先ほど、ソルステインの名を呼んだのが何よりの証拠。国王より拝領したこの剣で、裏切り者を成敗してくれる！」

「ちょっ。…………っ!!」

騎士が一歩ブランウェンに踏み込む。次の瞬間、ブランウェンの体が小さく弾んだ。

「きゃあああああああ！」

「誰か、衛兵を！」

「人殺しだぁ!!」

逃げ遅れた人々の叫び声が伝染し、広場が阿鼻叫喚《あびきょうかん》の坩堝《るつぼ》と化した。

その時になってようやく、ソルステインとエーディンは逃げ惑う人波を抜け、ブランウェンの許に辿《たど》り着いていた。

「――っ！」

ソルステインの背中越しにエーディンが見たものは、血に染まるマントと、ブランウェンの体を貫く刀身であった。

何？　何がどうなっているの？　ブランウェンが……あぁ……。

衝撃でエーディンが凍りつき、同時に全身から力が抜けていった。膝ががくがくと震えて、立っているのがやっとであった。

「ここで、邪魔にならぬようにしていろ。わかったな？」

ソルステインはエーディンにそう告げると、返事も待たずに剣を抜き、驚異的な速さで騎士に向かって行った。

「貴様がソルステインだな」

そう言って騎士が重傷を負ったブランウェンを蹴り、体から剣を抜こうとした。

あまりにむごい仕打ちに、エーディンは思わず目を背《そむ》けた。

あぁ……神様。ルアド様！

身を縮めてエーディンが神に祈る間に、ソルステインは騎士のすぐ近くまで迫っていた。

剣を引き抜いた騎士が防御の構えを取る前に、ソルステインの剣が一閃《いっせん》して、騎士の胴体をなぎ払う。

くぐもった声をあげた騎士の体がわずかに宙に浮き、そのまま石畳の上に倒れ込んだ。

ソルステインはそのまま剣を振り上げ、騎士の利き腕——右肩——めがけて、剣を突き降ろした。

騎士の手から剣が離れると、ソルステインは騎士の剣の刀身を足で踏み、跳ね上がった剣の柄《え》を摑んだ。新たに手にした剣で、今度は騎士の左の太股を刺し貫く。

ソルステインは、襲撃者の利き腕を潰し、脚を貫いて逃走する手段を奪うと、次に股間を思い切り踏みつけにした。

容赦のないソルステインの攻撃に、騎士は眼球が飛び出るほどに目を見開き、激痛に失禁し、そして、ピクリとも動かなくなった。

ソルステインは騎士が気絶したのを確認すると、素早く仰向けに倒れたブランウェンの許へ駆け寄った。

その動きに、呆然と目の前の戦闘――というには、あまりにも一方的であったが――を見ていたエーディンが我に返り、よろめきながらふたりの許へ駆け寄った。

「ブランウェン。……ブランウェンは！」

「……」

エーディンの問いかけに、ソルステインは無言で応じた。

幾度も戦場を踏んだソルステインの瞳が、〝もう間に合わない〟と冷静に語っていた。

ブランウェンの白い衣は、血で真っ赤に染まり、石畳に血溜まりさえできていた。

「そんな！　誰か、早く医師を呼んでください。今すぐ治療をすれば、間に合うかも」

「心の臓をひと突きだ。血が……流れすぎている」

あまりにも大量の血の量にうろたえるエーディンに、ソルステインが低い声で答えた。

ブランウェンの顔色は、夜目にもわかるほど悪い。蒼白を通り越して、土気色になっていた。医術の技には疎《うと》いエーディンでさえ、これはただ事ではないと理解できるほどに。

「あぁ……ブランウェン。なんということでしょう……」

その場に崩れ落ちそうになったエーディンの体を、脇から伸びて来た腕が支えた。

「大丈夫でございますか、エーディン殿」

気がつけば、ハーレクがフォードラをともなってすぐ後に立っていた。

それだけではない。ソルスティンの右腕のビョルンをはじめ、幾人もの戦士が、好奇の人の目からブランウェンを守るように周囲を取り囲んでいる。

ソルスティンは、ぜいぜいと浅い呼吸を繰り返すブランウェンの頬に、そっと手をやった。

「苦しいか？」

「……うん。あたし、聖巫女様のふりなんかしたから……罰が……当たっちゃったのかな」

「まさか。神罰なら、おまえではなく俺が受けるのが当然だ。おまえは、ただ、俺に利用されただけなのだから」

いまわの際とわかっているからか、ソルスティンはブランウェンに優しい言葉をかける。

「それでも……選んだのは、あたし……。あんたは、何も悪くない」

「……………」

「あたしの人生……ロクでもないことばっかりだったけど……最後にあんたに看取《みと》られるなら、そう悪くないね。……………ありがと……」

消え入るような声で言うと、ブランウェンがまぶたを閉じた。

胸の動きが止まり、ソルスティンがブランウェンの口元を覆うように手のひらを向けた。

呼吸がなくなったことを確認すると、ソルスティンは黙ってマントを脱ぎ、ブランウェンの体を包んで抱き上げた。

エーディンは、ただただ涙を流しながらふたりの——ブランウェンの——最後のやりとりを見ていた。

ソルステインは、ブランウェンを抱いたまま立ち上がり、ビョルンに顔を向けた。

「その男、どうやら国王が送った刺客のようだ。捕らえて、話を聞き出せ」

「わかった」

ビョルンがうなずくと、周囲にいた戦士が胴に巻いていたロープを外し、剣を抜かずに騎士の体を拘束した。

ブランウェンを抱いたまま歩き出したソルステインの背中をエーディンは見守った。

悲しみか、後悔か。その両方か。ソルステインの振る舞いが理性的だったがために、逆にソルステインの感情の深さが、その背中から痛いほど伝わってくる。

「行きましょう」

ハーレクにうながされ、エーディンもまた歩き出した。

エーディンが広場から出る頃に、ようやく街の衛兵がやって来て、ビョルンが事情を説明しはじめる。

再び集まりはじめた野次馬《やじうま》達が、「聖巫女が死んだ」「殺された」と、無責任な囁《ささや》きをはじめたが、それも深夜の訪れとともに、なりを潜めたのであった。

エーディンが邸宅に戻ると、ブランウェンの遺体は神殿に安置されることに決まっていた。血で汚れた身を清め、聖巫女の正装――本来、明日の晩にエーディンが着るはずだった物だ――に着替えさせられると、ブランウェンはひっそりと神殿へと運ばれていった。

食堂では、夕食の支度ができていたが、エーディンもフォードラも喉を通らず、小鳥の餌《えさ》ほどの量を口にして、寝室へ下がった。

ソルステインは……今頃、どうしているのかしら？

最後に、ありがとうと言ったブランウェンを思い出すたび、エーディンはソルステインのことが気になってしまう。

寝台に横たわっても、目が冴《さ》え、とても眠れそうになく、繰り返し亡くなったブランウェンと、ブランウェンの亡骸《なきがら》を抱き上げたソルステインのことばかりを思い出していた。

隣の寝台からフォードラの寝息が聞こえはじめると、エーディンは矢も立ても堪らなくなり、チュニックにスカートをはいただけの姿で寝室を後にした。

燭台《しょくだい》を手にして、同じ階にあるソルステインの寝室に入ると、ソルステインは窓枠に座り、ぼんやりと外を眺めていた。

「夜這《よば》いとは、なかなかやるようになったな、聖巫女」

「……私が、そのようなことをする女ではないことを、あなたが一番よくわかっていらっしゃるはずです」

大神官のみが使うという寝室は、大神殿の大神官用の寝室に比べると豪華さでは見劣《みおと》りするものの、それでも、聖宮のエーディンの寝室に比べれば、幾倍も贅沢で趣向を凝らした空間であった。

暖炉《だんろ》の上に燭台を置くと、エーディンはゆっくりとソルステインに近づいた。

ソルステインの手には酒杯があり、椅子の上にはワインの入った酒壺があった。

「……夜這いでないなら、何しに来た？」

すぐ横に立つエーディンに、ソルステインが窓の外に目を向けたまま尋ねた。

「あなたが、泣いているような気がして……。つい、来てしまいました」

「生憎《あいにく》だが、泣いていない。涙なんぞ、一滴も流れていないしな」

泣いてないことを証明するように、ソルステインがエーディンの方を向いた。

確かに、目も赤くはないし、顔も腫《は》れているわけではない。

……でも、心では泣いていらっしゃる。

二度も体をつなげたからか、エーディンにはそれがわかってしまう。いや、伝わってくる。

白い手を伸ばし、昨晩のように、ソルステインの頭を胸に抱いた。

ソルステインは、黙ってエーディンに腰に腕を回し、細い体を抱き締めた。

「泣いていたのは、おまえの方だろう？　目が真っ赤だ」

その囁きにエーディンは、ソルステインの胸に抱かれて安心している自分に気づいた。

目を閉じて、ソルステインに体重を預けると、エーディンを抱き締める腕の力が強まった。

かすかな衣擦《きぬず》れの音とたがいの呼吸する音が、仄《ほの》明かりに照らされた寝室に響く。

「まだ……信じられないのです。彼女が……ブランウェンが亡くなったということが。いいえ。信じたくないのかも……。彼女は、叔父が私に差し向けた刺客の手にかかりました。私さえいなければ、彼女は……」

エーディンは、あの騎士がブランウェンに対して放った言葉がずっと耳に残っている。フォードラの前では、泣き言も言えず、エーディンは、ひとりで罪悪感に耐えていた。

静かに嗚咽《おえつ》をもらしはじめたエーディンの背を、ソルステインが優しく撫でる。

「それは違う。……刺客を尋問して聞き出した話では、奴は、おまえの顔かたちを知らず、今朝方大神殿で祝福するブランウェンを確認し、ずっと大神殿を見張っていたそうだ。午後になり、ブランウェンが馬車に乗り込む姿を見て、後をつけたと」

「……」

「そして、この屋敷を見張り……頃合いを見て忍び込み、暗殺する予定だったそうだ。それを、ブランウェンが……俺が祭りに出かけたと知り、俺を追ってやって来た。そこで、これ以上の機会はないと、斬りかかったということだ。つまり、ブランウェンが殺されたそもそもの原因は、彼女を身代わりにした俺にある。その次が、噂——聖巫女が啓示を受けて俺こそが国王にふさわしいという内容で、俺が流した物だ——を鵜《う》呑《の》みにして、いきなり刺客を放った国王にある。……おまえは何も悪くない。だから、自分を責めるな」

子どもをあやすように、ソルステインがエーディンの背を撫で続ける。

「ブランウェンには、本当に悪いことをした。俺は、ブランウェンを愛してはいなかった。

可哀想な女だと、憐《あわ》れには思っていたがな。それを……いまわの際にあんな風に言われると、体《てい》よく利用しただけの自分が、極悪人に思えてくる。いっそ、恨み言を言われた方がマシだったかもしれない」

強い自責で彩られた声に、エーディンの胸が悲しみに疼《うず》いた。

「ソルステイン。ブランウェンは、あなたから首飾りをもらって、本当に嬉しそうにしていました。彼女をあれだけ喜ばせられたのは、この世であなたひとりです。だから、ご自分を責めないでください」

「そうかな……？」

「自分を責めるより、祈りましょう。ブランウェンの死後の生が、少しでも安らかであるよう……」

ネメトンでは、人は死ぬと死者の国に行き、そこで生前と同じような生活をすると信じられていた。

「祈りなどしても、意味はないのにか？」

「それでも……。亡くなった方に、私達ができることは、祈ることだけです。祈りによって何が変わるというものでなくとも……祈った者の心がわずかですが落ち着きます。それだけで、意味はあるのだと思います。合理主義のあなたは、その心の働きまでも否定しますか？」

エーディンの返しに、ソルステインがくぐもった笑い声をあげた。

してやられたという風だが、不快ではないようだ。

「そうだな。俺も祈るか……。もう、俺のような男に惚《ほ》れないで、もっといい男を捕まえて、幸せになれとな」

あれだけ頑《かたく》なに祈りを否定していたソルスティンが、目を閉じて黙祷《もくとう》した。エーディンも目を閉じてそれに倣《なら》う。

祈りの想いに翼が生えて、死者の国にいるブランウェンに届くようにイメージをして、エーディンは祈りを終わらせた。

エーディンが目を開けると、ソルスティンもまた、まぶたを開いたところだった。

「──さて、ブランウェンが亡くなり、俺は切り札を一枚失った。これまで以上に、おまえの協力が必要になってしまったな」

「フォードラや他の者を人質に取られているのです。協力以外、私に何ができましょうか」

「あんなもの、最初からただの脅《おど》し、おまえを従わせるための方便だ。罪科もない女子《おんなこ》どもを、この俺が、殺すはずないだろう」

「……それを、私に話してしまってよろしいのですか？」

「かまわない。明日になれば、後悔するやもしれんが……今は、おまえに嘘をつきたくない」

ソルスティンのまなざしがエーディンを捕らえ、エーディンもまたソルスティンを見つめ返した。ふたりの視線が空中で絡み合う。

私は……もう、この方に協力するのは、嫌では、ないわ。

それより何より、国王ミディンが、問答無用で——背景を詳細に調査せず、噂を鵜呑みにし——エーディンを始末しようとしたことで、すっかり愛想もつきていた。

積極的に憎いというのとも違っていた。

国王は、短慮に無分別を重ねた政《まつりごと》をしている。今までそうだったように、これからもブランウェンのような被害者を出すだろうと、判断したからだった。

私は、叔父の政を糺《ただ》すため、ルアド様がソルステインを遣わしたのではないか、と……そう、信じたいとさえ思いはじめている。

少なくとも、ブランウェンはソルステインがいたから、幸せになれたのだわ。大神殿の者らも、最初の約束を守るソルステインに、次第に協力的になっていた……。

人が生きる上で、どうしようもなく悲しみはともなう。病、死。不作もあるし、不運が重なり、事故や戦で障害を負うこともあるだろう。

だからせめて、人の努力で避けられる物は、なんとしてでも避けるべきなのだ。避けられなくとも、最大限、努力をするべきであると、エーディンは結論を出した。

そう……それは、私も同じことなのだわ。叔父上を責めるのならば、私も、私にできることをしなければいけない。

「協力しますわ。どうか、あなたのお力で、貧しさで不幸になる人を、ひとりでも減らしてください。そのためになら、私は、どんなことでもいたします」

エーディンが手を伸ばし、ソルステインの手を両手で握った。

「わかった。聖巫女よ。あなたの期待に、俺は全力で応えよう」

静かだが、確とした声でソルステインが答えた。

ソルステインの手の温もりを感じながら、エーディンは最初からこのような関係でいられたら良かったのに、と思った。

いいえ……でも、それは、決してありえないことだったわ。

色々なできことが積み重なり、エーディンが変わって、ソルステインも変わった。だからこそ、こうして互いに手を取り合えたのだ。

以前のままのふたりならば、こうして、穏《おだ》やかに誓約し合うことは、決してなかった。こんな風に、心と心がつながる瞬間は、決して持てなかっただろう。

ずっと、このまま……こうしていたい……なんて……。

ソルステインの整った顔を見下ろしながら、エーディンはそんなことを考えていた。

「もう遅い時間だ。おまえはもう、部屋に戻れ」

絡み合った視線を断ち切るように顔を背けると、ソルステインがエーディンの両手に包まれていた手を引き抜いた。

ソルステインの温もりが去り、エーディンは寂《さび》しいような、物足りないような、複雑な心境になっていた。

所在なげにたたずんでいたエーディンに、ソルステインが軽口を叩いた。

「明日は商人たちと会うんだ。寝不足と泣きすぎでむくんだ顔では、引っ張れる協力も引っ張れなくなる」

「……はい」

ソルスティンは、エーディンが持ち込んだ燭台を手に取ると、寝室まで——短い距離ではあるが——送って行った。

わずかな時間でも、ソルスティンと触れるほど近くにいられることが、純粋にエーディンは嬉しかった。

……私、いったい、どうしてしまったのかしら?

別れ際、ソルスティンは寝室の扉の前でエーディンに燭台を手渡す。そのまますぐに部屋に戻らず、無言でエーディンを見下ろしていた。

一緒にいたいと思っていたエーディンであったが、こうしてまじまじと見つめられると、頬が熱くなってしまう。

「あの……何か……?」

うつむきながら、もじもじと尋ねると、ソルスティンが手を伸ばし、エーディンの髪を一房、手のひらに載せた。

艶《つや》やかな髪を親指と人差し指の間に挟み、少しずつ手を毛先に向かって動かしていった。

髪の毛に感覚はないはずなのに、エーディンの肌が愛撫《あいぶ》に震《ふる》えた。息を止め、全身の神経を髪に集中してしまう。

そして、ソルステインの指が毛先までいたり、支えを失った髪が、はらりと落ちる。

「妙なことをして、すまなかったな」

「いえ……。おやすみなさいませ」

「あぁ、おやすみ」

別れの言葉を口にすると、今度こそ、ソルステインがエーディンに背を向けて、自分の寝室へ向かい歩き出した。

ソルステインが扉の向こうに姿を消し、エーディンも寝室に戻った。

寝台に潜《もぐ》り込み、はめたままの腕輪をそっと手でなぞる。

男女の営みを期待していたわけではないけれど……手と髪と背にしか、ソルステインは触れなかった。

もしかして、私のことが……もう、そういう対象では、なくなったのかしら？　ならば、良かったわ。本当に良かった。…………………。

ルアドの妻として、生涯を過ごす。その定めに疑念も迷いもなかった。ソルステインとの交わりは、嫌悪すべき体験であった。そのはずだった。

なのに、今のエーディンはソルステインに手を出されなかったことを、単純に喜べなくなっている。

あぁ、今の私は変だわ。……昨晩からたった一日しか過ぎていないのに。いいえ、その間に色々なことがあったもの。おかしいのは、きっとそのせいなのだわ。

改めてエーディンは両手を組み、眠りの前の祈りを捧げ、目を閉じたのだった。

翌日の夕方、エーディンはソルステインに、ラトの広場にほど近い場所にある、立派な建物へと連れて行かれた。

「ここは？」

「ラトを治める代官の公邸だ。もっとも、ラトの代官は既に捕まえて、衛兵はドレカル出身の傭兵達にすげ替えてあるがな」

エーディンが改めて公邸を警護する兵を見ると、背が高く体つきもがっしりとした、ドレカル人の特徴を備えていた。

「なんと仕事の早い……。いつ、そのような真似を」

「昨晩……いや今朝かな。このために、前々からラトの衛兵——半分以上は傭兵だ——に、仲間を送り込んでいた」

「もしかして、他のネメトンの街でも、同じことを行《おこな》っているのでしょうか？」

エーディンの問いに、ソルステインは余裕たっぷりの笑顔で返した。

その表情は、当然だ、とも、よくできました、と言っているようにも受け取れた。

ブランウェンの悲劇の後、一晩明けたら、ソルステインは——内心はどうあれ——以前と同じ、皮肉っぽく自信たっぷりの男に戻っていた。

上に立つ者というのは、そうあらねばならないのでしょうが……。せめて、私とふたりきりの時には、苦しみや悲しみも、表に出してくれればいいのに。

ソルスティンに手を取られエーデインは公邸の屋敷内に入り、代官が商人達に目通りする際に使う広間へと到着した。

今日のエーディンの衣装は、マリンブルーの布地に金の刺繡入りのスカートと胴着、襟や袖にレースがあしらわれたシルクのチュニック、服と同じ布地の靴と、帽子を兼ねた頭飾り、そしてマントであった。

それに、大神殿の宝物庫から選び出した宝石――黄金製の指輪やブローチ、サファイアのネックレス――を身に付けたエーディンは、一国の王女にふさわしい威容に溢《あふ》れていた。

隣に立つソルスティンは、布地こそ上等であったが、マントも胴着もズボンも、シャツまでもが黒といういでたちである。

独特の威圧感を与える服装だが、ソルスティンにはよく似合っていた。同時に、財布替わりの銀の鎖も絶妙なアクセントになっている。

広間に入ると既に、ラトの商人ら五人が控えており、ひざまずいてエーディンを出迎えた。

商人らは、三十代から六十すぎの様々な年代の男性で、造船所――商船の補修も扱う――の経営者や、補修に必要な物資を商う者、商船相手に食糧を商う者など、ラトの街を訪れる船の増大が、そのまま利益に直結する商いをする者ばかりである。

一段高い場所にしつらえられた背もたれの大きな椅子にエーディンが座り、その隣にソルステインが立つ。

それを合図に、背もたれのない丸椅子が五つ運ばれ、商人達はエーディンに真向かう形で腰を下ろし、そして、話がはじまった。

商人を代表するのは、シーズという食糧を商う商人で、態度こそは恭《うやうや》しかったが、柔和な笑顔の下の目は決して笑っておらず、冷静にエーディンを値踏みしていた
以前の私であれば、このようなまなざしを向けられたら、臆してしまったに違いないわ。

しかし、今のエーディンは、彼のまなざしも気にならなかった。

ソルステインに剣を向けられ、また、フォードラの命を盾に脅《おど》された時に比べれば、いかほどにも感じなかったからだ。

「……そこにおられるソルステイン殿とは、随分と仲がよろしいご様子。昨日は、夏至の祭りを堪能されましたかな？」

いきなり、昨日ソルステインと祭り見物をしていたことを指摘され、椅子のひじかけに腕を預けていたエーディンの手に、力が入った。

「とても楽しかったです。大神殿の夏至の祀りとは、また違う趣《おもむ》きで……。夏至の人形に、素朴ながらもラトの方々の、祭りを大切に思う気持ちが込められていると感じました」

「ふむ。聞けば、聖巫女は聖宮をお出になり、大神殿では授与品の売り子をなさっていたとのこと。その上で伺《うかが》いたいのですが、ソルステイン殿に全面的に協力されるというのは、あなた様の真のご意志からでしょうか」

シーズの言葉に、エーディンとソルステインに商人たちの視線が集まった。

脅されて協力すると約束させられたのでは、という含みを持った質問をぶつけられ、エーディンはどう答えたものかと考えた。

「聖宮を出たのも、売り子をいたしましたのも、どちらも私の望んだことです。私は、ソルステインに出会い、自分があまりにも無知だ、ということに気づきました。お陰で、多くのことをこの目で見、耳で聞き、肌で感じることができました。その上で、私は、ソルステインに協力することが、今の私にできる最善のことだ、と判断いたしました」

エーディンが自分の考えを述べる間、ソルステインは目を瞑《つぶ》り、腕組みをしていた。

「反逆罪に問われることになるとしても、ですか？」

「構いません。既に、叔父上は私を問いただす書状さえ出さず、私に刺客を差し向けました。……そのことに怒りはあっても恨みはありません。いえ、私の個人的な感情以上に、そのような人間の心ない統治から与えられる苦しみから、民をひとりでも救いたい。そう、切に願っております」

シーズに語りながら、エーディンはブランウェンのことを考えていた。

「神殿も、ふたつに割れることでしょうな。ソルステイン殿に協力する者と、あくまでも国王に従う者とで。その点については、どうお考えですか？」

エーディンの答えを聞いたシーズは、答えの内容については反応せず、次、次と、問いを重ねてくる。

まるで、大神殿で神学の教師から口頭で試験を受けているようだわ。

そう考えたエーディンは、今更ながらに、自分が試されていることに気づいた。ラトの商人は、私のソルステインに協力する覚悟……いいえ、私自身の見識や能力が、投資するに値するのか、見定めようとしているのね。

気づいた瞬間、エーディンは、自分が今にも割れそうな薄氷《はくひょう》の上に立っているような錯《さっ》覚《かく》に陥った。

一瞬で、全身から血の気が引いた。心臓が早鐘のように打ちはじめ、膝ががくがくと震えそうになる。

思わず、助けを求めてソルステインに視線を向けそうになった。

それでも、すんでの所で自分を押しとどめ、代わりに、胴着の中に潜《ひそ》ませたソルステインから貰った腕輪の上に、手を置いた。

腕輪の存在を感じると、エーディンの体から余分な力が抜けた。

今更、焦《あせ》ってもしようがないわ。気に入られそうな嘘をついても、きっと彼らには見破られてしまう。ならば、私は、誠心誠意心を込めてあるがままの私で語るしかない。

「彼らの意志に任せるしかありません。それでも彼らが、私の許を去る前に、精一杯、説得をいたしますが」

「なるほど……では、近々、ソルステイン殿は、ティルアドを出てネメトンの中央部――トゥレド平原のドゥレガ――に移動なさるそうですが、あなた様はどうなさるおつもりで？」

大神殿からソルステインがいなくなる、と聞き、エーディンは目を見開いた。

ソルステインが、大神殿から出て行く……ですって?

それは、ソルステインが大神殿を制圧した夜から公言していたことであったが、エーディンは漠然《ばくぜん》ともっと先のことだと思っていたのだ。

「それは……。私は、もちろん大神殿の主として、ティルアドより離れることはできません」

聖巫女として、あるべき答えを口にしながらも、エーディンの心は、それは嫌だと大声で叫んでいた。

「けれど。けれど……聖巫女として許されざることかもしれませんが、もし、私を必要とする人がいるのならば、トゥレドだけではなく、いずこにでも参り、なすべきことをしたい。……そう考えております」

ソルステインが、私を必要としてくれればいいのに、と思いながら口を閉ざした。

シーズはそっと隣にいる老人に目配せをした。代表として質問をしたのはシーズであるが、この場で実権を握っているのは、この老人のようであった。

老人は、物柔らかでいて叡智《えいち》の光を帯びたまなざしをエーディンに向け、そして、ゆっくりとうなずいた。

「この辺りで、よろしいでしょう。聖巫女のソルステイン殿に協力するという言葉は、本心からのようだ。……さて、よろしければ、この儂《わし》に、聖巫女の祝福を与えてはくださらぬか」

老人は、話し合いの終わりを告げたが、ソルステインへ協力すると、明言はしなかった。すぐに結論を貰えなかったことにエーディンは落胆したものの、重要な決定には時間がかかるものだから、とすぐに思い返した。

「もちろんです。足りない道具もございますので、略式になりますが」

笑顔でエーディンは立ち上がり、商人達の前に立つと、場を浄めるための呪文を唱えた。

まず、老人に長寿と健康の印を額に指で描き、他の者らにも、健康と繁栄を印を描いた。

神妙な顔で聖巫女の祝福を受ける商人たちを見るうちに、エーディンに、ある考えが思い浮かんだ。

「申し訳ございません。祝福をした見返り……ではないのですが、私から、皆様方に、ひとつお願いしたいことがあるのですが」

「なんですかな。私どもにできることであるならば、是非《ぜひ》叶えてさしあげたいが」

シーズが笑顔で返したが、この返事には「無茶を言うならば、即座に断る」という含みが込められている。

「………聖巫女、何をするつもりだ？」

祝福するエーディンの背後で、無言で控えていたソルステインが、耳打ちで尋ねて来た。

エーディンは、大丈夫、という風にソルステインに微笑みかけると、そのまま五人の商人に向き直った。

「皆様とお話をしたいのです。叔父上の政の良くない点、大神殿の行き過ぎた点、そしてもしご存じであるならば、ソルステインが征服した地をどのように治め、民がそれをどう受け取っているかを、皆様方から教えていただきたいのです。その上で、ラトで実際にそれらを見聞できる場所があれば、そこへの案内を……というのは、欲張りすぎでしょうか？」

若い娘には不似合いなおねだりに、商人達とソルステインが、拍子抜けした、という風に目を丸くした。

……皆様、どうしたのかしら。黙り込んでしまって。私、そんなに突飛なお願いをしてしまったのかしら？

そう思うと、急に恥ずかしくなり、エーディンの頬がみるみるうちに赤らんでいった。

「申し訳ありません。私、祭祀以外のことは知らないことばかりで……このような状況では、自分があまりにも心許《こころもと》なくて……少しでも見聞を広げたかったのです」

「いやいや、立派なお心がけです」

頬に手を当て、可憐《かれん》な仕草で弁解するエーディンに、老人が改まった口ぶりで言った。

「聖巫女なのですから、祭祀のことしかご存じなくても当然のこと。知らなくば、教えを請えば良いのです。……しかし、もし私どもがお教えしたことが、ソルステイン殿のおっしゃったことと相違があった場合や、私どもの考えがソルステイン殿のお立場を悪くするやもしれないとなった時、あなた様はどうなさいますか？」

老人の問いは、もし、ソルステインがエーディンに嘘を吹き込んでいた場合と、将来的にラトの商人とソルステインが対立する場合、どうするかを聞いていた。

　エーディンはわずかの間沈黙し、そして考えをまとめながら答えを口にした。

「前者の場合は、ソルステインともあなた方とも違う、別の立場の方に話を聞かせていただき、知識を増やしてから判断いたします。後者の場合は……どちらがルアド神のお心に適《かな》うかで、判断することになるでしょう」

「ほう。無条件でソルステイン殿に味方するのではなく？」

「ソルステインは、とても賢く有能な方ですが、人である以上、常に正しいとは限りません。私は、ルアド神の妻たる聖巫女として……民に、国に、一番善き道を選びたいのです」

「それは、ソルステイン殿以外の者に、あなた様がご助力することもありえると？」

「はい。……もし、ソルステイン以上に、ルアド様の御心に適う世を実現しうる者がいれば、ですが」

　口先だけの理想を語る者には用はない、と、柔らかく伝える言葉に、老人が目を細めた。

「一筋縄ではいきませんなぁ。実現しうる、とは。なかなか手厳しい。よろしい、この私でよければ、あなた様に教えうる限りの全てを、お教えしましょう」

「ありがとうございます！　ご厚情に、心から感謝いたします」

「国王の統治についてお教えするのに、ここよりふさわしい場所はない。何せ、ここ五年分の徴税記録や街の補修にかかった経費の書類がありますからなぁ」

　そうして、エーデインは王都への報告書の控えを検分するため、代官の執務室へ足を踏み入れることになった。ソルステインもそれに同行を申し出る。

ソルステインの活躍を聞き、協力を申し出た下級官吏が過去の書類を取ってくるまでの間、執務室には、エーディンとソルステインのふたりだけが残された。

噂や人づてに聞くばかりだった、国王の統治の現実を、その目で見られる期待と、それ以上の現実への恐怖――身内が大勢の民を苦しめているのだから当然だ――にエーディンの胸が震えた。

緊張するエーディンの真後ろに、音もなくソルステインが近づいた。

上半身をかがめ、耳元で囁いていく。

「さっきは、随分と俺を褒めてくれたな。礼を言う。……ルアドの次くらいには、俺を評価しているのか？」

エーディンの耳に、ソルステインの息が吹きかかり、黄金の色の髪が揺れた。

ソルステインの温もりを、匂いを感じて、エーディンの体に異変が起こる。

「そ、そうですわね。……ルアド様の次に、あなたを信頼しております」

「おまえにしては上出来の答えだ。だが、心の中の神に、人は絶対敵わない。つまり、俺は、永遠の二番手というわけだ」

軽口を叩くソルステイン声から、エーディンは微量の異物の存在を感じた。

「ソルステイン。どうなさったのですか？」

振り返り、いつものようではないと言おうとして、エーディンはブランウェンが亡くなったばかりだということを思い出した。

「ごめんなさい、ソルステイン。私の配慮が足りなかったようですね。あなたを不快にさせてしまいました」

「なぜ、おまえが謝るのだ？　おまえは謝るようなことはしていない。むしろ商人たちの心を見事に摑んだと感心していた。おまえはわかっていないだろうが、おまえの言葉は、あの老人どもに俺に取って替わる希望を与え、同時にそのためには俺以上の能力を示す必要があると認識させたのだ。商人は、俺を支援することに決めただろう。だが、それは表向きのこと。俺を通して、おまえに対する支援を決めたのだ。いずれ俺が致命的な失敗をして、おまえのお気に入りの座をすべり落ちた時、即座に俺の後釜につくためにな」

「………私に、そのようなつもりはございませんでした」

「おまえにそのつもりはなくとも、周囲が、そう期待するのだ」

ソルステインが難しい顔をして、腕組みする。その弾みで、銀の鎖が清らかな音をたてた。

「では、その期待は徒労に終わりますわね。私、あなたが失敗する姿を、どうしても想像できませんもの」

無邪気な信頼を寄せる言葉に、ソルステインの眉間に深い皺《しわ》が刻まれた。

「……そうでもない。一度ケチがついたことは、失敗ばかりだ」

「そう……ですか」

エーディンはなんとかソルステインの気持ちを浮上させたいのだが、喋れば喋るほど、ソルスティンは不機嫌になってゆく。

駄目ね、会話が全然嚙《か》み合わないわ。

「……私、あなたに聞きたいことがあるのですが……質問しても、よろしいでしょうか」

自信をなくしたエーディンが、しょんぼりして尋ねる。

「なんだ？　遠慮せずに、聞きたいことを聞け」

「あなたは、近々ティルアドを出て行くそうですが、それは、いつ頃になりますか？」

「……俺はもう二度と大神殿には戻らない。ラトでの用件を済ませたら、そのままトゥレド平原に向かう」

「えっ？　随分と急なのですね」

「元々、大神殿に長居をするつもりはなかった。いや、できないと言った方が正確か。あそこに留《とど》まれば、ここに攻め込んでくださいと言っているようなものだ。控えめに見積もって俺たちドレカル兵は、ネメトン兵の三倍は強いが、それでも数が圧倒的に少ないから、消耗戦に持ち込まれれば、いずれ、磨《す》り潰《つぶ》される。既に、国王側が俺たちに領地を削られていることを感づいて、兵を集めはじめた。立ち去るならば、今が頃合いだ」

明快な説明に、戦には疎いエーディンでもソルスティンの不利を悟った。

ソルスティンの出発は、止められない。もうじき、こうしてソルスティンとお話しすることすら、できなくなるのね。

心の中でつぶやいた途端、エーディンの胸が切なく締めつけられた。

どうして、こんなに悲しいのかしら。かつてはあれほど嫌いだったのに、今は、それと同じくらい、この人にそばに居て欲しいと願ってしまうなんて。

人の心は、不思議なものね。こんなにも簡単に好悪が裏返ってしまった。

「……フォードラは、ハーレクのことを好いていましたし、彼がいなくなるとなれば、きっと寂しがるでしょうね」

「いや、フォードラは連れて行く。最初からそのつもりだ」

「えっ。……でも、そういたしますと、私が困ります」

「なぜだ？　フォードラがいないと、困るのはおまえだろう？」

けげんそうな顔をするソルステインを、エーディンが見上げた。わけがわからないという表情を見て、ソルステインが「あぁ」とひとりごちた。

「おまえも、このまま俺たちに同行するんだ」

エーディンの意志も確かめず、ソルステインは勝手にエーディンの同行を決めてしまっていた。

嬉しい、と思う前に、エーディンは驚きのあまりその場に固まってしまった。

ソルステインと別れずに済んだのは良かったが、それでは、エーディンは聖巫女としての勤めを果たせなくなってしまう。

「でも、私は……大神殿でルアド様にお仕えを……」

「ルアドを崇《あが》めるのは結構だが、その前に、おまえの命がなくなるぞ。おまえが生きているとわかれば、また国王は刺客を差し向けるだろうからな。俺たちはひとり残らず引き上げる。俺たちの侵入を簡単に許した衛兵どもが、おまえを守り切れるはずがない」

「……」

「それでも残ると言うのなら、その覚悟は褒めてやるが、おまえに今死なれては、俺が困る。文句も泣き言も聞いてやるが、これは決定だ。おまえには従って貰う」

「勝手な方……。理を説かれれば、私も無下には逆らいません。できましたら今後は、私に関わることは、事前に話をしてくださいませんか」

自分の意志を無視した決定は、それが自分のためとわかっていても、エーディンは全面的に受け入れることはできなかった。

ため息をつくとソルステインが「わかった」とうなずいた。

「私を守ってくださろうとしたことには、感謝いたします。ありがとうございます」

「当然だ。おまえには、利用価値がある。俺の資産の中で、おまえより価値の高い財宝はないのだからな」

「私はあなたに協力もするし従いもしますが、あなたの所有物になったつもりはありません」

どこかでした会話だと思いつつ、エーディンが切り返した。

「あぁ……そういえば。ブランウェンがあなたのことを自分の物だと言っていました。世間では、恋人同士はそういう言い方をするもののようですね。けれども、私とあなたはそういう関係ではないのですし、物に例えるのはやめていただけますか？」

正直に自分の考えを述べたエーディンではあるが、それは、ソルステインに「今後、勝手に恋人扱いするな」と言ったも同然であった。

「…………」

ソルステインがますますむっつりと黙り込む。トゲトゲとした、もう俺に構うなという気配を発していたので、エーディンも口をつぐむことにした。

執務室が静まり返り、エーディンが気まずさを感じはじめた頃、老人が官吏とともに書類を携えて入って来た。

ソルステインが和やかな表情でふたりを迎え入れ、まるで、何事もなかったかのように時間が過ぎて行ったのだった。


前言通り、商人たちから支援を取りつけると、ソルステインはエーディンとフォードラを連れてラトの街を出立した。

フォードラは、大神殿に戻らないと聞いて驚いてはいたものの、数少ない私物は後で送り届けて貰えると教えられ、すぐに落ち着きを取り戻していた。

恋をする乙女らしく、住み慣れた場所から離れることより、ハーレクの近くに居られることの方が嬉しいのか、機嫌良くエーディンの身の回りの世話をしていた。

ネメトンでは、主要な街道でも旅人が食事をできるような施設は、都市にしかない。

必然的に、旅をする時は食糧は自分で持ち歩き、かつ、自炊することになる。

ソルスティンは、ラトの商人から旅行に必要な食糧の提供を取り付けており、途中でオルム率いる配下と合流して五十人ほどとなった一行は、食に関してはなんの憂《うれ》いもなく旅をすることができた。

休憩場所は、街道から少し離れた川のそばで、何人かの戦士が、大きな体を丸めて、長い鉄の串にせっせと鶏肉を通したり、ナイフで野菜の下ごしらえをし、大きな鍋で兎と野菜の煮込みを作ったりしていた。

驚いたのは、彼らはそれを極々自然な行為として行っていて、下手をすると料理人以上に手慣れていたことだ。

「私どもは、男だけで長期間航海することも多いですから。料理も洗濯も、して当たり前の行為なのですよ」

戦士が料理をする姿に目を丸くしたフォードラに、ハーレクが説明する。

ソルスティンは、草原に天幕を張り、中でオルムやビョルンと会議をしていた。

エーディンは、天幕の出入り口が見られる場所で旅行用の小さな椅子に座り、ふたりの会話を聞くともなしに聞いていた。

「では、あの大きなお鍋や鉄串は、旅行用の物なのですか？」

「そうです。そうそう、鍋を支える鉄製の金具があるでしょう？　あれは、持ち運びができるよう、畳んで小さくできるようになっているのですよ」

「はぁ……。頭のいい人がいたものですね」

「生活の知恵ですね。ドレカルでは、商用や傭兵稼業で他国に行った者が、何か新しい便利な物を見つけると、すぐに故郷に持ち帰り、真似して複製するんです。時には、別々の道具を組み合わせて、もっと便利な道具を作ったりもします。それが便利だとわかると、ドレカルでは、あっという間に周囲に広がるのですよ」

東の帝国で近衛兵をしていただけあって、ハーレクの言動は穏やかで礼儀正しく、しかも説明もわかりやすい。

効率、合理、先進、工夫……ソルステインは、ドレカルの粋を集めて極めたような人間だ、ということがよくわかる話だわ。

心の中でつぶやくと、エーディンは膝の上に置いた左手首に視線を落とした。

旅行用の服——白のチュニックに汚れが目立たない薄茶の胴着とスカート、そしてくるぶしまであるブーツ——に、この腕輪はよく似合っていて、エーディンは豪華な衣装より、今の服装の方が好ましく思っていた。

巫女装束や王女としての服装をする時は、この腕輪を外さなければいけないからだ。

柔らかなバター色の琥珀を見ていると、自然と顔が緩んで、心が温かい物で満たされる。

「——あ」

会議が終わったのか、天幕の布が持ち上がり、中からビョルンが出て来た。続いて、オルム、最後がソルステインだ。
「昼食を食べたらすぐに出る。喜べ。――戦《いくさ》だ」

ソルステインの声が辺りに響くと、配下の者たちが歓声をあげた。

戦がまるで祭りでもあるかのように、辺りが昂揚した雰囲気に包まれる。

「エーディン様……」

戦という言葉と、異様な雰囲気を前にして、フォードラが怯《おび》えた顔でエーディンの腕にすがりついてくる。

「大丈夫よ、フォードラ。ここはまだ、戦場ではないのですから」

「でも、昼食を食べたら戦になるのですよ。敵は、すぐ近くに来ているのではないですか？」

フォードラに指摘され、エーディンが説明を求め、ハーレクに視線を向けた。

ハーレクは――温厚そうでいても、やはり戦士なのか――腰に下げた剣を鞘《さや》から抜き出し、点検しているところであった。

「ハーレク、敵はすぐ近くまで迫っているのでしょうか？」

「さて……。私もまだ、わかりません。しかし、今から怯える必要はありません。敵が間近に迫っているのならば、食事を摂らずに戦の準備に入るはず。おそらく、敵がこちらに向かっているのではなく、こちらから、敵を討《う》ちに行くのでしょう」

説明を終えると、ハーレクは戦支度があるからと、ふたりの前から去って行った。

取り残されたエーディンは、フォードラをなだめるために優しく背中を撫《な》で続けた。

本当は、エーディンも初めて目にする戦が恐ろしくて堪《たま》らなかった。しかし、主としての責任感が、エーディンに毅然《きぜん》とした振る舞いをさせた。

「フォードラ、そんなに怯えないで。ハーレクもああ言っていたことだし、大丈夫よ。それに、きっとハーレクがあなたを守ってくれるわ」

「……本当でしょうか……」

「心配するな。おまえ達は、決して危険な目には遭わせん。この俺が保障する」

いつの間にかソルステインが近くにまで来ていて、怯えるフォードラにそう語りかけた。

「本当でしょうか、ソルステイン様。……私、怖くて怖くて……」

既に涙目なフォードラに、ソルステインが苦笑すると、その場に膝《ひざ》をついてフォードラの顔を下からのぞき込んだ。

「大丈夫だ。俺を、信じろ」

「…………はい」

ソルステインの整った顔を間近にして、フォードラの涙が止まり、頬が赤くなった。

ハーレクが好きといっても、魅力的な男に優しくされて、嬉しくないわけがない。

フォードラが落ち着いたのを確認し、ソルステインが立ち上がった。

「……おまえは、怯えていないのだな。少々、拍子抜けした」

「もちろん、怖いですわ。戦など、初めてですもの」

「怖がる必要はない。おまえ達には、護衛をつけて安全な場所で待っていて貰う」

「あなたは一緒ではないのですか？」

「俺は戦の指揮を執《と》る。ドレカルでは、大将が先頭に立って戦うんだ。戦士として勇猛《ゆうもう》でなければ、誰も、ついて来ないのでな」

ソルステインは、危険の矢面に立つことを、まるで恐れてはいないようだった。

そうして、手にしていた地図を空いていた椅子の上に広げると、――エーディンとラトの公邸で約束した通り――状況を説明しはじめる。

「戦場は、ここから馬で一日ほど行ったところにある、クラノグという村だ。領主の圧政に耐えかねて、俺たちの支配下に入れてくれ、と村の代表から依頼があった。オルムが交渉をして、話がまとまったところで、その動きが領主にバレてしまった」

「……まあ。それで、どうなりましたか？」

「領主の配下が兵を率いてやって来て、代表の他、主立った男三人が、有無を言わさず捕えられ、領主の館に連れ去られた。――それが、昨晩のことだ」

「捕まった方が、酷い目に遭っていなければ良いのですが……」

具体的に酷い目の想像もつかないが、捕えられた村人が無事であるよう、エーディンは祈らずにはいられなかった。

ソルステインは、エーディンに安易な慰めの言葉を言わず、逆に、残酷な予想を伝えた。

「聖巫女よ、ここで、領民を酷い目に遭わせない領主であったならば、村人は、俺たちと組もうとは言い出さなかった。むしろ、武器を手に俺達と戦う道を選んだだろう」

「………では………村人たちは………」

「どうなっているかはわからない。だが、領主の館を急襲して、今日中に救い出す」

「でも、ここから馬で一日先の場所にあるのですよね？　どうやって今日中に救い出すのですか？」

「船を使う」

「船？」

予想もしなかった答えに、エーディンが瞬きした。隣に控えていたフォードラも、不思議そうな顔をした。

「川があるところには、風がある。俺たちの使う船――竜骨船――は、喫水《きっすい》が浅く幅も狭い。帆を張れば、川も遡《さかのぼ》れる。水深が足りなかったり、難所があれば持ち運んで移動する。幸い、ここからクラノグに行くには、そこの川を下るだけだ。全力でオールを漕いで、二時間もあればクラノグに到着する」

「………」

「領主たちも、俺たちの奇襲を警戒しているだろうが、まさか昨日の今日で到着するとは思っていないはず。油断している今が、狙い目だ」

「油断をしていても、私達に護衛をつけたならば、あなた方は四十人ほどしかいないはず。それで、領主の兵らに勝てますか？」

「クラノグの領主が騎士を千人集めれば、さすがにまずいかもしれない。だが、ここクラノグの規模からいって、兵はせいぜい百といったところだろう。ここにいる者らは、俺の配下でも粒よりの戦士ばかりで、ひとりがネメトンの兵士五人分は働ける。よほどのことがない限り、負けはしない」

自信たっぷりなソルステインの言葉を、エーディンは単純に信じることはできなかった。ソルステインの言う通り、相手が百人だったとしても、こちらは四十人……。倍以上の兵を相手にして、本当に、勝てるのかしら？

昼食を食べ終えると、ソルステインらは荷物を振り分け、武器と馬、財貨以外はこの場に置いていくという決断を下した。

荷物が最小限になったところで、川下から三艘の竜骨船がやって来て、ソルステインたちはそれに分乗する。

エーディンはソルステインと同乗した。生まれて初めての船旅であったが、馬まで乗せたために船は狭く、昂揚した男達の異様な雰囲気に、のんびりと楽しむどころではない。ソルステインは、船首に近い場所に腕組みをして静かに座っており、精神集中をしているのか、とても話しかけられる雰囲気ではなかった。

そして、クラノグの近くまで来ると、エーディンはハーレクら五人の戦士とともに、船から降ろされた。

ソルステインと離れる時が来て、ふいにエーディンに不安が込み上げてきた。

安全な場所に行けるというのに……どうして、こんなに不安になるのでしょう？

川岸にたたずみ、再び水上を走り出した船を、泣きそうな顔で見送ってしまう。

「……さぁ、エーディン殿、こちらへ」

ハーレクが自分の馬にエーディンとフォードラを乗せ、自分は歩行で川岸から小高い丘の上へ移動する。

「あちらに見えるのが、領主の館です。ここからなら、戦の様子が一望できます」

確かに、領主の館は見えた。豆粒ほどの大きさの兵が、領主の館を出入りしているのが、目をこらせばなんとなく見える……といった程度だ。

ほどなくして、船を下り、騎乗したソルステインら一行が、猛烈な勢いで村を駆け抜けて行く様が見えた。

当然だが、すぐにソルステインらは見つかった。気がついた兵らが矢を放つが、それは盾を掲げてふせいだ。そして、あるていど距離が縮まると、戦士らは槍《やり》を手にして兵に放った。

ソルステインらの急襲に、集まった兵が、次々と槍を受け、その場に倒れてゆく。

「なんということ……」

驚くべきことに、兵らの半数近くが、前哨戦《ぜんしょう》とも言える短槍の投擲《とうてき》で倒れていった。

当りどころのよかった兵が、それでも剣を手に向かって行ったが、馬上からの近接戦用の長槍により、ばたばたとなぎ倒されてゆく。

「ハーレク、ソルステインの言葉は、本当でしたのね。これではまるで、大人とこどものけんか……戦いにもなっていません」

「それは、お褒めの言葉と受け取って、よろしいでしょうか？」

エーディンの声に含まれた非難の色を感じたのか、ハーレクが彼には珍しく、冷ややかな声で応じた。

「ごめんなさい。気を悪くなさらないでください。今、倒れているのがネメトンの民かと思うと、どうしても可哀想と思ってしまって……」

そんな会話をするうちに、ソルスティンらは領主の館への突入を果たしていた。

扉を守っていた兵を切り伏せると、あっという間に扉を開けて、半数の戦士が館の中に入って行った。

残る半数は、退路を守るためか、館に入らず馬をまとめ、三人ずつ組になり扉と裏口、そして周囲を警戒しての哨戒《しょうかい》をはじめた。

同時に、身軽な者がロープを使って壁を伝い、上階からの侵入を試みている。

まるで、四十人の戦士が一匹の獣にでもなったかのように、統制の取れた動きであった。

これほど鮮やかならば……次々とティルアド周辺の街を陥落《かんらく》させたというのも、不思議ではないわ。

エーディンは、初めて見た戦に、そしてドレカル人戦士の驚異的な強さに、圧倒される。

そして、西の空に太陽が傾きかけた頃には、捕らえられていた村人を助け、完全に領主の館を制圧し終えていた。

戦闘の結果、ソルステインらの一行は、軽傷者が若干出たものの、ほぼ無傷といっていい状態であった。

捕らえられた村人は、かなり手ひどく痛めつけられていたが、命は無事であった。

そのことを、エーディンは村の神殿で、伝令としてやって来たハーレクから報告を受けた。

戦場となった領主の館は血で汚れ、エーディンを迎え入れるにはふさわしくないと判断したソルステインの指示であった。

「そうですか……。それで、ソルステインは無事だったのしょうか？」

「はい。今は、怪我《けが》の一番軽かった者と、今後についての話し合いをしています」

「それは良かった。私もこちらでとても良くしていただいていると、お伝えください」

村の神殿はとても小さな規模で、老いた気のいい神官と、その孫娘が巫女を務めていた。

神官は、突然の聖巫女の訪問に驚いてはいたものの、心のこもったもてなしをしてくれたので、居心地は良かった。

夕方の勤めはエーディンやフォードラも参加し、その後、おずおずと神殿に訪れた村人たちに、祝福をした。

なんの供物も求めず、快く祝福を授けるエーディンに、聖巫女の祝福を受けるには大金が必要と信じていた村人たちは「前の大神官長が聖巫女様を自分の私服を肥やすのに利用した」と考えはじめていたようだった。

祝福を受けた村人たちは、畑で採れた野菜や、今が季節のさくらんぼや桃といった果物、自家製のベーコンやチーズなど、思い思いの品を持って翌朝、神殿にやって来た。

「昨日の、お礼です」

そう言って差し出された品を、エーディンは満面の笑顔で受け取った。

「まぁ……まあ、ありがとうございます。こんなに良くしてくださって、皆様の優しいお気持ちに、心より感謝いたしますわ」

神殿に付随《ふずい》した神官の住居、その厨房に、食材が山と積まれ、そのうちの幾分かは神々に捧げられることになった。

朝の祭祀にも、当然エーディンも参加して、村人たちとともに、ルアドの加護があらんことをお祈りする。

「ソルステイン様が来てくれて、本当に良かった。仲間も助かったし、おまけに聖巫女様までやって来て、俺達に祝福をしてくれるんだもんなぁ」

「聖巫女様は、綺麗《きれい》だったなぁ……。王女様なのに、気取ってなくて、俺達ともちゃんと話をしてくれて。領主様とは大違いだ」

祭祀に参加した村人は、そう口々に語りながら神殿を後にした。

ソルステインが村人の助けに即座に応じたこと、そして同行したエーディンの振る舞いは、その日のうちにクラノグの隣村に届き、水面に水滴を落として生じた波紋のように、外へ、外へと広がっていった。

☆

ソルステインとその一行がトゥレド平原に入り、ドゥレガの街に入ったのは、ラトを出発してから三ヶ月後のことであった。

夏が過ぎて九月になり、そろそろ十月の声を聞こうという時期で、朝晩はかなり涼しくなっていた。

寄り道せずに進めば、半月で終わる行程に三ヶ月もかかったのには理由がある。

クラノグから噂が広まった結果、ネメトン全土から——神殿を通じて——ソルステインに救いを求める要請が届き出したのだ。

ソルステインはオルムやビョルンらと話し合い、どの順番でどこに向かうかを決め、確実に支配地域を増やしていった。

そのやり方は、クラノグのように領主を——主に奇襲を用いて——討ち取った後に、ソルステインが呼び寄せた、同族や仲間を新しい領主に据《す》えてゆく。

ソルステインの主力部隊が去った後、近隣の領主が攻め込んで来ても、先にソルステインが支配地域としたムラクマやカドゥルキから戦士を送り、敵を撃退し、決して見捨てないと行動で示した。

その上で、ドレカル人は、領主として統治はするが、最大限村人の自治を認め、犯罪や訴訟がある場合は公正に扱い、宗教や慣習もドレカル流を押しつけることなく、以前のままでいることを推奨さえしたのである。

これは、ネメトンの国土に方眼を描いたならば、一マス一マスを埋めていくような、気の遠くなる作業である。

それが、意外に早く進んだのは、ソルステインの支配地域に囲まれた領主の中に、ソルステインに敵対せず参下に入ることを望んだ者には、身分の保障を与えたことがある。

元々、善政を敷いていた領主に対しては、ソルステインと国王、双方に協力も敵対もしないよう、中立の立場を取るよう交渉し、交渉が成立したこと。

中でも後者に対しては、大神官長となったダグダの書状による説得と、聖巫女であるエーディンによる無益な戦は避けるように、という懇願があったことも大きかった。

一時期、ラトで聖巫女が暗殺されたから、ソルステインと同行している聖巫女は偽物だ、という噂が流れたが、過去、エーディンから直接祝福を受けた人々——領主や豪商などの社会的地位の高い人々——が、本物だと明言したため、その噂も立ち消えとなった。

こうして、硬軟取り混ぜた攻略により、ソルステインはネメトンの南西部と沿岸部を中心に三分の一を、影響下に置くことに成功していた。

その勢力を背景に、最後にソルステインは騎馬を主力とした千に近い軍勢——呼び寄せた故郷の者達だ——をともなって、目的地であるドゥレガに進軍した。

ドゥレガは国王の直轄地で、主要な街道に面している。緩やかな丘の上に城が建ち、兵士や官吏の他に多くの住民を抱えた都市で、二重の堀と城壁に囲まれていた。

そこを支配する代官に、ソルステインは密約を持ちかけた。

城を素直に明け渡すのであれば、申し訳ていどの戦闘をして代官の国王に対する面目は立たせ、財産と家族や家臣の命も保障する。その上で、報酬も支払う。

断るようであれば、ソルステインが〝全力で〟ドゥレガを攻略し、城が陥落した場合に、家族や家臣の命も全て奪う、と。

双方が顔を合わせての交渉は、ラトの商人を通じて、ドゥレガの穀物商の邸宅でひっそりと行われた。

ソルステインに直接対峙《たいじ》した代官は、上記の条件の他に、ソルステインが国を建てた場合、代官が望む時に、直臣とするという条件を加えて、密約を呑《の》んだ。

これにはソルステインも苦笑せざるを得なかったが、快く応じた。

直臣にすると言っても重用するとは明言せず、含みを持たせるに留《とど》め、いざとなれば権力も旨みも少ない役職を与え、飼い殺しにするという腹づもりがあったからだ。

「当初の予定では、ドゥレガ入城は、半年ほどとみていたが……。想像以上に早かったな」

代官の去ったドゥレガの城。その城主の寝室で、詰め物だけとなった寝台に寝転がったソルステインが、感慨《かんがい》深くひとりごちた。

ドゥレガ城内は、がめつい代官の差配により、寝台のシーツから燭台、食器や鍋釜の類《たぐい》まで、およそ持ち運びのできる金目の物は全て持ち出された後で、通常の生活をするのさえ、困難な状態であった。

とはいえ、タフなドレカル人は、手持ちの道具をそのまま使用し、眠る際に屋根があるだけで十分だと言わんばかりに、体にマントを巻いて床にごろ寝をして済ませた。

さすがにエーディンに同じ待遇《たいぐう》を強いることもできず、ソルステインは護衛の者をつけ、しばらくの間、ドゥレガの神殿に滞在するよう差配していた。

「わかりました。……しばらくの間、お別れですね」

三日に一度は戦闘があるような、転戦につぐ転戦。移動につぐ移動。

神出鬼没を印象づけるための強行軍にも、エーディンは文句ひとつ言わずについてきた。

そのエーディンは、少し寂《さび》しそうに笑って、今やエーディンの近衛隊の隊長となったハーレクに誘われ、神殿に向かっていった。

ソルステインは目を閉じて、寂しげなエーディンの笑顔を思い出していた。

「まったく、人の気も知らないで、無防備な顔を見せやがって……。あんな顔をされたら、俺のことを好きなのではないかと、誤解しそうになるじゃないか」

初対面の時とは比べものにならないほど、俺と聖巫女の関係は良好になったとはいえ、それは、人間相手のことだ。

あの女の一番は、常にルアドだ。それ以外の男は、眼中にない。

性の快楽を教えれば、俺に夢中になるかと思えばそんなこともなく、弱みを曝《さら》け出して心がつながったと思っても、それはあくまでも同情であって恋愛ではなかった。

戦においては連戦連勝のソルステインであったが、エーディンに対しては、連戦連敗と認識している。

どうやっても、陥落できない。それでも体だけでも自由にすればいいと思っていたが、ブランウェンの死により、そういう気にもなれなくなってしまった。

エーディンに言った通り、ソルステインはブランウェンを恋愛対象としては、見ていなかった。それでも、多少的外れな所はあっても、ソルステインに懸命に仕える姿は――どこか憐《あわ》れでさえあり――、ある種の愛しさは確かにあった。

だからこそ、ソルステインはブランウェンの死に対する、なんとも言えない後味の悪さがあった。

愛してはおらず、向ける感情はただ憐れみのみ。その一点において、ソルステインは自分とエーディンの関係と、ブランウェンと自分の関係を重ねてしまった。

そうしてしまったら、最後だった。

ソルステインがブランウェンを抱けなかったように、エーディンもまた、ソルステインに対して似たような感情を抱いたに違いない。そう考えてしまった。

もう、ソルステインはエーディンの肉体だけ得られればいいとは思えなくなっていた。エーディンの身も心も、まるごと自分に向けて欲しかったのだ。

自分を憐れんでいるエーディンを無理に抱いても、心は決して手に入らない。それでも抱き続ける自分は、まさに道化ではないか。

そんな風にも考えてしまえば、エーディンが欲しいと思いつつも、無理に抱くような気力は、どこかに消えてなくなった。

結果、この三ヶ月というもの、ソルステインはエーディンを抱けずにいた。

その気になれば、機会はいくらでも作れただろうが、そうする気にもれない。エーデインを欲しいと思えば思うほど、同じくらいの強さで、虚《むな》しさがつきまとう。

たまにどうしようもなく柔肌を貪《むさぼ》りたい衝動に襲われた時は、懸命に自制した。エーディンを神殿に泊まらせるなどして、夜は物理的に距離を置くようにもした。

「そのことが、逆に俺と聖巫女の関係が肉欲絡みではなく、聖巫女と、民を救いたいという祈願に応えてルアドが遣《つか》わした戦士という関係に、民衆が勝手に誤解してくれたのは、喜ばしい誤算だったがな……」

例えるならば、百年戦争のジャンヌ・ダルクとシャルル七世の、男女逆転版だ。ソルステインが王家の始祖と出身地が同じだということも、その噂に信憑性を与えていた。

性欲――エーディンを求める想い――と目標を秤《はかり》にかけると、ソルステインの合理性が〝このまま手を出さないのが正解〟と、結論を出していた。

気がつけば、ソルステインは心情的にも状況的にも、エーディンに手を出せなくなってしまっていた。

心は変わらず、エーディンを求めていたのだが、ドレカルの民の居場所を作るという大きな目的のため、ソルステインは鉄の自制心でそれに耐えた。

「俺と聖巫女の関係は、それで良かったのかもしれない。聖巫女が、心穏やかにルアドに仕えたいというのなら、そうなるように見守るのも、悪くはない」

少なくとも、他の男にエーディンが抱かれることはない。エーディンの心を占めるのは、ルアドで、エーディンはこの世に存在しない神に貞節を捧げているのだから。

それが、ソルステインなりの、落としどころであった。

さっさと自分の心に決着をつけ、迷いを払底《ふってい》しなければ、大事な所で判断を間違え、当初の目的を果たせなくなるかもしれない。

「小事を成した後が、一番肝心だ。わずかな油断や気の緩みが、命取りになる」

自らを戒《いまし》める言葉をソルステインがつぶやいた時、おもむろに寝室の扉が開いた。

「入るぞ」

「オルムか。……何か動きがあったか？」

「用件はふたつ。ひとつめは、我が一族の女達が、ラトに到着した。病人もいるので、しばらくラトで休息してから、カドゥルキに向かうとのことだ」

「そうか。では、もうじき、おまえの母上にもお会いできる。楽しみだな」

喜色を現したソルステインに、オルムが黙ってうなずき返した。

「ふたつめ。国王の長女、ネサの嫁いだセクァナが兵を集めている。セクァナの港では、現在、軍船が修復に入ったと」

「……ミディンへの援軍か？」

ソルステインの問いかけに、オルムが無言でうなずき返す。

ネメトンは東方で国境を接するラギンと先年まで戦をしていた。現在は交戦状態にないとはいえ、隙《すき》を見せれば、即座にラギンが攻め込んで来る。

こういう状況では、東側の国境の兵は動かせず、西南部はソルステインに押さえられ、ネメトンが動かせる兵は本来の三分の一程度だ。

ソルステインの概算では、ネメトンの兵力は、総動員して騎兵が五千、騎士の従者や歩兵、弓兵を合わせて二万から三万と踏んでいる。

ソルステイン側は騎兵が三千、傭兵や支配下に置いた領地から徴兵した歩兵が合わせて一万といったところであろうか。

通常ならば、圧倒的に不利な兵力差であるが、ソルステインは戦慣れしたドレカル人ならば、そのていどの兵力差はくつがえせる、と予想していた。

ミディン——の有能な家臣か——も、ソルステインと同じ結論を出したのならば、足りない分の兵力を他に求めるのは当然の策であった。

「さて、困ったな。まずは、セクァナが派遣する兵力を摑むのが先か」

「もう手は打ってある。…………で？」

そして、オルムがソルステインに視線で訴えかけた。その他に打つ手があるだろう、とその目が伝えてくる。

そこで何をすべきかは、ソルステインも、もちろんわかっていた。

「外交の出番だな。とりあえず、セクァナ国王に、援助を思い留まるよう俺の名で親書を書く。おそらく断られるだろうが、そこは様式美というヤツだからしょうがない」

ソルステインの頭の中には、既に二通の親書の草案と、一通の指令書が出来上がっている。

人の悪い笑みを浮かべるソルステインに、オルムが尋ねた。

「餌《えさ》はなんだ？」

餌というのは、セクァナ国王に出兵を思い留まらせるための材料のことだ。

兵を出されると困るので、やめてください。と言って、出兵を中止するはずがない。

出兵をやめると、これだけ利益がある、やめてくれるならこれだけの利益を供与する。そうしなければどうなるかわからないぞ、と、相手を利益で揺さぶり、脅しをかける。

それが、外交のセオリーなのだ。

「セクァナには、王女がいたな。幸い俺は独身だし、王女と俺の縁組というのはどうかな？向こうが婚姻関係を利用するならば、こちらもそれを使わせて貰おう」

どこか自嘲《じちょう》するように言うと、オルムが然《しか》り、という風に頷いた。

話しが終わると、オルムが寝室を出て行った。

「縁組みを餌にする、か。それを聞いて、エーディンがどう思うか……。いや、あの聖巫女のことだから、きっと満面の笑顔で『おめでとうございます』とでも言うのだろう」

ソルステインがセクァナへの餌に婚姻を持ち出したのは、心のどこかにエーディンに嫉妬して欲しいという思いがあったからだ。

しかし、即座にその可能性を、ソルステインは否定した。

「エーディンの望みは、ルアドの妻であること……。いつまでも、未練がましくくだらない当てつけを続けるより、あの女の幸せのために身を引くのが、男の器量かもしれないな」

ソルスティンエーディンに対する思慕《しぼ》――未練――を断ち切るようにペンを手にして、親書の草案を書きはじめたのであった。

☆

ドゥレガは、住民が三千を超す、トゥレド平原西部では一番栄えた都市であった。

それだけに神殿も規模が大きく、大神官がひとりと神官が五人、巫女が十人のなかなかの大所帯で、祭殿も大きく、信徒も頻繁《ひんぱん》に訪れる。

急遽《きゅうきょ》神殿にやって来たエーディンを大神官は恭しく迎え、客用の一番いい寝室が、エーディンとフォードラに与えられた。

ドゥレガに着いた翌日には、聖巫女だけが許された純白の巫女服が整えられ、エーディンは三ヶ月ぶりに正式な聖巫女の衣装を身につけた。

金糸の帯に、黄金の額飾り。白貂《しろてん》の毛皮の縁取りのある純白のマントを身に付ける。

「エーディン様、その腕輪は、ご衣装にそぐわないかと思いますが……」

ソルスティンから貰った琥珀の腕輪を左腕に通したエーディンに、おずおずとフォードラが進言する。

「おかしいかしら？」

「畏《おそ》れながら……」

「わかったわ。では、これをするのはやめましょう」

三ヶ月間、肌身離さず身に付けていた腕輪は、すっかり腕に馴染《なじ》んでいた。

それを付けられないのは寂しい気がしたが、そこで我を通すようなエーディンではなく、フォードラの勧めに大人しく従った。

なんだか、ドゥレガに来たことで、ソルステインとの距離が広がってしまったような気がするわ……。

この三ヶ月の間、常にソルステインと一緒にいたわけではなかった。

戦いが決まると、エーディンは安全地帯に避難していたし、ソルステインは常に戦陣に立っていた。宿泊する場所も別々だったことも多い。

とはいえ、野宿の時は、エーディンとソルステインの幕屋は隣同士であったし、戦いが終われば、エーディンに無事な姿を見せに来た。

船での移動の際は、岸から船に乗り込む際、ソルステインが手を貸してくれたし、何か伝えることがあれば、伝言を頼むのではなく、できる限り直接会いに来てくれた。

旅の終わりが来たことで、そういった他愛《たあい》のないつながりさえ持てないと思うと、エーディンは大事な物を落としてしまったような、淡い切なさを覚えた。

馬鹿ね。ソルステインともう二度と会えないわけではないのに。会いたくなったら、私の方から会いに行けばいいのだわ。

そう思って心を落ち着けると、エーディンは朝の祭祀《さいし》の場に向かった。

祭祀を執り行うのは大神官で、到着したばかりということもあり、エーディンは脇に回って祭祀に立ち会うだけに留めた。

聖巫女がやって来たという噂で、早朝だというのに祭殿は参列者でいっぱいであった。

祭祀が終わると、祝福を求める信者たちが列をなしていた。

請われるままにエーディンが祝福を授けていると、ふらりとソルステインが祭殿に顔を出した。

「俺のことは気にせず、祝福を続けるといい」

そう言うと、ソルステインは祭殿の壁に寄りかかり、エーディンが祝福を授ける姿をじっと見ていた。

どうしましょう。なんだか、緊張してしまうわ……。

祝福を授けるのも、ソルステインに見られるのも、どちらも慣れたことであるのに、改めてエーディンはソルステインの視線を意識してしまう。

最後のひとりの祝福を終えると、ソルステインがエーディンの方へやって来た。

「久しぶりにおまえの聖巫女姿を見たが、やはりその姿が一番、似合うな」

「ありがとうございます」

真顔で褒《ほ》められて、エーディンの頬がうっすらと染まった。そして、ソルステインの視線がエーディンの左手首に向けられる。

「…………腕輪は、外したのか」

「はい。この衣装には、そぐわないと言われて……。本当は、外したくはなかったのですけれど、しようがありませんね。……今日は、何のご用があってこちらにいらっしゃったのでしょうか？」

「あぁ、今後の方針が決まったので、話しに来た。ふたりきりになれる場所はあるか？」

ソルステインの言葉に、大神官が神殿内にある貴賓《きひん》の休憩施設に案内した。

そこは、城主や近隣の小領主、豪商が参拝の際に、一時的に休むための部屋だ。

一枚板のテーブルに向かい合って座ると、下級巫女がソルステインの前にワインの杯《さかずき》を、エーディンの前にハーブを煮出して蜂蜜を入れた飲み物を持ってきた。

エーディンが白い湯気の立ついい香りの飲み物を口にすると、ソルステインが「さて」と言って話を切り出した。

「ミディンが、セクァナ国王に、救援を申し出た。セクァナからネメトンまでこの季節なら三日もあれば到着する。具体的な兵数とこちらに到着する時期は未定だが、セクァナ軍に上陸されると、非常に厄介《やっかい》だ。俺たちがネメトン軍と対峙している時に、側面から攻撃されれば、兵力差で負ける可能性も出るし、沿岸部を荒らされれば、そちらに兵を割《さ》く必要がある。もちろん、そうならないよう手は打つが、どうなるかは今の段階では、わからん」

淡々と状況を語ってはいるが、ソルステインが〝わからない〟ということは、状況は悪い方へと進んでいる、ということだろうとエーディンは判断した。

「そうですか……。あの、ひとつうかがってもよろしいですか？」

「なんでも聞け。答えられることには答えよう」

「そもそも、どうしてトゥレド平原で叔父上の軍と戦おうと思われたのですか？　私、戦のことはよくわかりませんが、あなたはこれまで相手が用意を調える前に攻撃して、勝利を収めてきたはずです。それを、ドゥレガにいることを隠しもせずに、おまけに平原に陣を敷き、叔父上の軍を迎えるというやり方は、わざわざあなたにとって苦手な戦法を選んでいるように思えるのですが……」

「なかなかおまえは、頭がいいな」

エーディンの指摘に、ソルステインがにやりと笑った。

「確かに、おまえの言う通りだ。だが、そうしなくてはいけない理由がある。今の状況は、盗賊が金持ちの屋敷を不法占拠したようなものだ。国として認められるためには、ネメトン国王と正式に条約を結んで、国境を引き直す必要がある」

「……」

「そのためには、戦に勝つ必要がある。今までのような領土をかすめ取るようなやり方ではなく、正々堂々と戦う必要が。そして、居場所を明らかにし、平原を戦場に選んだのは、その方が勝敗が誰の目にもわかりやすいことと、聖巫女が考えた通り、俺が、苦手な方法を選んだ……と、向こうが思えば、油断と隙《すき》が生じるかもしれないからだ」

「まあ……」

ソルステインの説明に、エーディンは絶句せざるを得なかった。

確かに、この方がなんの勝算もなしに行動するとは思わなかったけれど……。

「あなたらしいお考えですわ。けれども、そのあなたをもってしても、状況は、厳しくなりつつあるのですね」

「そういうことだ。とりあえず、セクァナ王には、出兵を取りやめてくれれば、王女を妻にするという親書を書いた」

何気ない口調で発せられたソルステインの言葉を聞いた瞬間、エーディンは自分の耳を疑った。

「……王女を妻に……ですか？」

「そうだ。俺は独身だし、結婚というのは、外交の手段として使える手のひとつだからな。正直、セクァナはあまり旨みのない相手だし、あちらもそんな手には乗って来ないだろうから、実現することはないだろう」

実現しないと聞いて、エーディンはほっとしたものの、気が抜けると腹が立ってきた。

「あなたは……私を妻にするおっしゃっていたはずですが……」

「その必要はなくなった。おまえは俺に協力的だし、ネメトンの民からの反発も、思ったより少ない。おまえを妻にせずとも、聖巫女とそれに仕える騎士という構図が定まったから、もう十分だ」

ソルステインの言葉はエーディンにとって、喜ばしいはずの内容だった。

けれども、喜ぶより、いいように振り回されたという気がしてならない。

「……その言い方ですと、まるで、私が用無しという感じがいたしますが」

「まさか。その方が、おまえにとってもいいことのはずだ。……この戦いに勝ち、即位式を済ませたら、おまえはティルアドに帰っていい。今後は、ルアドの妻として、心穏やかな日々を送るがいい」

優しい目をして、ソルステインがエーディンを見つめた。

こんな目をするソルステインを見るのは、二度目のことだった。

一度目は、二回目に結ばれた晩、ソルステインの精を受け入れ、くったりと寝台に横たわったエーディンを、ソルステインは、こんな風に見ていたのだ。

ふいに、今まで思い出さないようにしていた快感の記憶がくっきりと体に蘇《よみがえ》った。

ソルステインの体の重み、熱、息づかい。

鮮明な記憶にエーディンの体の芯が、熱くなった。

ソルステインをまともに見ていられなくなり、エーディンが目を背ける。

「実は、今日はおまえの顔を見たくて来たのだ。……このような状況なので、俺も忙しくなり、おまえに会う時間が取れなくなる。今後必要な連絡は、遣いの者を送る。おそらく、次に会えるのは即位式だろう」

「……え？」

ソルステインは何を言っているの？　今後は会えなくなるって……次に会うのは即位式って……？

エーディンが話の内容を反芻《はんすう》しているうちに、ソルステインがワインの杯を飲み干し、椅子から立ち上がった。

「話は終わった。俺は帰る」

「では、お見送りを……」

「必要ない。元気でな」

エーディンの申し出をあっさり断ると、ソルステインは部屋を出て行った。

いつもながら、風のよう……。止める暇もないとはこのことね。

あっけにとられたエーディンであったが、自分が、ソルステインにきちんと別れの挨拶《あいさつ》さえしていなかったことを思い出した。

旅の途中であったならまだしも、次に会うのは即位式――それも、ソルステインが戦に勝ったら――という条件つきだ。

「ソルステインは、難しい状況だ、と言っていた。……そんなことはないとは思うけれど、戦に負けることもある……」

それでなくとも、先頭に立って戦うソルステインだ。今まで怪我らしい怪我をしていなかったから、その可能性を思い至らなかったが、戦に勝っても重傷を負う、最悪、死亡ということもあるのだ。

今のが、ソルスティンとの最後の会話になってしまうかもしれない。

「あの方にきちんと別れの言葉を言わなければ」

慌《あわ》ててエーディンが椅子から立ち上がり、小走りで休憩所を出た。

せめて「ご武運を」ていどの言葉だけでも、かけるべきだった。聖巫女なのだから、祝福を授けることだってできたはずよ。

ソルスティンは嫌がるであろうが、エーディンが「私の気休めになります」と言えば、渋々《しぶしぶ》とでも受けてくれたはずだ。

ホールを抜けて、中庭を駆け抜け、祭殿の脇を通って階段を駆け下りる。

エーディンがソルスティンの姿を見つけた時には、既に馬上の人となり、配下の者とともに、石畳の道を城に向かって並足《なみあし》で進んでいた。

「…………間に合わ、なかった」

神殿と外部を隔《へだ》てる円柱にエーディンは手をつき、息を整えた。ソルスティンの背中が見えなくなると、膝から力が抜けて、その場に崩れ落ちるように座り込んでしまう。

「聖巫女！」

「エーディン様!?」

いきなり座り込んだエーディンを見て、フォードラと下級巫女が慌てて駆けつけてきた。

「どうなさいましたか？　ご気分が優れませんか？」

「いいえ、なんでもないの。大丈夫。心配をかけてしまったわね。ありがとう」

フォードラの手を借りて立ち上がると、エーディンは無意識に左手首に手をやった。慣れ親しんだはずの感触がないことで、自分が腕輪をしていないことに気づいた。無くしたわけではないのに、胸が切り裂かれたように痛くて、苦しい。

胸を両手で押さえると、エーディンの瞳から、ぽろりと水滴がこぼれ落ちた。泣くつもりはなく、その兆候もなかったのに、エーディンは涙を流してた。見開いた目から、ぽたぽたと涙が止めどなく溢れている。

「エーディン様、長旅でお疲れなのですね。早く、寝室に行って休みましょう」

フォードラが声もなく涙を流すエーディンの体を支えて歩き出す。下級巫女は、大神官にエーディンの異変を知らせに小走りで駆けてゆく。

寝室に戻る頃には、エーディンの涙は止まっていた。しかし、体は重く、気力が失われ、今すぐ寝台に横たわりひとりになりたいと、それしか考えられなくなっていた。

フォードラは、エーディンを心配して、つきっきりで看病すると言い出しかねない顔をしていた。

「ごめんなさいね、フォードラ。あなたの言う通り、旅の疲れが出たみたい。静かに体を休めていれば治るから、しばらくひとりにして欲しいの。みなにもそう伝えて貰えますか？」

「……わかりました」

フォードラが心配そうな顔でうなずき、静かに部屋を出て行った。

エーディンは、櫃の上に置いた腕輪を取ると、それを手に持って寝台に横たわった。両手で包むように持ち、胸に押しつけ、胎児のように体を丸めて目を閉じる。

胸の中に黒くドロドロとした液体があった。

何度かその存在に気づいたことはあったが、ここまでその存在を強烈に感じたことは、今までなかった。

どうしてしまったの、私……。ソルステインに二度と会えないと決まったわけではないのに。あの方のことですもの、どんな窮地《きゆうち》も、最終的には乗り越えてしまうに違いないわ。

余裕たっぷりで、どこか皮肉っぽいソルステイン独特の笑みを思い出す。

少しだけエーディンの心は安らいだが、それでもまだ、ドロドロは消えてなくならない。

「どうして……？」

もつれて絡んだ糸のように、エーディンの心が惑乱《わくらん》している。心臓を掴まれるような苦しさに、エーディンは、なぜ、なぜ、と自分に問いかけ続けた。

ソルステインとのお別れがつらいの？　ええ、とてもつらい。以前、ソルステインがトゥレド平原に向かうと聞き、お別れかと思った時も、やはり悲しかった。

いつの間にか、私は、ソルステインにそばにいて欲しいと思っている。近くにいて、顔を見て、声を聞いて……それなしでは、生きていられないと思うほどに。

ソルステインに出会うまでのエーディンには、無縁の感情だった。

唯一、おつきのフォードラの顔が見えないと物足りないと感じるていどで、他の誰にも、これほど執着《しゆうちやく》したことはなかったのだ。

もう少しで、エーディンは答えに手が届きそうな気がした。いいや、答えはもう既に知っていた。ただ、聖巫女という堅固《けんこ》な城壁が、それを認めるのを許さなかっただけだ。

「私は……ソルステインに恋をしている。ルアド様よりも、ソルステインを……愛してしまったのね……」

認めた瞬間、エーディンの心のドロドロは、霧が晴れるように消えてなくなった。

しかし、すぐに別の冷たく固い感情が胸にすべり込んで来る。

罪悪感だ。

「あぁ……私、いったい、どうしたらいいの……？　体だけではなく、心までルアド様の妻である資格を失ってしまった」

いつの間にか、エーディンの瞳から涙が溢れていた。嗚咽《おえつ》を漏らしながら、ソルステインから貰った腕輪を強く握り締める。

エーディンの常識では、答えはひとつしかない。

ソルステインへの想いは捨てて、ルアドに一心に仕えること。

しかし、そう強く思えば思うほど、ソルステインとの記憶もまた、強く呼び起こされる。

許されない恋の迷宮にエーディンは迷い込み、出口を見つけることなど、とてもできそうになかった。

その日一日を、寝台で懊悩《おうのう》しながら過ごしたエーディンは、夜には表面上の平静さを取り戻していた。

『あんたは、聖巫女なんだよね？　じゃあ、なんで巫女の仕事をしないの？』

凶刃《きょうじん》に倒れたブランウェンの声が思い出され、エーディンにいつまでも悲しみに暮れることを許さない。

ソルステインやブランウェンとの出会いが、エーディンを変えていた。柳のようにしなやかに、強さに耐えねばならないことを、己に課すようになっていたのだ。

夜になり、夕食を載せた盆を手に、フォードラがおずおずとやって来ると、エーディンは穏やかな笑顔を向けた。

「もう大丈夫よ。夕食を持ってきてくれたの？　ありがとう」

「はい……」

泣きはらした跡の残るエーディンの顔を見て、フォードラは何か言いたげに口を開いたが、エーディンの静かな気迫が、問いかけることを許さなかった。

それからのエーディンは、近寄ることさえはばかられるような独特の雰囲気を身にまとっていた。

ソルステインに向かう気持ちと、ルアドへの――ネメトンの民への――義務や責任感との心の中でせめぎ合いを、表面に出さないように押さえつけることによって緊張感が生まれ、それがある種の清冽《せいれつ》な威厳となって表出していたのだ。

ドゥレガの街の住民は、概《おおむ》ねソルステインの統治を歓迎していた。

まず、今年の税――ネメトンでは、収穫と冬支度の間の十月から十一月の間に徴税が行われる――を、他国並みまで落とすことを、最初にソルステインが布告していたこと。

城外での戦闘で、ドレカル戦士の圧倒的な実力を――実際は、かなり手を抜いていたのだが――を目にした者も多かったこと。

そのドレカル兵は、強兵にも拘《かか》わらず、郭内では行儀良く振る舞い、万が一諍《いさか》いが生じても、公正に裁かれたこと。

最大の理由は、三千人ていどの街に千人を越す騎馬――その数は、日々増えていた――が寄宿することになり、多くのドレカル人は城郭《じょうかく》の外で野営をしてはいたが、それらの人馬の糊口《ここう》を満たすため、ドゥレガの街にちょっとした好景気が訪れたこと、であった。

周辺の農村部では、目端の利く者が自家製のエールや鶏の卵、庭で採れた果実や野菜、家にある布などを宿営地へ持ち込み、ちょっとした現金収入を得ていた。

ソルステインが空っぽになった城内に備品を補充する必要が出て、商人や職人も仕事が増えて懐が温かくなった。

つまり、代官がいなくなり、ソルステインがやって来たことで、損した者はほとんどおらず、得をした者が大多数となったのである。

『得をして喜ばない奴はいない。人の心を摑もうと思ったら、相手が欲しがる物を差し出すのが、一番、早い』

旅の途中、エーディンがソルスティンとの会話の中で聞いた言葉だ。

「また、あなたの言う通りになりましたね、ソルスティン……」

昼下がりのドゥレガの街。その中央に位置する広場で、道行く人の噂話を聞いていたエーディンがひとりごちた。

今のエーディンは、白のチュニックに茶の胴着とスカートと裕福な旅行中の子女に変装して、お忍びでドゥレガの街を見物していた。

新たに入手したウールのフード付きのマントを羽織り、念のためフードを目深《まぶか》に被っている。腕にはもちろん、ソルスティンから貰った琥珀の腕輪があった。

国王軍が着々と進軍中にも拘《かか》わらず、にわか景気に湧いたドゥレガには、小金稼ぎに来た者がいまだ多く訪れ、見慣れぬ顔のエーディンも、怪しまれずに行動できる。

もちろん、エーディンひとりで外出しているわけではなく、おつきのフォードラが隣にいたし、ハーレクとその部下も、つかず離れずの距離を保ち、さりげなくエーディンに怪しい者が近づかないかを警戒していた。

エーディンの目的は庶民の生活を見て回ることの他に、来るべきトゥレド平原での戦についての噂話を聞くことにあった。

ソルスティンの使者は、様子うかがいに毎日神殿を訪れるが、エーディンの様子を聞くばかりでソルスティンについては何も話さない。

また、ハーレクに戦について、ソルスティンがどんな手を打ったのか、またその手はどこまで進んでいるかを尋ねても『私は、このたびの戦については、何も聞かされておりません』と、答えるばかりで、エーディンの知りたいことは、何ひとつわからないのだ。

人の集まるところに、情報が集まることを、エーディンは大神殿で授与品の売り子をしていた時に学んでいた。

切羽詰まったエーディンは、街へ出て、直接情報を得ることにした。今日で、もう五日になる。

「国王様は、兵士の士気を上げるため、自ら兵を率いるらしい」

「用意した兵は、ソルステイン様たちの五倍らしいぞ」

「おまけに、国王様は、セクァナに援軍を頼んだらしい」

「もう、セクァナでは出兵のための船団が出航したらしいぞ。三日もしたら港に着いて、そこからは陸路でトゥレド平原に向かうんだと」

情報通の者は、すでにセクァナの出兵も、その兵力も、スケジュールすらも把握《はあく》していた。

噂をいくら知ったところで、エーディンの不安が慰撫《いぶ》されることはない。逆に、ソルステインに不利な情報ばかりを見聞きして、エーディンはしょせん、噂は噂と、心のざわめきを宥《なだ》める羽目に陥《おちい》っていた。

「エーディン様、焼き菓子の屋台が出ていました。一緒に食べましょう！」

人の集まる広場には、美味しそうな匂いをさせた屋台がいくつもあった。

フォードラはここで買い食いするのが楽しみらしく、毎日屋台を眺めては、今日はこの菓子、今日は焼き栗と、毎日何かしら買い込み、エーディンと分け合っていた。

薄い紙の袋に入った熱々の焼き菓子を抱えたフォードラは、屈託《くったく》のない笑顔を浮かべ、心底楽しそうな表情を浮かべていた。

今日の焼き菓子は、卵白に卵とバターと小麦粉を混ぜた生地を薄く焼いた物で、この菓子にエーディンは見覚えがあった。

この菓子は、ラトの夏至の祭りでソルステインと食べた物だわ……。

懐かしく思いながらエーディンがひとつ摘《つま》むと、城の方からうっすらと土煙が立っているのが視界に入った。

「何かしら……？　ハーレク、あれがなんなのか、わかりますか？」

街中でも目立たないよう、平服にマント、そして腰に剣を佩《は》いたハーレクにエーディンが尋ねる。

「そうですね……。おそらく、城にいた者たちが、戦場に向かって出立したのでしょう」

「戦場に出立……。でも、叔父上の軍は、こちらに向かっている最中で、トゥレド平原にもまだ到着していないのでしょう？」

軍事に無知なエーディンが疑問を口にすると、ハーレクが困り顔で微笑した。

「さてさて、何から説明いたしますか。まず、ドレカルでは――ネメトンでも――大軍同士の決戦の場合、合戦する場所と日時を双方で使者をやりとりして決めるのです。……そこから駆け引きがはじまります。大軍勢が双方陣を広げられる場所というのは、限られておりますが、決して一箇所ではございません。その上で、合戦を行うのに、有利な場所という物がございます。ここまでは、ご理解いただけましたか？」

「はい」

「その有利な場所に、いかに陣立てするかが重要なのですが、双方、自身が有利な場所に駆けつけやすいところを合戦場にしようとするため、時には合戦場所と日時が決まるまで、一月以上かかることもございます。最終的に——人馬の糧食の問題もありまして——双方が当初望んでいない場所に決まることが多いですね。そこから、いかに有利な場所に陣立てするか、早い者勝ちの競争になります」

正式な合戦に、そのような手順があることを知り、エーディンは驚いた。

だから、ソルステインは、今までの奇襲ありきの戦では、いくら領土を征服しても国として認められないと言ったのね……。

これは、ある種の国際法であり、国家間や部族間に存在する、厳然《げんぜん》たるルールであった。

このルールを破った場合は、私闘とみなされ、襲った方が襲われた方に、賠償金を払って償《つぐな》うことになる。

今までソルステインがやっていたことは、黒寄りのグレーゾーン内での行為であり、これを一挙に白にするには、ネメトン国王と正式な合戦をする必要があるのだ。

「……では、ソルステインは、叔父上と書状のやりとりをして、合戦の場所を決めたのですか？」

「私にはそこまではわかりませんが、合戦が終わるまで、ソルステイン様はドゥレガにはお戻りにならないでしょう。あの方のことですから、あえて、ネメトン国王の望む場所を合戦場に定め、その上で相手を出し抜き、先に有利な場所に陣立てする……くらいのことはやるでしょうね」

誇《ほこ》らしげにハーレクがソルステインの思惑《おもわく》を語る。

しかし、既にエーディンの耳に、その説明は届いてはいなかった。

ソルステインは戦が終わるまで、ドゥレガには戻らない。その一言が、谺《こだま》のように頭の中で響いていたからだ。

こんなことになるのなら、もっと早くソルステインに会いに行けばよかった。私はまだ、あの方に、祈りの言葉さえ届けていない。

もし、ソルステインが戦場で斃《たお》れることになったら、私は、どれほど後悔しても後悔し足りないわ。

会いたい。ソルステインに、会いたい。

エーディンの心が、その一色に染められた。

耳にする情報は、ソルステインに不利な物ばかりで、いい話はひとつとしてない。

もう二度とソルステインに会えないかもしれない。

その可能性を眼前に突きつけられて、初めて、エーディンはルアドとソルステインを秤にかけるのをやめた。

「ハーレク！」

花のような顔に、険しいほどに必死の表情を浮かべ、エーディンがハーレクを見据《みす》えた。

「なんでしょうか？」

「あなたに、お願いがあります。今すぐ私を、ソルステインの許へ、連れて行ってください」

「それはできません」

「なぜですか？」

「ドレカルでは、族長の命令には、絶対服従です。私はソルステイン様より、あなたをここでお守りするよう命じられていますから」

きっぱりとハーレクが断りの言葉を口にした。

ハーレクの声にも表情にも、強固な意志が感じられ、絶対にソルステインの命令を破らない、と全身でエーディンに告げていた。

「わかりました。もう、あなたには頼みません。私は、ひとりであの方の許へ参ります」

それだけ言うと、エーディンは神殿に帰るべく歩き出した。

騎馬で行軍するソルステインを、徒歩で追いかけるほど、エーディンは愚《おろ》かではない。

一度、神殿に戻って、大神官に馬を借りて……念のため、食糧や水も持って行った方がいいかしら？

皮肉なことに、ソルステインの配下がドゥレガ周辺をうろついているため、盗賊や夜盗らが逃げ出して、旅行者にとって極めて安全な地帯となっている。

フォードラさえ置いて歩きはじめたエーディンに、ハーレクが小走りで追いついた。

「あなたは、ご自分のお立場をわかっておられるのですか？　いくらこの辺りが安全になったとはいえ、女ひとりでソルステイン様を追うなどと、自殺行為ですよ！」

「そう思うのでしたら、私の後をついてくればいいでしょう。なんと言われようとも、私は、あの方の許へ参ります」

ハーレクに負けないほど、エーディンの意志も固かった。

背筋を伸ばし、顔を上げ、ハーレクを正面から見据えた。青い瞳に光が宿り、それは、さながら炎のように燃えていた。

しばらくハーレクと睨《にら》み合っていたエーディンだが、深く長く息を吐き、そして柔らかな笑みを浮かべた。

「あなたを困らせるつもりはないの。私は、ただ、ソルステインにお会いして、一言、言いたいことがあるだけです。それさえ終われば、すぐに帰ります。少しでも早くソルステインに追いつけば、それだけ早く私の用事も終わりますし、あなたが気を揉《も》むような事態も避けられるかと思います」

「しかし……」

いったん、譲歩してみせたエーディンであったが、ハーレクはそれでもいい顔をしない。

ハーレクが、無礼を承知で実力行使に出れば、容易《たやす》くエーディンを止められる。

でも、私はそれを避けたい……。

「では、こうしましょう。私が、あなたにソルステインの不興を買わない理由を与えます。ソルステインに会えないなら、今すぐ死んでやると言ってナイフを手に暴れたと、彼にそう弁解なさい」

「……無理です。あなたがそのようなことをする人ではないと、あの方もよくご存じだ」

頑是《がんぜ》ないこどものように無茶を通そうというエーディンに、ハーレクが憐《あわ》れみのまなざしを向ける。

「無茶は、元より承知です。――お願いよ、ハーレク。私にできることなら、なんでもすると約束します。だから、私の邪魔をしないで」

「なんでも……ですか？」

追い詰められたエーディンが、苦し紛れに口にした言葉に、思いがけずハーレクが食いついてきた。

右手を口元に当て、ハーレクがしばし考え込むような仕草をする。

「…………聖巫女よ、本当に、〝なんでも〟願いを叶えてくれますか？」

「もちろんです。……あくまでも、私にできることであれば、ですが」

「わかりました。では、ソルステイン様の叱責《しっせき》も、お怒りも、受ける覚悟であの方の命に逆らい、あなたをソルステイン様の許へ連れてゆきましょう。私の願い事は、その時に叶えていただきます。あなたは、私との約束を絶対に守ると、そう神に誓えますか？」

「誓います」

「では、私も守護神、ソールにかけて、ソルステイン様の許に連れて行くと誓いましょう」

そう言ってハーレクが浮かべた笑顔は、悪企《わるだく》みをしている時のソルステインのそれに、とてもよく似ていた。

普段の雰囲気は違えど、流れる血は同じなのだと嫌でもわかってしまうような、そんな笑みであった。

そこから先のハーレクの動きは速かった。部下のひとりを城に差し向け、ソルステインの行き先を尋ねさせる。エーディンとフォードラを神殿に連れ帰り、神殿の巫女に命じて、馬や水など、必要な物を用意させた。

「フォードラ殿は、神殿で待っていてください」

なめした皮を固く加工した鎧《よろい》を身に付け、戦支度を終えたハーレクがそう言い置くと、フォードラは落胆したそぶりを見せた。

「ごめんなさいね、フォードラ。すぐに戻りますから、ここで留守番をお願いします」

すまなそうな顔をしたエーディンに重ねて言われ、渋々ながらフォードラが従った。

そうして、ハーレクと五人の戦士――道案内役として、伝令を勤めている戦士をハーレクが同行させた――に守られて、エーディンがドゥレガを出立した。

時刻は既に夕方に近い。ハーレクはエーディンを自分の馬に横座りに座らせた。自分はその後方に座り、エーディンの体を抱くようにして手綱《たづな》を取った。

かなりハーレクに密着することになるが、純粋な安心感しかそこにはない。

ソルステインが隣にいる時のような、独特の甘い高揚感は微塵《みじん》も感じず、改めてエーディンは、ソルステインが好きなのだと強く感じた。

早く、早く、あの方に、会いたい。

それだけがエーディンの胸を占めている。

案内もあり、ハーレクたちは日が落ちた後も、街道をひた走る。

やがて、前方に、地表から夜空に向かって立ち上がる、いくつもの白い筋が見えた。

「どうやら、あそこが野営地のようだ。……行きましょう」

街道から少し離れた平野に、たくさんの天幕が連なっていた。天幕の周囲は柵で囲まれ、赤々と燃える松明《たいまつ》が等間隔に配置され、周囲を照らしている。

規則性を持って整然と立ち並ぶ天幕の間を、ハーレクとともにエーディンが歩く。

ちょうど宿営地の中央に当たる場所に、ひときわ大きく立派な布の天幕が見えた。ドゥレガへの旅の途中で、すっかり見慣れた天幕だ。

思わず駆け出しそうになったエーディンを、ハーレクが押し留《とど》める。

「先に、私が話をして参ります。聖巫女はここでお待ちください」

「でも……」

「ソルステイン様に叱責される姿を見られたくないのです。ここは、私の面子《めんつ》を立てていただけますか？」

そう言われると、エーディンもいったん引くしかない。

無理を言ってハーレクにはここまで連れてきて貰ったのですもの。少しの間だけ、我慢しましょう。

「では」と言ってハーレクが天幕に入ると、途端《とたん》にソルステインの怒声が聞こえてきた。

「なぜ、おまえがここにいる！　おまえにはエーディンの護衛を命じたはずだぞ!!」

まさに、とりつく島のないという声に、エーディンはハーレクの前言を理解した。

戦士は誇り高い人達ですもの。女で、年下の私にこんな場面を見られたら、恥ずかしくて堪《たま》らないでしょうね。

聞き耳を立てるのもはばかられ、エーディンはハーレクに言われた通り、大人しくその場で待っていた。

ハーレクがなんと返したかは、エーディンにはわからない。

「なんだと！」というソルステインの声がした後、天幕から、なんの声も聞こえてこなくなったからだ。

ソルステインとハーレクの話し合いは、さほど長い間ではなかったが、エーディンは一日《いちじつ》千秋《せんしゅう》の思いで待っていた。

「——お待たせしました」

ハーレクが晴れ晴れとした顔で天幕から出て来ると、すぐさまエーディンが駆け寄った。

「ソルステイン様にお会いする前に、私との約束を、叶えていただけますか？」

「なんでしょうか？」

ソルステインに会いたさのあまり、答えながらもエーディンの目は天幕に向いていた。

エーディンの様子にハーレクは苦笑すると、腰をかがめ、エーディンの耳元で囁《ささや》いた。

「ソルステイン様の願い事を、ひとつ、叶えてさしあげてください。それが私の願いです」

要は、ハーレクは自分の得た権利をまるまるソルステインに移譲したのだ。

欲のない言葉に、エーディンは瞬《まばた》きし、そして口を開いた。

「……あなたはそれで、いいのですか？」

「はい。その代償は、ソルステイン様からいただけることになりましたから」

そう言って、ハーレクがソルステインに似た、人の悪い笑みを浮かべた。

「さぁさぁ、ソルステイン様がお待ちですよ。今宵《こよい》はここに泊まることになりましたから、時間を気にせず、ゆっくりとお過ごしください」

ハーレクがエーディンの背中を優しく押した。その勢いでエーディンの足が二歩、三歩と進み、天幕の中に入った。

地面には絨毯《じゅうたん》が敷かれ、装飾と防寒、ふたつの用途を兼ねたタピストリーが天幕の壁に吊り下がっていた。

中央にはたき火が焚かれ、天幕の上部に空いた穴から煙が出ている。たき火に香木でも入れているのか、野外だというのに、天幕の内部は、いい匂いで満たされていた。

入り口から見て正面の奥に、ソルステインが座っていた。ソルステインのすぐ脇に、畳んだ毛布と枕、そして酒杯が置かれている。

ソルステインは、天幕に姿を現したエーディンを、黙って睨みつけた。

不機嫌を絵に描いたようなソルステインの態度に、エーディンの足が止まった。

歓迎されるとは思わなかったけど……ここまで怒っているなんて。

ここのところ、ソルステインはエーディンに対して穏やかに振る舞っていたため、エーディンはソルステインの本質をすっかり忘れていたのだ。

「おひさしぶりです、ソルステイン」

ソルステインの怒気に気圧《けお》されそうになりながらも、エーディンは勇気を奮《ふる》い起こして、一歩前に進んだ。

「こんなところで会うとは思わなかった。聖巫女ともあろうものが……町娘のような軽挙妄動《けいきょもうどう》は慎《つつし》んでほしいものだな」

「申し訳ありません。どうしても、戦の前にあなたにお会いしたかったのです」

そう言って、エーディンはまた前に進んだ。ソルステインは大仰《おおぎょう》にため息をつき、そして絨毯の上を手で叩く。

「ここに来い。そこだと風が吹き込んで寒いだろう？　温かい場所で話をしようじゃないか」

皮肉を言って気が済んだのか、ソルステインの顔から険《けわ》しさが消えた。エーディンは安心して足を進め、ソルステインの隣に腰を下ろした。

「——で、話とは？　ハーレクの説明では、どうしても俺に言いたいことがあったとか」

ソルステインは、酒杯を手に持ち、まっすぐたき火を見つめている。

……どうしましょう、私、ソルステインに何か言いたいとは思っていたけれど、何を言いたかったのか、わからなくなってしまったわ。

「どうした、早く何か言え」

「ごめんなさい。……こうして、あなたにお会いしたら、私は何を言いたかったか、わからなくなってしまいました」

「……」

「ただ、あなたに会いたかったのです。街で聞く噂は、あなたに不利な物ばかり。そこであなたの出陣を知り、もしかしたら、二度とあなたに会えなくなる……と思ったら、もう、自分を抑えることは、できませんでした」

エーディンが口を閉ざすと、パチパチと木っ端《こぱ》のはぜる音が天幕に響いた。

ソルステインは酒杯を呷《あお》り、濃い赤の液体を飲み干した。そして、酒杯を絨毯の上に置き、替わって左隣に座るエーディンの腰に腕を回した。

「——で、俺に会って満足したか？」

「はい。…………いいえ。よく、わかりません」

抱き寄せられ、体が密着して、エーディンのうなじに朱が散った。ソルステインの声を聞き、体温を感じたことで、どんどん落ち着きがなくなってしまう。

ソルステインから逃げるように上半身を捻《ひね》る。すると、ソルステインがエーディンの耳元に顔を近づけた。

「ハーレクから聞いたぞ。おまえは俺に会いたくて、必死だったようだな。俺は、少しは期待をしていいのか？」

「期待とは……？」

ワインの香りがエーディンの鼻腔《びこう》を掠《かす》め、ソルステインが声を発するたび、首筋に息が吹きかかった。

どうしましょう。体が熱くなって……ソルステインの話に、集中できない。

けれども、エーディンは「お戯《たわ》れはやめてください」とは、言わなかった。言おうとも思わない。

それよりは、ソルステインの熱を感じていることを望んでいた。

「俺は、おまえに嫌われてはいないが、好かれているとは思えなかった。……いや、好かれてはいるが、愛されているとは思っていなかったのだ。おまえの心は、永遠にルアドに捧げられ、俺には決して向くことはない。そう考えていた」

「……」

「だが、ハーレクより、おまえがずっと俺のことを気にしていたと聞いた。俺が戦に出ると知ったおまえの様子は、ただごとではなかったと。おまえが、俺を恋慕《こいした》っているようにしか見えなかった……と。俺は、おまえが俺を愛していると、そう思ってもいいのだな？」

ソルステインが熱っぽい息を耳元に吹きかけながら尋ねた。

「……はい」

小さな声でエーディンが答える。

ソルステインはいったんエーディンのうなじから顔を離し、そのまま絨毯にエーディンを押し倒した。

それから、エーディンを真正面から見つめると、皮肉っぽく人の悪い笑みを浮かべた。

「では、ハーレクから譲り受けた権利を行使する。エーディン、おまえは、俺の妻となれ」

「………………っ」

思いがけない──いや、本当は半ば予想していたのかもしれないが──プロポーズの言葉にエーディンがまろく目を見開いた。

「返事は、聞かん。おまえは、約束を守ると神に誓った。聖巫女たるおまえが神に誓った約定を違《たが》えられるはずがない。……そうだろう？」

神との誓約を盾にして結婚を迫られれば、エーディンに断るという選択肢は存在しない。

いや違う。そうやって、誓約を盾にすることで、ソルステインはエーディンがルアドより好きな男を選ぶことに罪悪感を抱かないよう、逃げ道を用意したのだ。

一瞬で、エーディンはそれを理解した。

計略《けいりやく》の皮を被った心遣いに、胸が震《ふる》え、ソルステインへの想いがいっそう募《つの》った。

「……はい。はい。私は、あなたの妻に、なります。神に誓って。………私は、あなたを愛しています。ルアド様よりも、ずっとずっとお慕《した》い申し上げております」

エーディンが腕を伸ばして、ソルステインに抱きついた。

「その言葉、聞きたかった。……一生、俺はルアドに敵わないと思っていたからな」

「以前にも、同じようなことをおっしゃってましたね。確か、ラトで……まさか、あの時から、あなたは私のことを、想っていてくださったのですか？」

力強い腕に身を任せ、エーディンがうっとりと目を閉じた。

「それより前、おまえに……小さなこどものように抱かれた時……いや、違う。初めて会った時から、気になっていた。こんな若く美しい娘が一生処女など、もったいないことこの上ないと、腹立たしく思っていた」

「まあ。初めて会った時、私は、あなたがとても恐ろしかった。…………でもそれは、こうなることが、わかっていたからかもしれません」

一途にルアド様を想っていた私にとって、ルアド様以上に誰かを愛することは、決して許されることではなかったから……。

私は、最初から、この方に惹《ひ》かれていたのだ。どうしようもなく。そして、そんな自分を認めることが、何より、恐ろしかった…………。

恋心を認めたエーディンが目を閉ざす。すると、それが合図であったかのように、ソルステインが顔を近づけてきた。

そうして、磁石が引き合うように、ふたつの唇が重なったのだった。

ふたりは、口づけながら身に纏う衣服を脱いでいった。こうなることは自然ななりゆきで、エーディンはソルステインの熱を直接肌で感じることを、求めていた。

「はしたない女と、お思いにならないで……。自らこうしてしまうほど、私は、あなたのことを好きになってしまったのですから」

「何も知らない聖巫女に、快楽を教えたのは俺だ。そんな風には思わない」

絨毯の上に立ったエーディンは、たき火の明かりから身を隠すように、胸と股間を手と腕で隠していた。

豊かに盛り上がった胸を隠す左手の手首には、琥珀《こはく》の腕輪があった。

ソルステインが手を伸ばし、銀台を指でなぞった。そのまま指を滑らせて、手の甲から盛り上がった肉を軽く撫《な》ではじめた。

そのままソルステインはエーディンの背後に回り、ウエストに腕を回して、絨毯の上に腰を下ろした。

あぐらをかいたソルステインの太股にエーディンが腰を下ろした体勢だ。顔が見えないのは寂しいが、その替わり、腰の辺りに湿った熱気を、強く感じる。

「さて、どこからかわいがるとしようか。触ってほしいところは、どこだ？」

「……そんなこと、答えられません」

「では、俺の好きなようにするが、文句は言うなよ」

「…………はい」

消え入りそうな声で答えると、ソルステインがエーディンの股間に手を入れ、同時に胸を下から支えるように持ち上げた。

おまけに、首のつけ根の柔らかい部分に唇を当てて、強く吸い上げる。

「う……ん……っ」

身も心もソルステインに捧げたからか、これだけのことにエーディンは感じ、唇から甘い声が漏れた。

反応の早さに気を良くしたか、ソルステインがゆっくりとエーディンの胸を揉《も》みはじめた。

二度、三度と揉まれたところで、淡いピンクの乳輪がふっくらと膨《ふく》らみはじめる。

「ふふん……いいぞ……」

甘く掠れた声が、耳元で囁く。

「もっと声を聞かせろ。感じたら、声を出せ。……何も恥ずかしいことはないのだから」

「はい。……んっ……」

うなずくとすぐに、ソルステインが二本の指で乳首を挟《はさ》み、くにくにと指を動かした。

乳房の上を滑る指に、肌がざわめき、肌が火照《ほて》る。

私……私はもう、知っている。これは、感じているということ……。まだ、はじめたばかりなのに、もうこんなに気持ち良くなっている。

「あぁ……ソルステイン……あぁ……」

快感を認めると、あっけないほど簡単に、甘く濡《ぬ》れた声が出た。

全身の肌が目覚めて、火照りはじめる。

「そうだ。エーディン……もっと声を出せ。おまえが俺の物だと、その体で示してくれ」

「ソルステイン。愛しい方……。私の全ては、あなたの物……っ」

薔薇《ばら》色の唇から発した愛の言葉に、尾てい骨あたりで感じるソルステインの性器がみじろいだ。

その途端、エーディンは欲棒の存在を強烈に感じ、思わず腰を動かした。すると、ちょうど尻の辺りに陰茎が納まる。性交を連想させる密着に、体の芯が、熱くなった。

エーディンの柔肉に包まれて、嬉しげにそこが、形を変えてゆく。

「あぁ……。熱い……」

「わかるのか、俺の変化が。そうだ、早くおまえのここに挿《い》れるため、これからもっと熱くなるぞ」

淡い下草の辺りをさ迷っていた手が、肉の壁を割った。まずは、蜜壺《みつつぼ》をひと撫でし、それから小さな粒を愛撫《あいぶ》する。

「あ……そこ、は……っ」

「まだ濡れてはいないな。だが、気持ちいい。そうだろう?」

くりくりと陰核《いんかく》の上で指を動かしながら、ソルステインがエーディンの乳房を弄《もてあそ》んだ。

乳首を摘《つま》み、こね回す。わざと指先で突起を弾き、乳輪の上に円を描く……。

変幻自在な愛撫に、みるみるうちに、エーディンの〝女〟が目覚めてゆく。

肌がざわめき粟立つ。それに体の奥が、じわじわしている。

乳首と性器と、二箇所への愛撫に、体が敏感さを増していた。

人の体は不思議……。同じ人としているのに、愛《いと》しいと思うだけで、こんなにも胸が……体も……熱くなるなんて。

たっぷりとした膨らみからソルステインは手を離すと、今度は、くびれたウエストを下から上へと撫で上げた。

今度は膝から太股を撫で上げて、力無く絨毯に落ちたエーディンの手を握った。

エーディンの全身、いや、全てが愛おしいと、ソルステインの仕草が告げている。

触れ合う肌から感じる愛情に、エーディンは身も心も蕩《とろ》けていった。

「あぁ……愛しているわ。ソルステイン。愛しい人」

ソルステインがエーディンを絨毯に仰向けに横たえる。正面からソルステインの顔を見た瞬間、溢《あふ》れる感情に突き動かされ、エーディンはそう口にしていた。

「俺も、愛している。女を手に入れるのに、こんなに苦労したのは初めてだ。だが、それだけにおまえが愛おしくて、堪《たま》らない」

熱烈な告白をすると、ソルステインがエーディンの胸に手をやって、豊かな丘を撫で上げ、そして胸の突起に顔を寄せた。

「……あ、あぁ……」

手指での愛撫も感じたが、濡れた肉に舐《な》められるのは、格別に強い快感を呼び起こした。胸の飾りを舐める淫靡《いんび》な音が、エーディンの鼓膜を刺激する。

じっとりと全身が熱くなり、込み上げる快感に、自然と呼吸が荒くなる。じわりと肉襞《にくひだ》の奥が潤《うる》みはじめると、青い瞳に涙がにじみはじめた。

ソルステインは乳輪を唇で挟み、口に含んで、ピンクの粒の上で舌を左右に動かす。

素早い舌の動きに、エーディンの体がのけぞった。

「あ……。イヤ……あ、あぁ……っ」

汗ばんだ白い双丘《そうきゅう》が揺れて弾み、形を変える。エロティックな光景を目にしたソルステインが朗《ほが》らかに笑い声をあげた。

「いいぞ。……いい。素晴らしい眺めだ。おまえは、本当に最高の女だ」

「ソルステイン……んっ、もう……」

快楽に意識が濁《にご》りつつあるエーディンの唇に、柔らかい物が押し当てられた。それが、ソルステインの唇だと気づいたのは、舌を搦《から》め捕《と》られた後であった。

唇だけではなく、唾液も、呼吸までも吸い上げられて、エーディンの胸に愛しさが募《つの》る。

愛している、と、言葉で伝える代わりに、逞《たくま》しい体に両腕を回した。汗で濡れた肌が重なり、ふたりの熱が混ざり合う。

口づけから生じた快感が、体を貫き、エーディンのそこから透明の蜜が溢れ出した。

欲しい……欲しいわ。ソルスティンが欲しい。心も体も、深く交わりたい。

エーディンと思いは同じなのか、ソルスティンがエーディンの具合を確かめるように、そこを指で探りはじめた。

溢れた蜜を感じたのか、ソルスティンはそのまま指を肉襞に埋めていった。

入ってくる。ソルスティンの指が、私の、あそこに……。

挿入の予感に、自然とエーディンの両脚が開いていた。息づく花弁《はなびら》は、震えながらソルスティンの指を呑《の》み込んでゆく。

エーディンのそこが、猛った肉を受け入れるための、準備がはじまる。

もっと熱く、もっと濡れろ。

そんな叫びが聞こえるかのような、ソルスティンの愛撫だった。馴らしながらも、赤く充血した粒を親指で刺激する。

「ふっ、んっ……んあ……あん……っ」

ふっくりと膨らみ、敏感になったそこが、巧みな技に反応し、次々と快感を生んでゆく。天空まで続く、永遠の階のように、エーディンはそれに終わりも果てもないような気がした。

「あぁっ。駄目……駄目。そんな……あぁ……」

鋭敏な場所を擦り上げられて、エーディンの腰が弾んだ。瞬きすると、涙が溢れ、そして、ソルスティンの背中に爪を立てる。

「そんなにいいか。そこまで感じるか……」

嬉しげな囁きに、エーディンは無言でうなずき返す。うなずき返して、ソルステインの指を、肉壁で締め上げた。

「もう駄目だ。俺が方が我慢できない。そこまで感じるおまえを見たらな」

汗で濡れた前髪を掻き上げ、ソルステインがエーディンの髪をひと房手に取った。

金の髪を口元に持ってくると、愛しげに口づける。その仕草に、エーディンは、ブランウエンが亡くなった晩のソルステインの振る舞いを思い出した。

私を寝室に送った時、ソルステインはこんな風に、私の髪を愛撫した……。

謎めいた行動に隠された恋情にエーディンは、今更ながらに気づいた。

「——ごめんなさい、ソルステイン。私……私、あなたの気持ちに、全然気づいてなかったのね」

「今、気づいたなら、それでいい」

ソルステインが目を細め、微笑んだ。エーディンの左の太股に手をかけ、膝《ひざ》を曲げるようにして絨毯の上に押しつける。

炎が、エーディンの秘部を照らし出す。金色の草むらが光を受け、夕日のように輝いた。

淫《みだ》らに濡れたそこが、ぽっかりと口を開けていた。色づいた花弁が、受粉の瞬間を焦《こ》がれて蠢《うごめ》いた。

ソルステインが、ごちそうを目の前にしたように、唇を舌で舐め、そして微笑《ほほえ》んだ。

既にソルステインの性器は、欲望にそそり立っている。ソルステインは上体を倒すと、エーディンの手を股間に導き、充血した肉を握らせた。

「熱っ……」

熱くて、硬い。そして、大きい。

そのことが、ソルステインの欲望の強さをエーディンに伝えてきた。脈打つ楔《くさび》が、ソルステインの悦《よろこ》びを現していた。

「挿《い》れさせて貰う。手加減する自信がない。……覚悟しろよ」

ソルステインがエーディンの腰を引き寄せ、切っ先に押し当てた。股間で息づく気配に、エーディンの心臓が音をたてて鼓動を刻む。

切っ先を蜜口の上で二度三度と擦《こす》りつけ、溢れた愛液で湿らせる。

熱い楔に擦られてエーディンが小さく声をあげたところで、ソルステインが先端を、中に挿れた。

「あぁ……っ。あ、あん……っ」

肉を割り、受け口を広げられる感覚に、エーディンの唇から声が上がった。

鈴口を納めたソルステインが、うっとりと息を吐く。

ゆっくりとソルステインの体が近づくにつれ、エーディンの中が肉棒で満たされてゆく。

快感よりも強く、エーディンは満足感を感じた。

自分が女だということを、生まれて初めて、実感した。

私は……この方なしでは、生きていけない。この方のいない人生など、考えられない。

ゆるやかに抜き差しがはじまると、エーディンは改めてソルステインの体に腕を回した。

あぁ……あぁ、私、なんて幸せなのかしら。

快楽とも歓喜とも判別のつかぬ涙がエーディンの瞳から溢れ、頬を濡らした。

満たされる悦び。そして、抜けゆく楔に擦られて生じる快感に、エーディンの体がじょじょに熱を帯びてゆく。

「ソルステイン。もっと……もっと、愛して……」

「もちろん、最初から、そのつもりだ」

そう答えるや否《いな》や、ソルステインが楔を奥に押しつけ、そして、中を掻き回した。

「あぁ……いい……あぁ……」

奥まで男根を咥《くわ》えた悦びに、エーディンの下腹が波打つように動いた。それでも、体はより深い快感を求め、肉壁がソルステインを締めつける。

まとわりつく粘膜に、エーディンの中でソルステインが逞しさを増した。太さだけではなく、硬さも、そして熱も高まる。

怒張《どちょう》した性器に引きずられてか、ソルステインの抜き差しが速まった。

突かれるたびに、体が前後に揺さぶられ、エーディンは、しっかりとソルステインを抱き締めながら、込み上げる快感に、爪を立てる。

気持ち良すぎて……おかしくなりそう。でも、もっと気持ち良くなりたい。もっと深く、

ソルステインと交わりたい。ひとつに、なりたい
両腕だけでは足りないとばかりに、エーディンが両脚をソルステインの腰に絡めた。清楚《せいそ》な巫女の、淫らな仕草に、ソルステインが息を呑む。

「こんなことをされては、本当に加減できなくなったな。……行くぞ」

そうひとりごちると、ソルステインが叩きつけるようにエーディンを貫いた。そして切っ先が抜けそうなほど腰を引く。

「あ、あぁ……っ。あぁ……」

狭い穴が、裂けんばかりに広げられ、快感にエーディンの肌が粟立《あわだ》った。深奥から蜜が溢れ、陰唇《いんしん》を濡らし、双丘まで伝い流れる。

育ちきった茎が内壁をこじ開ける。そしてお返しとばかりにひくつく膣《ちつ》が、肉の楔に絡みついた。

快感を注がれ、与え、互いに高みに上ってゆく。これ以上ないほど体が熱くなり、気がつけば、エーディンは絶頂に達していた。

「ん……っ。あぁ、あ……」

蠢く肉が、抜き差しする肉棒を締め上げた。エーディンの足がつっぱり、指の先まで反り返る。

絶頂が終わり、エーディンの体から力が抜けた。波は去ったが、体は満足しておらず、ひくつきながら別の何かを求めていた。

「ソルステイン。あぁ……あぁ……」

涙で濡れた瞳で、エーディンがソルステインに切なげなまなざしを送った。

「私……、私、あなたが……欲しい……」

「あぁ。わかってる」

余裕のない声で返すと、ソルステインが目を閉じて、激しく前後に腰を振った。

肉と肉のぶつかる音。エーディンのせわしないあえぎ声。そして、時折ソルステインのくぐもった息が漏れる。

そして、ひときわ大きく腰を引くと、ソルステインが楔を深く——エーディンを貫かんばかりに——突き立てた。

次の瞬間、エーディンは熱を感じた。脈打ちながら吹き出される、飛沫《ひまつ》を感じた。

「っ……。ん、……っ。くっ」

小さく声をあげながら、ソルステインが射精する。腰が蠢くたびに、白濁《はくだく》がエーディンの中に注がれた。

内壁を潤す粘液を受け留め、エーディンは、言葉にならない陶酔《とうすい》を感じたのだった。

☆

そして、一週間後。朝もやが色濃く漂《ただよ》う早朝に、エーディンが長い金髪を風になびかせながら、丘の上から平原を見下ろしていた。

それはさながら一幅の絵のように美しく、そしてどこか清らかな光景であった。

相変わらず、どこにいてもこの女は美しい。

そう、ソルステインは思った。

ここは、トゥレド平原の東南部。ネメトン国王ミディンとソルステインが合意した戦場で、もうじき、ふたつの軍勢の間で戦がはじまるのだ。

結局、エーディンは、ドゥレガには帰らず、戦場までソルステインと行動をともにした。

そうなってしまった理由はいくつかある。

ふたりが結ばれた翌朝、ハーレクがエーディンとの約束を譲った代償に、この戦に自分と部下を参戦させてほしいと迫ってきたのだ。

約束を違《たが》えることはできず、渋々ソルステインはその願いを承知した。そうなると、エーディンを誰にドゥレガまで送り届けさせるかが問題として浮上した。

エーディンがハーレク以外の人間に、その身を預けることに難色を示したのである。

ソルステインにせよ、王女の相手ができるほどの立ち居振る舞いを身に付け、腕も立ち、絶対にエーディンに手を出さないと信頼できる人材は他にいなかった。

人選に苦慮《くりよ》するソルステインに、エーディンが、切々と訴えかける。

「戦が終わるまで、あなたのそばを離れたくありません。私たちは二世を誓った間。生きるも死ぬも、ともにしたいのです」

青い瞳に宿った光は、強固な意志を示していた。

ソルステインはエーディンが絶対に引かぬことを悟り、そして、自身もエーディンを手放し難く思っていた。

「わかった。ただし、何があっても知らんからな」

「もちろん、覚悟の上です。それに……何があってもあなたが守ってくださると、信じております」

このような経緯を経て、エーディンとハーレクの帯同を許したのであった。

戦場は、ミディンが希望した場所——ドゥレガより、圧倒的に王都に近い——と、三日というぎりぎりの日時を、ソルステインが了承し、早々に決定した。

そこは、セクァナから出航した軍船が入港予定の港街クルアフ——それ以外の大型船が入港可能な港は、全てソルステインの支配下にあった——にも近く、騎馬で半日ほどの距離しか離れていない。

挟み撃《う》ちされるとも知らず、愚か者めが。

ネメトン軍は、そうソルステインを評し、舐め切って進軍を開始しただろう、とソルステインは読んでいた。

しかし、それこそが、ソルステインの罠《わな》だった。

セクァナが海路を取ると知った瞬間、ソルステインには上陸地点がわかっていた。

そこで、ドゥレガに集結しつつあった自軍の戦士の進路を、クルアフ近郊の平原地帯に変更させた。

ソルステインがセクァナの参戦を知った晩に書いた三通の書状のうちの一通は、この集合地点の変更を命じる書状であった。

ミディン王の書状を受け取ったソルステインは、承諾する返事を持った使者を送ると同時に、クルアフ近郊に潜《ひそ》んでいた配下に戦に有利な場所を先に押さえるよう伝令を走らせる。

果たして二日後、ネメトン軍が意気揚々《いきようよう》と戦場に到着した時には、小高い丘の上に、ソルステイン軍の軍旗がゆうゆうとたなびいていた。

この時点で、ソルステインはミディンを出し抜くことに成功している。

ソルステインが送った書状は残り一通だが、それも既に、色よい返事を貰っていた。

「後は結果をご覧じろ……とな」

そうつぶやいたソルステインの顔には、不敵な笑みが浮かんでいた。

緑からベージュに色を変えた丘陵《きゅうりょう》は、騎馬や歩兵で埋め尽くされ、ソルステイン軍には、戦前に特有の、興奮を抑えた静けさが横溢《おういつ》していた。

対するネメトン軍の方は、明らかに生気に欠けていた。

あてにしていたセクァナ軍が、一戦もせずにセクァナに引き返していたというのが、その理由だった。

それもまた、ソルステインの打った手のひとつだ。

ラトの商人から廃棄寸前の大型商船を譲ってもらい、セクァナ軍がクルアフ港に入る直前、港湾が極端に狭まっている箇所に、それを沈めたのだ。

小型の商船や喫水《きっすい》の浅い船ならば、沈んだ船をぎりぎり避けて通過できるが、大型船となればそうはいかない。

突然出現した障害物に立ち往生した軍船を、オルム率いるソルステイン軍が竜骨船——以前、エーディンが乗った細長く喫水の浅い船だ——で包囲した。

「このままセクァナに帰れば手出しはしない。しかし、どうやってもクルアフに入港するというのなら、実力で阻止《そし》する」

軍を率いる将軍に、オルムがそう呼びかけると、元々セクァナにとっては旨みの少ない義理立てのための出陣だったということもあり、あっさりとセクァナ軍は撤退した。

これで、戦はソルステイン軍とネメトン軍のみの戦いとなった。

このように自軍に有利な状況を整えて、ソルステインは今日という日を迎えたのである。

そして、朝もやが晴れる頃、戦太鼓の音が鳴り響く。

戦の、はじまりだ。

今日のソルステインは、陣頭で指揮を取るのではなく、軍旗の下に本陣を構え、指揮に徹することにしていた。

エーディンを危険に晒《さら》さぬための、苦肉の策である。

戦場を睥睨《へいげい》するソルステインの眼下で、ネメトン軍から矢が雨のように飛んで来た。それに呼応するように、ソルステイン軍の弓兵も弓を放つ。

ネメトン軍は騎兵が五千、歩兵が三万。対するソルステイン軍は騎兵三千、友軍から集めた歩兵一万と、圧倒的な戦力差があった。

それをたてに、ネメトン軍は横に広い陣形を取ってきた。対するソルステインは、中央に厚みを持たせた紡錘形《ぼうすいけい》の陣形を組む。

ネメトン軍には、数の優位を利用して敵を包囲し殲滅《せんめつ》するという目的があり、ソルステイン軍は中央突破で敵の本陣を狙うという思惑《おもわく》があり、それぞれの陣形がそれを現している。

どちらが早く囲むか、破るか。つきつめれば、それだけの話である。

「……それくらいは、相手も読んでいるだろうがな」

余裕はあるが、鋭いまなざしで戦場を見下ろしながら、ソルステインがひとりごちた。

弓戦が終わると、ネメトンでは通常騎兵の突撃、となる。しかし、その前に、ソルステイン軍から短槍の投擲《とうてき》が待っていた。

飛距離は弓に及ばずとも、殺傷力は短槍の方が高い。飛び道具は、高所から低所に向かって放つことで、威力も飛距離もいや増す。

だからこそ、小高い丘を自陣とすることが、戦略的に重要なのであった。

短槍の洗礼を受けたネメトン軍は、慣れない戦術とその破壊力に浮き足立った。

そこへ、ビョルンが率いるソルステインの精鋭部隊が、一気呵成《いっきかせい》にネメトン軍に突撃した。

元々厚みに欠けるネメトン軍は、精鋭部隊とぶつかって、あっという間にほころびが生まれてしまう。

騎馬が倒れ、屍で地が埋め尽くされていく。乗り手を失った馬が、いななきながら走り回り、騎馬の背後を進んでいたネメトン軍の歩兵が混乱に陥《おちい》る。

兵力の多数を武器に、すぐさまネメトン軍がそこへ兵を投入したが、精鋭部隊とそれに続いた戦士の参戦に、ほころびはすぐに大穴となった。

横に長く展開していたことが仇《あだ》となった形だ。ネメトン軍が穴を埋めようと左右から駆けつけても、厚みが生まれる前に、無情にも切り裂かれてゆく。

「さて、そろそろ頃合いか……」

そうひとりごちると、ソルステインは後方に控えていた友軍に、指令を出した。

「中央から分断され、無力化した両端のネメトン軍に、突撃しろ」

連携を失い、孤立した兵士らは、ソルステイン軍の勇猛《ゆうもう》ぶりに意気軒昂《いきけんこう》となった友軍の餌《え》食《じき》となった。まさに草刈り場というのがふさわしい惨状だ。

自軍を上回る兵力は、分断して、各個撃破。

兵法の基本であるが、そのお手本のような戦術を駆使したソルステインは、驕《おご》るでもなく昂ぶるでもなく、次の手を考えていた。

「勝つのはかまわないが、勝ちすぎるのも、問題だ……」

ソルステインの抱える勢力が大きければ、大勝でなんの問題もない。このまま王都へ攻め上り、ネメトン一国をまるごと手に入れればいいだけのこと。

ところが、ソルステイン達は、女こどもを集めても、一万に届かない。

獲得した領土から盗賊のように収奪して、すぐさま撤退《てったい》するのならば、それでも問題ないが、ソルステインはこの地にドレカル人を移住させ、自然な同化を望んでいる。

それには、畏《おそ》れられる必要はあっても、恨まれすぎるのは得策でない。ほどほどに、しかし鮮やかに勝つというのが、最上の手段なのであった。

「ネメトン軍を全滅させる前に、軍旗を奪うか国王を捕虜《ほりよ》にできるといいのだが……」

そうつぶやくと、ソルステインは隣に座るエーディンを横目で見た。

エーディンは唇を噛み締め、真っ青な顔で戦場を見ていた。時折、耐えかねたようにうつむいて、涙を拭《ぬぐ》うが、決してソルステインに『やめさせて』とは、言わなかった。

とはいえ、ネメトンの民が次々と斃《たお》れる様に心痛めているのは、ソルステインにもわかる。

無益な犠牲者をなるべく出さず戦を終わらせることは、ソルステインとエーディン、両方の希望でもあった。

「いっそ、俺が直接打って出て、国王を捕らえに行くか」

そうソルステインがつぶやいた時、前方ではためいていたネメトン軍の軍旗が倒れた。

「よし」

ソルステインが膝を打ち、座っていた椅子から立ち上がった。

「使者を出せ。ネメトン国王に降伏を呼びかけるぞ」

「これで、戦が終わるのでしょうか？」

隣にいたエーディンが期待と不安の入り混じったまなざしをソルステインに向けた。

「ミディンが降伏を受け入れ、講和を結べばな。捕虜になるより、軍旗を奪われた時点で講和に入った方が、あちらの顔も立つし、損害も少ない。どう考えてもこちらの方が得なのだが、こればかりは損得だけで決まる物でもない」

「つまり、まだわからないということでしょうか？」

「そういうことだ」

エーディンにうなずいてみせたソルステインが、まっすぐ正面――ネメトンの本陣――を見据《みす》えた。

軍旗というのは、たいてい大将のそばにある。だからこそ、軍旗が立っている間は、本陣が健在であることを示す。軍旗が倒れる時というのは、敵方が押していて、ほぼ敗戦が確定した状況ということになる。

たいてい、軍旗が倒れた時点で、敗軍側の兵は思い思いに逃げはじめる。自動的に戦闘は終結し、掃討戦に移行する。

それ故に、軍旗が奪われたということは、イコール、停戦の絶好の機会でもあるのだ。

使者の帰りを待つうちに、大木と盾と剣を組み合わせたネメトン軍旗を部下に運ばせ、ハーレクが本陣にやって来た。

「――しっかり、武功は立てたようだな」

「ソルステイン様からいただきました機会を、生かせることができました」

土埃《つちぼこり》と返り血、そして汗にまみれた顔で、爽《さわ》やかにハーレクが返事をする。

ハーレクの実力を評価していたソルステインではあるが、まさか、軍旗を奪うほどの功績を挙げるとは、さすがに予想していなかった。

これだけ働ける奴に、聖巫女のお守りをしていろと、命じた俺が間違っていたな。

「……………後で、褒美《ほうび》をたっぷりやるから、期待していろ」

「ありがとうございます」

優雅に礼をしてみせたハーレクに、エーディンが声をかける。

「おめでとうございます。立派な武勲《ぶくん》をお立てになりましたね」

「これも、エーディン様のお力添えがあったからこそです」

エーディンとハーレクが穏やかに会話し、微笑み合う。

あの日、エーディンが暴走しなければ、今日のハーレクの武功はない。もちろん、ソルステインとエーディンが両思いになることも。

まんまと俺を出し抜いて以来、エーディンとハーレクが妙に仲がいい。……男女の仲というより、戦友に近い雰囲気だからいいのだが、正直、あまりいい気分ではない。

むっつりとソルステインが正面を睨《にら》みつけたその時、戦場に白旗が翻《ひるがえ》った。

エーディンが瞳を輝かせ、ソルステインに抱きつく。

「これで、戦は終わりですね？」

「とりあえず、今日のところは、だな。降伏しても、講和を結ばなければ、戦は続行だ」

「そうですか……」

ソルステインの答えにエーディンの表情が曇った。

「普通、これだけ大敗すれば、大人しく講和を結ぶものだ。だが、条約にサインするまで……いや、条約の内容が全て執行されるまで、油断はできない。そういうものだ」

自らを戒めるようにソルステインが言った。

戦闘は終わっても、最終的な勝利が確定したわけではない。とはいえ、ミディンが白旗を掲げたことで、ソルステインの野望は大きく一歩前進したのだった。


戦いが終わり、そして夜が訪れた。

双方の軍が引き、死体や負傷者の回収が終わると、双方の本陣の中央に、講和のための話し合いをするための幕屋《まくや》が立てられた。

幕屋に行くのは、双方ともに代表者を含む十人のみ。勝者と敗者の常として、ミディンは地にひざまずいてソルステインを迎えた。

ミディンの後には、生き残ったネメトン軍の主立った将が同じようにひざまずいていた。

ソルステインはミディンたちに立ち上がるよううながすと、改めて自己紹介した。

「お初にお目にかかる。俺は、ソルステイン・ハーラルソンだ」

「ミディン・ヴレイフヴラスだ」

金髪で青い瞳のミディンは、皮肉なことにエーディンによく似た顔立ちをしていた。年の離れた兄妹と言っても通用するほどに。

年は、ソルステインより十歳上の三十八歳。背はすらりと高く、貴族的な容貌《ようぼう》、優雅な立ち居振る舞いの人物だ。賢そうではあるが、線が細く、そして、どこか冷たい。

予想通りだな。この手の顔は、自分が一番かわいいという類《たぐい》だ。

ソルステインはミディンをそう値踏みしつつ、向こうもこちらを値踏みしているのを悟っていた。

「こちらの要求は、現時点で俺が支配下に置いた領土の割譲《かつじょう》、俺が王位に就《つ》くことの承認、賠償金として金貨一万枚——これはヴレイフヴラス家がネメトン南西部に所有している荘園で代替——、それに、聖巫女と俺の結婚の承認だ」

ソルステインの要求を聞いたミディンの顔色が変わった。

「賠償金はともかく、領土の割譲、王位への承認？　そなたは、ネメトンをふたつに割るつもりなのか？」

「その通り。そのために、俺は、ここに来た。その気になれば、聖巫女に婿入りして、おまえを王座から引きずり降ろすこともできるんだ。領土の割譲と譲った土地の王位くらいなら、安いものだろう？」

淡々と答えたソルステインに、ミディンが呆《あき》れ返ったように肩を竦《すく》めた。

「話にならない。そなたのような流れ者を、王位に就けたところで、誰が認めるものか。それに、このたびは、そなたの計略が当たってこちらが負けたが、次に戦う時には、我がそなたに敗者の恥辱《ちじょく》を舐めさせる番なのだぞ」

「…………」

話を聞いていて、ソルステインは「これは駄目だ」と思った。

これだけ見事に計画を頓挫《とんざ》させられて、どうしてこれだけの自信が持てるんだ？　このまま交渉が決裂した場合、また戦が続くというのに。

呆れたソルステインがミディンの背後に控えた将を見やると、半数はミディンと同じように自信満々の顔つきで、残りの半数ほどがソルステインと同様の感想を抱いているのか、呆れ顔と諦観の入り混じった微妙な表情を浮かべていた。

微妙な顔をした将達に、ソルステインは心から同情する。

「……随分《ずいぶん》と、自信があるのだな」

「当然だ。我には、ネメトンの守護神ルアドの加護がある」

「なるほど。だがこのまま交渉は決裂……ということになるが、そちらは構わないか？」

「もちろんだ。我がネメトンは、兵数はいまだそちらより上なのだ。まともに戦って、負ける道理がない」

自信たっぷりにミディンが答える。

確かに、現時点でネメトン軍の兵数はソルステイン軍をわずかに上回っている。数だけ見れば、ネメトン軍が有利である。

だが、今朝には二・五倍だった兵数が夜にはほぼ等しいくらいになっていた、という事実をミディンは完全に失念している。

通常、一度の戦闘で三割もの兵士が死傷するというのは、控えめに言って惨敗であり、辛《しん》辣《らつ》に言えば目も当てられない大敗だ。

今日一日でミディンが失った兵数はその倍。

その上で同じ敵を相手に、半数以下に減少した兵力で戦って、なお勝利を確信できるというのは、正気《しょうき》の沙汰《さた》ではなかった。

まさに狂王としか思えないミディンを、ソルスティンは笑えなかった。そこまで神の加護を信じられる精神に苛立ちを覚える。

「わかった。講和は不成立だな。俺は何度でもお相手するつもりだ。ただし、一回負けるごとに、賠償は吊り上がってゆくだけだぞ。もし次に、こちらが勝利した場合、クルアフの港を賠償に追加する。三度目は、そう――このトゥレド平原全域を要求しようか」

半ば本気でソルステインが脅しの言葉を吐いたところで、幕屋にネメトン軍の伝令がやって来た。

伝令が将のひとりに耳打ちすると、将の顔色が変わった。

「失礼いたします。王よ……」

そう言って、将がミディンの耳元に顔を寄せ、小声で囁く。報告を受けたミディンの顔色が変わった。

「……なっ！」

かっと目を見開いて、ミディンが虚空《こくう》を凝視した。悔しそうに唇を嚙み締めて、両の手を拳作ると、ぶるぶると全身で震え出す。

「どうしたかな、ミディン殿」

「い、いや……」

「その様子だと、何か大変な事態が起こったようだが。例えば、そう——隣国ラギンが、国境を破って、進軍してきた——とか」

ソルステインが含みのある口調で言うと、ミディンがはっとしたようにソルステインを見返した。

「そなた、計《はか》ったな!?」

「計ったも何もない。そちらと同じことをしただけだ。そちらがセクァナに援軍を求めたので、こちらはラギンに出兵を持ちかけた。今なら、いくらでも欲しいままにネメトン東部を切り取れるぞ、と言ってな」

悪魔のような笑みを浮かべて、ソルステインが事情をつまびらかにする。

ソルステインが書いた三通の手紙、そのうち、最後の一通は、ラギン国王へ侵略を勧める親書であった。

「さて、どうする、ミディン殿。俺と講和するか？　それとも、俺とラギン、双方を相手取って、戦を続けるか？」

「………」

ここまで追い込められれば何を選択するかは決まっている。

果実が熟し、自然に落下するのを待つように、ソルステインはミディンの言葉を待った。

ミディンは、血走った目でソルステインを見つめたが、周囲の将からの「講和を呑《の》め」という無言の圧力に押され、最後には渋々とうなずいた。

講和の具体的な条件を書いた書類が二通用意され、中身を確認してから、ソルステインとミディンが署名をすることになった。

悔《くや》しげにサインするミディンを見ながら、ソルステインが内心で嘯《うそぶ》く。

おまえはルアドの加護があるというが、俺はルアドから妻を奪った男だ。どちらが勝利するにふさわしいか、など、比べるまでもないことだ。と。

☆

ネメトンとの講和が成立し、戦は終結した。

新王国の名はまだ決まっていないが、暫定《ざんてい》的に西ネメトンと呼ばれ、外交文書などにはその名を記している。

こうしてソルステインは、ネメトン領土を奪い国を建てる、という目的を九割方果たした。

最後の仕上げは、新年に合わせて大神殿でエーディンから王位を授かること、そして、その後のエーディンとの結婚式だ。

ソルステインは、ドゥレガを仮の首都と定め、戦後処理を済ませた後、オルムをドゥレガに残して政務を任せ、エーディンをともなって大神殿に向かって出立した。

半年ぶりのティルアドは、すっかり冬模様となっていた。

約半年ぶりの帰還に、正式に大神官長となったダグダがエーディンとソルステインを出迎え、直々《じきじき》に聖宮まで案内をした。

ティルアドへの滞在中、エーディンとソルステインは、聖宮に宿泊する予定になっていた。滞在中の警備は全て、ソルステインの配下が受け持ち、衛兵の宿舎にそのまま寝泊まりする。フォードラも、もちろんエーディンのおつきとして大神殿に同行しており、久しぶりに会う仲間たちと、再会を喜び合っていた。

聖宮は、相変わらず綺麗《きれい》に掃《は》き清《きよ》められ、そこかしこに場を浄めるための香が焚《た》かれており、以前とまったく変わりなくそこにあった。

懐かしいのに、どこか遠い。聖宮に足を踏み入れた瞬間、エーディンはそう感じていた。

自分はもう、この聖宮の主ではないのだと、心の奥底から悟った。

聖宮の寝室は、赤々と燃える暖炉《だんろ》で温められている。夕食と湯浴《ゆあ》みを終えたエーディンは、寝台に入り、ソルステインがやって来るのを待っていた。

ソルステインは、夕食を終えた後、エーディンの腕輪を「借りるぞ」と言って持って行き、所用があると言ってどこかへ消えていたのだ。

「待たせたな」

深夜に近い時刻になって、ようやくソルステインが戻って来た。

ソルステインは、いつもより機嫌がいいようで、鼻歌を歌いながら服を脱いでいた。

さっさと全裸になると、エーディンの待つ寝台に来て、笑顔で口を開いた。

「エーディン、手を出してみろ」

「……はい?」

寝台に身を起こし、言われるままにエーディンが右手を出した。手のひらの上に、ソルステインが琥珀の腕輪を載せた。

腕輪本体に変わりはないが、その開口部の両端に新たに銀の金具が取りつけられていた。ふたつの金具は一本の細く長い銀の鎖でつながっている。

「以前、正装をした時にこの腕輪を外していただろう? いつでも身に付けられるよう、細工をしてみた」

ソルステインが手のひらに載せた腕輪の、金具の部分を指で示す。

「金具は取り外しができるから、今まで通り、腕輪として使える。この状態で首にかければ、多少バランスは悪いが、首飾りにもなる」

「まあ……ソルステイン。もしかして、ご自分でこの細工をお作りになられたのですか?」

「そうだ。前に言っただろう。ドレカルの男は、自分にできることは、なんでもやると。即位の……いや、結婚式までにまとまった時間は、ここしか取れなかったものでな」

照れ臭いのか、「はい」とは言わず、ソレステインが弁解じみた口調で説明をする。

西ネメトンの主として、政務に忙殺されているソルステインが、エーディンのために自ら細工をしてくれたのだ。

その優しさに、そして細やかな愛情に、エーディンの胸が歓喜で満たされる。

「お忙しくていらっしゃるのに、こんなことまで……しかも、あなたの手作りだなんて……。これでずっと、この腕輪を身に付けていられます。ありがとう、ソルステイン」

隣に座るソルステインの頬に口づけると、さっそくエーディンは鎖を広げ、頭に通した。

ペンダントのように首にかけると、腕輪はエーディンの胸の谷間の真ん中で停止した。

微笑みながらエーディンが、腕輪をそっと握り締める。心から嬉しげなエーディンを見て、ソルステインが口を開いた。

「おまえは本当にその腕輪が好きだな。他にもっといい物を、いくらでも贈ってやるのに」

「あなたからの贈り物なら、私はなんでも喜んで受け取りますわ。でも、これは特別なのです。……あなたとの思い出がありますもの」

今なら、素直に認められる。ブランウェンの首飾りに、エーディンは嫉妬《しっと》していた。

それが、ただ、ソルステインから贈られた物だ、という一点において。

無意識に羨望《せんぼう》していた時に、この腕輪をプレゼントされたのだ。

その上、初めてのソルステインからの贈り物とあっては、この腕輪がエーディンにとって特別なのは、必然であった。

なんとも言えない幸せそうな顔で腕輪に触れるエーディンを、ソルステインが目を細めて見つめる。

「確かに、思い出は何物にも替えがたい」

そう嘯《うそぶ》くと、ソルステインが腕を伸ばし、エーディンの肩を抱き寄せる。

ソルステインに密着し、体温を感じて、エーディンがうっとりと息をついた。

「私、こうしてあなたのそばにいられるだけで、幸せです」

「……そうか。俺も、おまえがいると、心が安らぐ」

柔らかいソルステインの声に誘われて、エーディンは分厚い胸板に頬を預けた。

全身を預けても、ゆらぎもしないソルステインの逞《たくま》しさに、エーディンもまた心強さと深い安心感を覚えていた。

しばしの間、ふたりは黙って身を寄せ合い、互いの熱と呼吸を感じていた。

やがて、触れ合う肌が熱を帯びはじめ、ソルステインの息がわずかに乱れた。

ソルステインは、エーディンの絹糸のような髪を手指で弄《もてあそ》びながら、甘い声で囁いた。

「おまえが欲しい」

性交の誘いに、エーディンが頬を赤らめ、うなずいた。

ソルステインがエーディンの顎《あご》に手をかけ、顔を上向かせる。エーディンが両腕をソルステインの首に回すと、胸元で腕輪と鎖がこすれあい、小さく涼やかな音をたてた。

目を閉じたエーディンの顔にソルステインが顔を寄せ、そして唇が重なる。

「ん……」

甘い吐息を吸い込むように、ソルステインが深い口づけをしかけてくる。柔らかな唇の感触に、エーディンの官能がぞろりと目を覚ました。

半年にも満たない時間であるが、夜毎、ソルステインに愛玩《あいがん》された肉体は、わずかな愛撫《あいぶ》にも反応するようになっていた。

あぁ……あぁ、私は、なんて幸せなんでしょう。

愛する男に口を吸われながら、エーディンが心の中でつぶやいた。

ソルステインは、エーディンの下唇を唇で挟み、繰り返し舌で舐める。しとどに唇が濡れると、ようやく歯列を割り、情欲で熱を帯びた舌を口腔《こうこう》内に忍び込ませた。

「ん……んん……」

舌と舌が触れると、そこから快感が生じ、波紋のように広がった。口づけながらもエーディンの体をまさぐる手に、肌が目覚めはじめる。

舌を絡め、唾液《だえき》を注がれ、象牙のような歯を舐められて、気がつけばエーディンの秘部が湿り気を帯びていた。

「愛している、エーディン」

「あぁ、ソルステイン。私も、あなたを愛しています」

幾百、幾千も繰り返した会話であるが、いつでも、初めての時のようにエーディンの胸は熱くなり、そして喜びに震《ふる》える。

ゆっくりとソルステインがエーディンを褥《しとね》に押し倒し、体を重ねた。

全身でソルステインの熱と重みを感じた瞬間、胸の飾りを摘《つま》まれる。

わずかな刺激にもそこは反応し、くっきりとした快感が生じた。

「あぁ……ソルステイン……」

エーディンの艶《つや》めいた声が閨を満たし、白い肌が薄紅に染まりはじめる。

固い蕾《つぼみ》が花開き、芳香を放つように、エーディンの体が変化した。さながらソルステインは蜜蜂のごとく、甘く滴《したた》る蜜を貪《むさぼ》ったのだった。

☆

夜が明けて、新年となった。

大神殿を擁《よう》するティルアドの街は、新年と、新たな王の誕生、そして大神殿の象徴たる聖巫女とソルステインの結婚という三重の悦びに湧いていた。

エーディンとソルステインの婚儀が決まったと公表された後、やはり聖巫女はソルステインにたぶらかされて入れあげたのだ、という心ない噂も一部で流れた。

しかし、民衆の大半は、自国の王女と新たな王の結びつきを歓迎し、それと当時に安堵《あんど》もしていた。

ふたりが結ばれた経緯はともかく、征服した側がされた側の人間と婚姻《こんいん》するというのは、あなたたちとなかよくしたい、というこの上ないメッセージであったからだ。

ふたりの間に子が生まれれば、その子が次代の支配者となる。新しい物と古い物が混ざり合い、少しだけ変わることで、伝統や文化、そして絆《きずな》は続いていく。

そんな未来を予感して、人々は、喜びに満ちながら新王の登極を心待ちにしていたのだ。

「あぁ、あぁ、今日のエーディン様は、いつにも増して綺麗《きれい》ですわ。まるで物語に登場する、女神様のようです」

即位式のため、真珠をふんだんに縫いつけた聖巫女用の衣装と、やはり同じように真珠をあしらった金のベルトに頭飾り、そして白貂《しろてん》の長いマントを身にまとったエーディンを見て、フォードラが、感極まった顔で称賛する。

「まあ、フォードラ、褒めすぎよ」

「そんなことはございません。……あぁ、そろそろお式がはじまります。行きましょうか、エーディン様」

新年の祭祀が終わった後、ルアドを祀《まつ》る主神殿で、ソルステインの即位式とふたりの結婚式が行われる。

エーディンは聖巫女として、ソルステインに王冠を授けるため、主神殿の後方でソルステインの訪れを待っているところだ。

ソルステインは、いったんティルアドの街外れまでゆき、そこから騎馬で大神殿に向かい、敷地内からは徒歩で主神殿にやって来ることになっている。

もちろん、ソルステインが通過する道の両脇や大神殿の敷地内までもが、ひとめ新しい支配者を見ようと集まった人々で、途切れることなく人垣ができていた。

エーディンは主神殿の祭壇に入ると、式を執り行うダグダの隣に立ち、胸をときめかせながらソルステインの到着を待つ。

主神殿の入り口から祭壇までは、深紅《しんく》の絨毯《じゅうたん》が敷かれていた。その両脇に、ソルステインの配下の主立った面々や、ラトやドゥレガ、ムラクマといった街の代表者、そして一番に友好国となったラギンからの使者が並び、式のはじまりを神妙な顔で待っている。

やがて、入り口の方からどよめきが聞こえ、それはすぐに歓声に変わり、エーディンはソルステインの訪れを知った。

新年の清冽《せいれつ》な空気の中、とうとう、ソルステインがやって来た。

今日のソルステインは、いつもの北方人の服ではなく、白絹のチュニックの上に、ネメトン風の袖《そで》のある上着と揃《そろ》いのズボン、そして長い――身長の倍ほどもある――マントという出で立ちであった。

上着とズボンは最上級の白の絹地に、ぴっちりと金の刺繍《ししゅう》が施された、非常に手の込んだ逸品である。肩から背を覆うマントは目も覚めるような鮮やかな赤だ。

腰に佩《は》いた剣はいつもソルステインが身に付けているものであったが、束帯は、ルビーや真珠が散りばめられた、豪華で華やかな物に替わっている。

ソルステインは、征服者にふさわしい、ゆっくりとした大きな足取りで絨毯を進み、その後をマントの裾《すそ》を持ったハーレクが続いた。

晴れの日にふさわしい衣装を身にまとい、堂々とした姿で祭壇にやって来たソルステインを、エーディンは、熱い感情と深い感慨《かんがい》とともに見つめていた。

ソルステインの夢が叶う瞬間に、間近で立ち会えることが、胸が震《ふる》えるほどに嬉《うれ》しかった。

ダグダが重々しい声でこの場を浄める祭文を唱え、そして、溢れんほどの供物《くもつ》が捧げられたルアド神の像に向かって、ソルステインが西ネメトン国の王位に就くことを奏上する。

それが終わると、ソルステインが、ルアド神に西ネメトンに繁栄をもたらすことを誓う。

「それでは、ソルステイン・ハーラルソンに王の証である、宝冠と王錫、そして聖巫女の祝福を授ける」

ダグダの言葉に、ソルステインがエーディンの前に進み出て、その場に膝《ひざ》をついた。

かつて、エーディンとともに授与品売り場で働いていた大神官のカディスが、エーディンにクッションに載せた宝冠を差し出した。

エーディンが両手で初代国王エイリークが一時期使っていた宝冠を持ち上げ、ソルステインの頭に載せると、額に最大級の幸福を意味する複雑な印を指で描きはじめる。

——あぁ、以前、ソルステインに、同じように祝福を授けたことがあったわ——。

初めてソルステインと対面した時から現在までが、次々とエーディンの脳裏に蘇《よみがえ》る。

それまで平穏と平坦しかなかったエーディンの人生は、あの瞬間から、大きくそして劇的に、変わったのだ。

聖巫女として最後の祝福を終えたエーディンは、深く息を吸い、そして鈴の鳴るような美しい声で言った。

「ソルステイン・ハーラルソン。あなたに、ルアド神の加護と恩寵《おんちよう》のあらんことを。その身分にふさわしい義務と責任を負い、平和と安寧に西ネメトンを導くよう」

型通りの言葉に、ソルステインが〝そんなことはわかっている〟という顔で立ち上がる。

それから、エーディンの手から王錫を受け取り、即位式は終了した。

征服者から西ネメトンの王となったソルステインが、深くルアドの神像に一礼した。

それから体を反転させ、参列者に向かって王錫を掲げて見せると、ドレカル人――西ネメトン人――となった人々が、咆哮《ほうこう》に似た歓声をあげた。

波濤《はとう》のような歓声と祝福の言葉が飛び交う中、満面の笑みを浮かべたソルステインが手を上げて応える。

そんなソルステインの背中からは、夢を叶えた喜びと、これから重責を担う覚悟が漂っていた。

良かった。本当に、良かった。

エーディンが心の中で繰り返した。

そっと涙ぐむエーディンに気づいたか、ソルステインが手を伸ばして、エーディンの肩を抱いた。

「どうした？　結婚式はこれからだ。泣くのはまだ早いぞ？」

「でも……嬉しくて……。涙が……」

自分のことのように喜ぶエーディンに、ソルステインが苦笑する。そして、おもむろにエーディンの腰を引き寄せ、衆人環視の中、口づけをした。

「…………っ！」

驚くエーディンの耳に、周囲のどよめきが聞こえた。結婚式はこれからだというのに、フライングで口づけるソルステインに、配下の者が大爆笑している。

即位をしてもなお、ソルステインの型破りなところは健在であった。

「いきなり、何をなさるのですか」

「おまえが、あまりにもかわいいからだ」

真っ赤になったエーディンにソルステインが飄々《ひょうひょう》と返した。そして、エーディンの薔薇色に染まった耳元に顔を寄せて囁く。

「今のうちに言っておくが、今日のおまえは、とても綺麗だ。……きっと、ルアドも見惚《みと》れているぞ。いや、さぞかし悔しがっているだろうな」

「ソルステイン、あなたもネメトン風の服、とても似合っていてよ。まるで、産まれながらの王のよう」

互いに褒め合い、うっとりと見つめ合うふたりに、ダグダがわざとらしく咳払《せきばら》いをした。

「おのろけは、その辺で。式の進行が滞《とどこお》りますからな」

すぐにカディスがやって来て、ソルステインの手から王錫を受け取った。

入れ替わりに誇《ほこ》らしげな顔をしたフォードラがやって来て、エーディンの頭に花嫁のレー

スのヴェールを被せ、整える。

無駄を嫌うソルステインの意向で、即位式が終わったら、そのまま神像の前で結婚式を行うことになっていた。

聖巫女から花嫁へと早変わりをしたエーディンに向かって、ダグダが言った。

「幸せにおなりなさい。ルアド神は、ネメトンすべての民を見守り、その幸せを願っています。聖巫女も人である以上、そのうちのひとりであることには、変わりないのだから。きっと、あなたが良き夫を得られたことを、ルアド神も喜ばれていらっしゃるはずです」

「……ありがとうございます」

ダグダの言葉に、エーディンの中にわずかに残っていた人の子の妻となる疚《やま》しさが、日に当たった淡雪のように消え去った。

この時初めて、エーディンは、身も心もソルステインの物になる自分を、許せたのだ。

喜びに涙ぐむエーディンの肩を、ソルステインが抱き寄せる。

全ての憂《うれ》いが消えたエーディンは、今まで以上に輝きを放ち、豊穣の女神のようですらあった。そんなエーディンにソルステインが眩《まぶ》しげなまなざしを向けた。

「俺が手に入れた物の中で、間違いなく一番の宝物は、おまえだ。聖巫女——いや、王妃、エーディン」

「私も、同じ気持ちですわ。我が最愛の王」

神の妻から人の妻へ。エーディンの幸せを言祝《ことほ》ぐように、ティルアドの空に、温かな光を放つ太陽が輝いていた。

西ネメトン暦一年一月一日。その日は、類《たぐ》い稀《まれ》なめでたい日として、永遠に人々の記憶に残ったのだった。

あとがき

はじめまして、こんにちは多紀と申します。このたびは『征服者の花嫁』をお手にとってくださいまして、本当にありがとうございました。

こちらは、うすぼんやりと中世を舞台に、ヴァイキング要素を取り込みましたが、ヴァイキングと言えば海賊！　の、海賊要素が皆無の作品です。

この作品を書くため、新たにヴァイキング関連の史料を読みました（サガを抄訳以外で読んだのは初めて）。感想は「なんだこの、戦闘民族は!?」です。

作中でも書きましたが、彼らは、半端なく戦闘民族でした。

そして同時に、きちんとした法と制度によって支えられた社会を運用した人々でもあり、移民の際に積極的に移民国に同化するのも、移民先での無益なトラブルを回避するための、ヴァイキングの知恵でありました（ただし、中世の常識で、現在の世界情勢では、そうでもないようですね）。

登場人物では、一番のお気に入りはブランウェンです。このタイプの子を書くのは初めてでしたが、かなり書きやすかったです。絶対にヒロインになれない設定なだけに、より愛おしい。作者くらいは、彼女を愛しんであげないと、という気分もあります。

エーディンは、間違えない人よりも、間違えた時にきちんとそこから学べる人の方が偉いと思う。という観点から設定しました。

ソルステインはエーディンに対立する人格に設定しましたが、私自身に似たところが多かったので、非常に書きやすかったです。


最後に、プロットの段階より内容を3分の2に削っても、まだページオーバーで絶望していたところ、快く増ページに応じてくださった編集長と担当編集様に感謝いたします。素敵な挿絵をつけてくださったウエハラ先生にも心からの感謝を。ソルステインが、たいへん男前で、どきどきしました。エーディンとブランウェンも、それぞれに魅力的でした（面倒臭い設定で、すみません……）。

ここまで読んでくださった皆様にも、心より感謝いたします。少しでも楽しんでいただければ幸いです。

本作品は書き下ろしです

多紀佐久那先生、ウエハラ蜂先生へのお便り、
本作品に関するご意見、ご感想などは
〒101-8405
東京都千代田区三崎町2-18-11
二見書房　ハニー文庫
「征服者の花嫁」係まで。

Honey Novel

征《せい》服《ふく》者《しゃ》の花《はな》嫁《よめ》

【著者】多《た》紀《き》佐《さ》久《く》那《な》

【発行所】株式会社二見書房
東京都千代田区三崎町2-18-11
電話　03(3515)2311［営業］
　　　03(3515)2314［編集］
振替　00170-4-2639
【印刷】株式会社堀内印刷所
【製本】ナショナル製本協同組合

落丁・乱丁本はお取り替えいたします。
定価は、カバーに表示してあります。

ISBN978-4-576-15122-9

http://honey.futami.co.jp/

多紀佐久那の本

傭兵王と花嫁のワルツ

イラスト=花岡美莉

「妻殺しの王」の元へ嫁ぐことになった王女は…

紅玉《ルビー》の蜜事

イラスト=TCB

敵対する家同士でありながら惹かれ合う二人は…